新注和歌文学叢書17

重之女集 重之子僧集 新注

渦巻恵
武田早苗 著

青簡舎

目次

凡　例

重之女集

一、本家集に収められている詠草の作者名は明らかではないが、源重之の娘と比定される説に従った。本書は、『重之女集』と通称される家集に全釈を施したものである。

一、家集の伝本は、

宮内庁書陵部蔵甲本（五〇一・一四六）（以下、「甲本」「甲」と略称する）

宮内庁書陵部蔵乙本（五〇一・五三）（以下、「乙本」「乙」と略称する）

時雨亭文庫蔵本『平安私家集 一』（朝日新聞社　一九九三年　田中登解題、以下、「冷泉家本」「冷本」「冷」と略称する）

〈底本〉時雨亭文庫蔵本『承空本私家集　中』（朝日新聞社　二〇〇六年　新藤協三解題、以下、「承空本」「承」と略称する）

の四本である。四本は歌の配列も同じで、もともとは同一祖本から発したものであったと思しい。「乙本」は「冷泉家本」の写し、「甲本」は「承空本」の写しとされる。「冷泉家本」は、十一世紀後半の書写とされ、諸伝本の中で最も古いものだが、虫損が甚だしい。「乙本」には、誤写と見られる単独異文がある。このため、本書では底本に「承空本」を用い、他の三本により校合を施し、〔校異〕に記した。ただし、仮名遣いの相異については特に記さなかった。四本の校異一覧表は注釈の後に付した。

一、〔整定本文〕は、底本の片仮名を適宜平仮名・漢字に改め、濁点および読点を施し、必要に応じて送り仮名を補った。底本の本文に問題がある場合は、他の三本によって校訂し、その旨を〔語釈〕の項に記した。

一、〔語釈〕および〔補説〕に引用した他作品の和歌は、『新編国歌大観』（角川書店）、『新編私家集大成』（古典ライブラリー）に、それ以外の作品で特に記さないものは、『新編日本古典文学全集』（小学館）、『新日本古典文学大系』（岩波書店）に拠り、一部表記を改めた。なお、『万葉集』は旧番号を用いた。『白氏文集』は、『白氏文集歌詩索引』（上・中・下）（平岡武夫・今井清　同朋舎　一九八九年）に拠った。

一、〔参考文献〕は、適宜挙げたが、目加田さくを『源重之集・子の僧の集・重之女集全釈』（風間書房　一九八八年）については『全釈』と略称した。

重之子僧集

一、本詠草の作者名は明らかではないため、通称である「重之子僧」を用い、注釈内部では、「子僧」と略称した。

一、『重之子僧集』と通称されている家集は現在完本の形では存在しない。だが、残存する古筆断簡などにより、元は家集の形であったと推定されて、『重之子僧集』と称される。本書でもこの通称を採用した。

一、本文系統について詳細は解説に譲るが、以下簡潔に整理しておく。

『私家集大成』一巻一四六「重之子僧」、『新編国歌大観』七巻二一一「重之子僧」は、いずれも、「伝行成筆　針切」二二葉五五首に、屋代弘賢本（近衛基凞自筆本の写し）によって補える三葉と小片一首分の合計十首を加えた、六五首を家集本文としている。近年、『古筆学大成　第一九巻』に「針切本重之子僧集」（図版一一八・一三二）として新たに断簡二葉・五首（CD—ROM版『新編私家集大成』解題）が紹介された。そこで、これを加えて、本注釈の対象を全七〇首とした。

一、注釈の冒頭に掲げた底本本文の表記は、原態をできるかぎり反映した。翻刻に際しては、一葉の区切りを明確にするために、末尾箇所に「　」を付した。墨が薄れて読み難い個所は、□□で示した。

一、古筆断簡の配列については、確証が得られない場合が多い。鈴木一雄（「針切本　重之の子僧の集　釈文と校異」『墨美』四〇号　書道出版社　一九五四年一二月）以来、序文末尾が載る一葉に、立春詠、霞詠と続くことから、四季の順であったと想定されて、整理が試みられてきた。混乱を避けるために、なるべく従来案を尊重したが、一部試案を提示した。このため、歌頭にあらたに通し番号を付し、『私家集大成』・『新編国歌大観』の歌番号と『全釈』の歌番号を本文末尾に（　・全　）として示した。「屋代弘賢本」の独自歌本文については、歌末に(弘)と記した。従来の配列と異なる場合や、判断に迷う場合は、切れと切れの間に☆を付してそこに置く根拠を述べた。ただし、現存のものだけでは限界があり、やむをえず位置づけた場合もある。

一、〔校異〕には、次の五種を用いた。

続群書類従本（「群」と略称する）

丹鶴叢書本（「丹」と略称する）

陽明文庫本（「陽」と略称する）

目加田さくを著『源重之集・子僧の集・重之女集全釈』（風間書房　一九八八年）に拠った。

屋代弘賢本（「弘」と略称する）

鈴木一雄「針切本　重之の子僧の集　釈文と校異」（墨美四〇巻　書道出版社　一九五四年一二月）に拠った。

荒木素白転写本（「素」と略称する）

鈴木一雄「針切本　重之の子僧の集　釈文と校異」（墨美四〇巻　書道出版社　一九五四年一二月）に拠った。

現行の漢字・仮名表記の違いについては特に記さなかった。

一、〔整定本文〕は、底本の仮名を適宜漢字に改め、濁点および読点を施し、必要に応じて送り仮名を補った。また欠損個所は、私に補ったところがある。その旨は［校異］の項に（校訂）として記した。

一、〔語釈〕および［補説］に引用した他作品の和歌は、『新編国歌大観』、『新編私家集大成』に拠り、それ以外の作品で特に記さないものは、『新編日本古典文学全集』（小学館）、『新日本古典文学大系』（岩波書店）に拠り、一部表記を改めた。なお、『万葉集』は旧番号を用いた。『白氏文集』本文は、『白氏文集歌詩索引』（上・中・下）（平岡武夫・今井清　同朋舎　一九八九年）に拠った。

一、〔参考文献〕は、適宜挙げたが、目加田さくを『源重之集・子の僧の集・重之女集全釈』（風間書房　一九八八年）については『全釈』と略称した。

注釈

重之女集

ムカシヨリイマニウタトイフ物オホカレハコレヲ哥ノカスニハアラネト四キノ哥トコソイフヘカメレハルハ花ニ心ヲアクカラシナツハ時鳥ノネサメテキクアキハモミチノフカキヤマニコ、ロヲイレ冬ハフルメキタルシケユキカムスメノイヒヲキタルコトナレハヨニメツラシキコトアラシノミサムクナリツ、恋ノミチモトチラレタルニヤアランアハテオモフナルヘシ

〔校異〕 ○時鳥ノ―ほと、きすのこゑを（冷・乙） ○メツラシキコト―めつらしきことは（冷・乙）

〔整定本文〕 昔より今に、歌といふもの多かれば、これを、歌の数にはあらねど、四季の歌とこそいふべかめれ。春は花に心をあくがらし、夏は時鳥の声を寝覚めて聞く。秋は紅葉の深き山に心をいれ、冬は、古めきたる重之がむすめの言ひおきたることなれば、世にめづらしきことあらしのみ寒くなりつつ、恋の路も閉ぢられたるにやあらむ。逢はで思ふなるべし。

〔現代語訳〕 昔から今までに、歌というものは多いので、これを、歌の数に入れるべきではないけれど、四季の歌とでもいうようなものだ。春は花に心を浮かれさせ、夏は時鳥の声を目を覚まして聞く。秋は紅葉の色濃い深山に心をひかれ、冬は、古めいた重之のむすめの言いおいたことなので、まったく世に珍しいことはあらず、嵐が寒くなるばかりで、恋の路も閉じられたのであろうか。逢はないで思っているのだろう。

〔語釈〕 **○歌の数にはあらねど** 一首の歌として数えるほどの完成度はないがという謙辞。挿入句的に用いられている。「都なる人の数にはあらずとも秋の月見は思ひ出でなむ」（恵慶集・一五五）のように「人の数にあらず」や「身の数にあらず」とする用例の方が一般的。**○四季の歌** 季節詠のこと。四季の部立を意識した物言い。「四季の歌、恋歌とはさるものにおきて、雑ぞいとあはれなる」（保憲女集・雑序）にも見える。「四季」という語は『令義解』ですでに使用されている。**○花に心をあくがらし** 「あくがる」とは、心が惹きつけられて、上の空になる意。花により落ち着かない心持ちにさせられることをいう。上代に用例はない。→〔補説〕Ⅰ。「いつまでか野辺に心のあくがれむ花し散らずは千世もへぬべし」（古今集・春下・九六・素性）、「はるかなるただ一声に時鳥人の心をあくがらしつる」（長保五年左大臣家歌合・二二・源道済）。→11番歌にも「春の日は花に心をあくがれて」とあり。**○時鳥の声を寝覚めて聞く** 底本「時鳥ノ」を冷・乙により校訂。時鳥の声を夜、目を覚まして聞くという意。時鳥の声を寝覚めと関わらせて詠う例は多い。「……さよふけて　山時鳥　なくごとに　たれも寝覚めて　唐錦……」（古今集・雑体・一〇〇二・紀貫之）、「さ夜ふけて寝覚めざりせば時鳥人づてにこそ聞くべかりけれ」（拾遺集・夏・一〇四・壬生忠見）、「時鳥寝覚めの声を聞きしより菖蒲も知らぬものをこそ思へ」（能宣集・二六七）。→21・114番歌にも「寝覚め」の用例あり。→21番〔補説〕参照。**○言ひおきたること** 言い遺したこと。「物ひとこと言ひおくべき事ありけりといひて文書く」（竹取物語）。この序文は重之女が言い遺したものを基に書いたの意。→解説217頁参照。**○めづらしきことあらし** 珍しいことはないの意の「あらじ」に「嵐」を掛け、「嵐のみ寒くなりつつ」と続けた。「ちはやぶる　神な月とや　今朝よりは　曇りもあへず　初時雨　紅葉とともに　ふる里の　吉野の山の　山あらしも　寒く日ごとに　なりゆけば……」（古今集・雑体・一〇〇五・凡河内躬恒）。**○逢はで思ふなるべし** 逢うこともなく、恋しい思いを募らせているのでしょうの意。当百首の恋歌に対する評言。「逢はでのみ思へば苦し荒磯海のうらみやせましかひはなくとも」（古今六帖・一八八一）。

〔補説〕 Ⅰ 「あくがる」については、藤原克己「平安朝文学史の試み―「あくがるる心」をめぐって」（『平安文学史論考』武蔵野書院　二〇〇九年）が通史的に論じている。さらに、「「あくがる」再考―野分巻鑑賞のために―」（「むらさき」50　二〇一三年一二月）もある。平田喜信「もの思ふ人の魂」（「国語教室」45　一九九二年二月、後に『平安中期和歌考論』新典社　一九九三年所収）では、主に和泉式部の「あくがる」について論じている。

Ⅱ　『全釈』は、もともとの本文は、「あらしのみさむくなりつゝ、恋のみちもとちられたるにやあらむあはておもふなるへし（A）」「ふるめきたる重之かむすめのいひをきたる事なれはよにめつらしきことはあらし（B）」であったと推測する。そのABが何らかの事情で入れ替わり「ふるめきたる重之かむすめのいひをきたる事なれはよにめつらしきことはあらし（B）」「あらしのみさむくなりつゝ、恋のみちもとちられたるにやあらむあはておもふなるへし（A）」となり、その際に重複している波線部の「あらし」の一方が削られたのが現在の本文と結論付けている。

Ⅲ　『重之子僧集』の序文とも以下の傍線部が重なる。「世を背きて、さるべきところどころ籠り、行ふ、念誦のひまひまに、独りごち、またあひ語らふ人の言ひ勧むることにつけても、過ぎにし方を思ひ出で、行く末を思ひやりつつ、年月の変はる折々、春は花に心をあくがらし、夏は時鳥の声を寝覚めに聞き、秋は紅葉の深き山に心を入れ、冬は氷の鏡に向かひて雪の山を見るごとに、老いの涙をとどめがたければ、書きつくる水茎の痕も今はつつましくなむ」。→解説217頁参照。

Ⅳ　序文は、春から始まり、代表的な景物を取り合わせて、夏、秋、冬と季節を巡り、さらに恋へと繋げる。この記述は、「古歌奉りし時の目録のその長歌／ちはやぶる　神の御代より　呉竹の　世々にもたえず　あまびこの　音羽の山の　春霞　思ひ乱れて　五月雨の　空もとどろに　小夜ふけて　山時鳥　鳴くごとに　たれも寝覚めて　唐錦　たつたの山の　もみぢ葉を　見てのみしのぶ　神な月　時雨しぐれて　冬の夜の　庭もはだれに　降る雪の　なほ消えかへり　年ごとに　時につけつつ　あはれてふ　ことを言ひつつ　君をのみ　千代にといはふ　……」（古今集・雑体・一〇〇二・紀貫之）にも見られ、すでに確立されていた手法。

好忠百首序文にも「あらたまの年のみそぢにあまるまで、春はちりぼふ花を惜しみかね、秋は落つる木の葉に心をたぐへ、夏はうはひもささで風に向かひ、冬は寂しき宿に埋もれゐて、荒れたる宿のひまをわけ、過ぎゆく月の影を数へつつ……」（好忠集・百首序文）とある。

ハル廿

1

ケフキケハ春タツナミノヲトスナリイハセノコホリイツカトケヌル

〔校異〕ナシ

〔整定本文〕春　二十

今日聞けば春たつ波の音すなり岩瀬のこほりいつかとけぬる

〔現代語訳〕春　二十

立春の今日聞くと春に立つ波の音がしているようです。岩瀬の氷はいつ解けはじめたのでしょう。

〔語釈〕**○今日聞けば**　立春という特別な日である今日聞くとの意。→〔補説〕Ⅰ。**○春たつ波**　立春に立つ波。「たつ」に、春「立つ」と波が「立つ」の意を掛けて、立春の解氷を詠う。「冬の海に降りいる雪やそこにゐて春たつ波の花とさくらん」（寛平御時后宮歌合・一五四）、「吹く風に波の心やかよふらむ春たつ今日のしらかはの水」（実方集・二二二）→〔補説〕Ⅱ。**○音すなり**　音がするようだ。「なり」は伝聞推定。「さ夜千鳥羽うつ波の音すなり夜半の春風こほりとくらし」（保憲女集・六）。**○岩瀬**　岩や石の多い浅瀬をいう一般名詞。「岩瀬」と氷との取り合わせは、現存初例。**○いつか**　過去に起こった事柄が何時起こったものか、いぶかしむ気持ちを表す。早くも。「神奈備の磐瀬の杜の時鳥けなしの丘にいつかき鳴かむ」（万葉集・巻八・一四六六・志貴皇子）。

〔補説〕Ⅰ「今日聞けば」は、父である重之から、重之女・子僧へと継承された詠い出し。「今日聞けば井手の蛙もすだくなり苗代水をたれまかすらん」(重之集・百首・春・二二八)、「今日聞けば山時鳥みやなれてしめの内より鳴きわたるなり」(子僧集・一五)。

Ⅱ　立春解氷を聴覚で捉えて詠むのは、重之ら初期百首歌人たちが好んだもので、和泉式部へも継承された(平田喜信「和泉式部百首の成立」「大妻国文」1　一九七〇年三月、後に『平安中期和歌考論』新典社　一九九三年所収)。重之詠と重之女・子僧詠の用語の類似は他にも見え、子女の詠作が父親の影響下にあったことを窺わせる(平田喜信「「重之の子の僧の集」と「重之女集」—重之詠歌圏の成立と和泉式部—」「小論」14　二〇〇〇年九月、後に『平安朝文学　表現の位相』新典社　二〇〇二年所収)。

Ⅲ　北村杏子は、冒頭三首の「いはせ」「いつか」、「しらぬ」「しら山」、「かすめども」「かすが」や、22番「やまべの」「やまがつ」など同音の繰り返しが多いことから、初期百首の特質である遊戯俳諧性をひきついでいると指摘する(「初期百首の形成とその性格」「平安文学研究」65　一九八一年六月)。

ユキフカキハルトモシラヌシラヤマニカスミハカリハタナヒキヌラン

〔校異〕　○フカキ—ふかみ(冷・乙)

〔整定本文〕

雪深き春とも知らぬしら山に霞ばかりはたなびきぬらん

〔現代語訳〕

雪が深く、春だとも知らない白山にも、霞だけはきっとたなびいていることでしょう。

〔語釈〕　**○雪深き**　雪がいまだ深く積もっているさま。「雪深き」は「しら山」に掛かる。冷・乙本の「雪深み」が本来か。「雪深みこしのしら山我なれやたが教へしに春を知るらん」(元輔集・八三)。**○知らぬしら山**　「知ら

（ぬ）」「しら（山）」と同音「しら」の繰り返し。白山は、石川県と岐阜県との境にある「はくさん」の古称。「君がゆく越のしら山知らねども雪のまにまにあとはたづねむ」（古今集・離別・三九一・藤原兼輔）。**〇ぬらん**　きっと〜しているでしょう。

〔補説〕　越路の遅い春を詠んだ先行歌としては、「雪深く春とも見えぬこしぢにも折りし梅こそ花咲きにけれ」（中務集・九九）がある。

3

カスメトモカスカノ、ヘハソラサエテハルテフナヲモツミソカネツル

〔校異〕　〇カスメトモ―かすめとん（冷）、かすみとん（乙）　〇ハルテフナヲモ―は□□ふなを（冷）、はるてふなをは（乙）　〇カネツル―かねぬる（乙）

〔整定本文〕

霞めども春日の野辺は空冴えてはるてふなをもつみぞかねつる

〔現代語訳〕

霞んではいるけれど、春日の野辺は空がしんしんと冷え、春とは名ばかりで、芽を出すはずの若菜も摘むことができずにいます。

〔語釈〕　**〇霞めども**　霞んではいるがの意。たしかに霞んではいるものの、その他には春めいた様子はないことを言う。霞は春の到来を告げるものという認識を基底に置いたもの。「み吉野は春の気色に霞めどもむすぼれたる雪の下草」（後拾遺集・春上・一〇・紫式部）。**〇春日の野辺**　春日は、大和国の歌枕。春日山をとりまく広い裾野を春日野と呼んだ。春という名にちなみ、春日野で若菜を摘むのは春の訪れを象徴する風景であった。「春日野のとぶ火の野守りいでて見よ今いくかありて若菜つみてむ」（古今集・春上・一八・読人不知）。**〇空冴えて**　「冴ゆ」は冷

える、冷え込むの意。霞は立ったが、いまだしんしんと空気が冷えている状態をいう。「天の原空さへ冴えや渡るらん氷と見ゆる冬の夜の月」（拾遺集・冬・二四二・恵慶）。**〇はるてふな**　「春」に通じる「春日」という「名」。「ふしまろび春てふなさへ惜しきかなまたも見るべき花のかげかは」（行尊集・一八五）。「はる」は「春」と（若菜の）芽が「張る」の掛詞。「霞たち木の芽もはるの雪ふれば花なき里も花ぞ散りける」（古今集・春上・九・紀貫之）。「名」と「菜」も掛詞。

〔補説〕「霞めどもまだ春風は空冴えて花待ちがほに降れる泡雪」（続拾遺集・春上・一〇・亀山院）は当該歌と初句三句が同じ。いずれも霞が立ってもいまだ寒気が残る様子を詠む。

ハルタチテナヲフルユキヲミワタセハエタモユルサヌハナソチリケル

〔校異〕　ナシ

〔整定本文〕

春立ちてなほふる雪を見わたせば枝も許さぬ花ぞ散りける

〔現代語訳〕

春になってもいまだに降る雪を見渡すと、枝も咲くことを許さない花、雪の花が散っていることです。

〔他出〕『万代和歌集』春歌上・七四

（題しらず）　源重之女

春立ちてなほふる雪を見わたせば枝も許さぬ花ぞ散りける

〔語釈〕　**〇春立ちてなほふる雪**　立春となったにもかかわらず、まだ降っている雪の意。「春立ちてなほふる雪は梅の花咲くほどもなく散るかとぞ見る」（拾遺集・春・八・凡河内躬恒）の上句を借りたばかりでなく、詠じている世界も類似。**○見わたせば**　見渡すと。当該歌は、本来の眺望的な意味あいではなく、かなり至近距離のものを見ている。子僧集14番歌にも「見わたせば」の用例がある。↓67番歌にも用例あり。↓〔補説〕。**○枝も許さぬ**　枝が花として咲くことを許さないの意で、枝に溜まらずに雪がこぼれ落ちるさまを落花に見立てた表現。「雪ふれば冬ごもりせる草も木も春に知られぬ花ぞ咲きける」（古今集・冬・三二三・紀貫之）。「冬来たり霜の枝ぞ花を許して却る雪を帯びる林の枝は白華に似たり　枝にあらず花にあらず　怪しく開くに似たり」（新撰万葉集・四〇九）。

〔補説〕「見わたせば」は、眺望詩の影響を受けて生み出された語句。本来は、高い所から眺めて詠む折に用いられる。曾禰好忠ら初期百首歌人達が好み、源道済や和泉式部、相模へと継承されたものであることは、近藤みゆき「「見渡せば」と「眺望」詩—拾遺集時代の漢詩文受容に関する一問題として」（『古今集と漢文学』汲古書院　一九九二年、後に『古代後期和歌文学の研究』風間書房　二〇〇五年所収）で詳細に論じられている。また、視線が空間をどのように捉えているかは、斎藤熙子「「見渡せば」試論—和歌空間表現の一つとして」（『赤染衛門とその周辺』笠間書院　一九九九年）参照。

5

ワスラル、コトコソナケレツレ〳〵トハルハイツクモナカメノミシテ

〔校異〕　○イツクモ—いつこも（冷・乙）

〔整定本文〕

忘らるることこそなけれつれづれと春はいづくもながめのみして

〔現代語訳〕

今が春であることを忘れることはありません。何をすることもできず、春はどこでも長雨が降り続き、眺めることばかりをして。

〔他出〕『万代和歌集』雑歌一・二七七一

（題しらず）　　重之女

忘らるることこそなけれつれづれと春はいづこもながめのみして

〔語釈〕**○忘らるることこそなけれ**　忘れることはできない。「忘らる」は、動詞「忘る」に可能動詞「る」が接続したもの。「忘らるる時しなければ葦たづの思ひみだれてねをのみぞなく」（古今集・恋一・五一四・読人不知）。**○つれづれと**　これ以上続いてほしくない状況が継続しており、そこから脱却したい思いを持ちながらもできず、鬱屈した気持ちでいる様。「ながめ」とともに詠まれることが多い。「つれづれと思へば長き春の日に頼むこととはながめをぞする」（後拾遺集・恋四・七九八・藤原道信）。**○いづくも**　どこでも。冷・乙本は「いづこ」。「いづく」は「いづこ」の古形。**○ながめ**　「長雨」と「眺め」の掛詞。初句と響きあい恋歌めいた表現となっている。「起きもせず寝もせで夜を明かしては春の物とてながめ暮らしつ」（古今集・恋三・六一六・在原業平）。

〔補説〕春の憂愁を詠んだ歌と解した。何を思い煩っているのかは詠われていない。「忘らるる」「つれづれと」「ながめ」と、恋歌によく用いられる語を選択している。和泉式部百首にも春の憂愁を詠んだよく似た表現の歌がある。↓解説206頁参照。

6

ウクヒスノマタモノウケニナクナルハケサモコスヱニユキヤフルラン

〔校異〕ナシ

〔整定本文〕

鶯のまだものうげになくなるは今朝も木末に雪や降るらん

〔現代語訳〕

鶯が春になってもまだ物憂い様子に鳴いているのは、今朝も木末に雪が降りかかっているからでしょうか。

〔他出〕『玉葉和歌集』雑一・一八四三

百首歌の中に　　源重之女

鶯のまだものうげになくめるは今朝も木末に雪や降るらん

『万代和歌集』春上・九四

百首歌中に　　重之女

鶯のまだものうげになくなるは今朝も木末に雪や降るらん

〔語釈〕○鶯　ウグイス科の小鳥。小規模な渡りをする鳥で、低地で越冬し山地で繁殖する。和歌では春を告げる鳥として詠まれることが多い。↓106番歌にも用例あり。○ものうげに　なんとなく気が進まない様子で。「花寒くして発くに懶く、鳥も啼くに慵し」（白氏文集・巻五八・二八一五）、「開くこと遅きは花艶を養ひ、語ること懶きは鶯思を含む」（白氏文集・巻六九・三五一九）と、物憂げに鳴く鳥の用例は『白氏文集』に見える。和歌でも「春立てど花もにほはぬ山里はものうかるねに鶯ぞなく」（古今集・春上・一五・在原棟梁）と詠まれる。

〔補説〕春なのに鶯がまだ本格的に鳴かないという歌意は、「こほりだにとまらぬ春の谷風にまだうちとけぬ鶯の声」（天徳内裏歌合・三・源順）にも通じる。この順の歌については、金子英世「天徳内裏歌合と初期百首の成立」（「三田国文」14　一九九一年六月）に言及がある。

ハルノアメニアレタルヤトノヒマシケミトカムハカリノソテソヌレケル

〔校異〕○ハルノ―□るの（冷）

〔整定本文〕

7

春の雨に荒れたる宿のひましげみとがむばかりの袖ぞ濡れける

〔現代語訳〕 荒れ果てた我が家は隙間が多いので、春の雨になぜこれほど濡れるのかと人が問いただすほど袖が濡れることです。

〔他出〕 『新千載和歌集』雑上・一六七六

　題しらず　　　　源重之女

春雨に荒れたる宿のひましげみとがむばかりの袖ぞ濡れける

『万代和歌集』春上・一六二

　春雨を　　　　重之女

春の雨に荒れたる宿のひましげみとがむばかりの袖ぞ濡れける

〔語釈〕 **○春の雨** 春に降る雨。春雨。『万葉集』には「はるさめ」「はるのあめ」の両様があるが、『古今集』以降は圧倒的に「はるさめ」が多い。「はるのあめ」を選択したのは、「春の雨にしのふることぞまさりける山の緑も色にいでにけり」（重之集・一七七）を意識したものか。→13番歌にも用例あり。**○荒れたる宿** 荒廃した邸宅。『万葉集』に用例はなく、「夏の夜の霜や置けるとみるまでに荒れたる宿を照らす月かげ」（寛平御時后宮歌合・五〇）、「山里に荒れたる宿を照らしつついくよへぬらん秋の月影」（小町集・一〇）などが早い例。→58番歌にも用例あり。

→〔補説〕Ⅰ。**○とがむばかりの袖ぞ濡れける** 「とがむ」は、他人が問いただすこと。恋の涙によるものかと思われ、それを問われるほど袖が濡れた、の意。「我が袖の濡るるを人のとがめずは音をだにやすくなくべきものを」（拾遺集・恋五・九一七・読人不知）。

〔補説〕 Ⅰ　源融の邸を伝領した恵慶が好んだ題「荒れたる宿」は、月と共に詠まれ、秋歌中で用いられることが多い。当該歌は、季節を春に移行させたのが趣向か。

Ⅱ「君まさで荒れたる宿の板間より月のもるにも袖は濡れけり」（和漢朗詠集・五三七）とよく似た詠いぶり。

サカシコノオモヒヲツケテシロタヘノユキマニキサスクサヲコソ思へ

〔校異〕　○サカシコノ―□かしらの（冷）、さかしらの（乙）　○シロタヘノ―しきたへの（冷）、しきたえの（乙）

〔整定本文〕

さかしらの思ひをつけて白妙の雪間にきざす草をこそ思へ

〔現代語訳〕

わざわざおせっかいにも思いの火を心につけて、真っ白な雪の間から健気に萌え出すであろう草を切望しています。

〔語釈〕　**○さかしら**　底本「サカシコ」を乙本により校訂。「さかしら」は自ら進んで出しゃばってすること。「さかしらに夏は人まね笹の葉のさやぐ霜夜を我がひとり寝る」（古今集・雑体・一〇四七・読人不知）。**○思ひをつけて**「思ひ」に「火」を掛ける。「火」は「つけ」と縁語。若草を切望する思いを恋歌めかして詠んだもの。**○白妙の**「雪」に掛かる枕詞。**○雪間にきざす**　雪の間から草木が芽を出すこと。「雪間」は「春日野の雪間を分けておひいでくる草のはつかに見えし君はも」（古今集・恋一・四七八・壬生忠岑）以降、若菜や若草と取り合わされ、恋歌に用いられることが多い。「雪間を分けて」の用例は多いが、「雪間にきざす」は、稀。平安時代の作例では、「片岡の雪間にきざす若草のはつかに見えし人ぞこひしき」（好忠集・二二）、「茜さす朝日にきゆる雪間よりきざしやすらん野辺の若草」（好忠集・順百首・冬・五二一）がある。

〔補説〕　和泉式部が百首歌の中で、「下もゆる雪間の草のめづらしく我が思ふ人にあひみてしがな」（和泉式部集・百首・冬・七六）と詠んだのは、当該歌をも意識したものか。

9

月ヲタニミルコトアカヌハルノヨハハナノアタリソオモヒヤラル、

〔校異〕 ナシ

〔整定本文〕

月をだに見ることあかぬ春の夜は花のあたりぞ思ひやらるる

〔現代語訳〕

おぼろな月でさえも見飽きることがない春の夜は、一晩中、花のあたりにしぜんと思いを馳せることです。

〔語釈〕 **○月をだに** 春の朧ろな月でさえ。**○あかぬ** 「飽かぬ」と「明かぬ」の掛詞。「明かぬ春の夜」と続く。**○思ひやらるる** 「思ひやる」は眼前ではなく、時間的空間的に遠方へと思いを馳せる意。「山里の物さびしさは荻の葉のなびくごとにぞ思ひやらるる」（後撰集・秋上・二六六・藤原実頼）。↓26・28・67・98番歌にも用例あり。

〔補説〕 「春の月」は「照りもせず曇りもはてぬ春の夜のおぼろ月夜にしく物ぞなき」（新古今集・春上・五五・大江千里）と詠まれ、『古今六帖』の分類項目にも見えるが、一般的には秋の澄んだ月がもっぱら賞美されていた。当該歌は、秋でなく霞がかかった朧月を詠じたもの。

10

ハナミニト山チヲコエテユク人ハコ、ロノホカノタヒネヲヤスル

〔校異〕 ナシ

〔整定本文〕

花見にと山路をこえて行く人は心のほかの旅寝をやする

〔現代語訳〕

花見のために山路を越えて行く人は、思いがけない旅寝をするのでしょうか。

〔語釈〕 **○花見にと** 花見をするためにという意の慣用的表現。「花見にといでにしものを秋の野の霧に迷ひて今日は暮らしつ」（後撰集・秋中・二七二・紀貫之）、「花見にと人は山辺に入り果てて春は都ぞさびしかりける」（後拾遺集・春上・一〇三・道命法師）。**○心のほか** 思いがけないこと、予定外のこと。「世にふれば心のほかにあくがれて君が立つ名をよそにこそ聞け」（重之集・二一五）↓85番歌にも用例あり。**○旅寝をやする** 「旅寝」は自宅以外の場所で寝ることを広く意味するが、当該歌では旅先で寝る意。旅の宿り。「この里に旅寝しぬべし桜花散りのまがひに家路忘れて」（古今集・春下・七二・読人不知）と歌境が似ている。

〔補説〕 山に花見に入り、旅寝をするという発想は、「山里に旅寝の数は積もるとも花のあたりはいそがざらなむ」（子僧集・一一）とも通う。

〔校異〕 ○コ、ロヲ—□□を（冷）

春ノ日ハ花ニコ、ロヲアクカレテ物オモフ人トミエヌヘキカナ

〔整定本文〕

春の日は花に心をあくがれてもの思ふ人と見えぬべきかな

〔現代語訳〕

春の日は花に心を惹きつけられて、恋のもの思いをする人と見えてしまいそうです。

〔他出〕 『続千載和歌集』 春下・八八

題しらず　　源重之女

春の日は花に心のあくがれてもの思ふ人と見えぬべきかな

『秋風和歌集』 春下・八二

春の歌のなかに　　源重之女

春の日は花に心のあくがれてもの思ふ人と見えぬべきかな

〔語釈〕**○心をあくがれて**　「あくがる」は心がある方面に惹かれ、そのために心が体から離れ上の空になる状態を意味する自動詞。平安時代になって用いられた語。底本は「心をあくがれて」とあるが、本来は、「心のあくがれて」とあるべき。「いつまでか野辺に心のあくがれむ花し散らずは千代も経ぬべし」（古今集・春下・九六・素性）↓序文に「春は花に心をあくがらし」とある。↓序文〔補説〕Ⅰ参照。**○もの思ふ人**　物思いをする人。ここでは恋の物思いをしている人の意で用いている。↓〔補説〕Ⅰ。

〔補説〕Ⅰ「もの思ふ」の歌句を、和泉式部が発展的に継承したことは、平田喜信が「「もの思へば」「もの思ふ」考—和泉式部集の連作・定数歌における自己表現」（『王朝和歌と史的展開』笠間書院　一九九七年）で論じている。

Ⅱ「この春は花に心のあくがれてこのもとにても暮らしつるかな」（永縁奈良房歌合・一〇・花林院得業）の上句は当該歌に似る。

12

ワカヤトノハナタクハルノカタミトテサソハヌ風ノアル世ナリセハ

〔校異〕○タク—さく（甲・乙）　○カタミ—かたみ《けしき》（冷）

〔整定本文〕

我が宿の花咲く春の形見とてさそはぬ風のある世なりせば

〔現代語訳〕

我が家の咲いた花を春の形見としてずっと見ていたいので、花を吹き散らさない風がこの世にあったらいいのに。

〔語釈〕 **○花咲く** 底本「ハナタク」を甲・乙本により校訂。**○春の形見** 「形見」は、過ぎ去ったものを思い出す種となるもの。思い出のよすが。人ばかりでなく、季節を惜しむ意にも用いられ、特に春・秋の用例が多い。「日くるればかつ散る花をあたらしみ春の形見に摘みぞ入れつる」（寛平御時后宮歌合・三八）、「我が宿の八重山吹はひとへだに散り残らなん春の形見に」（拾遺集・春上・七二・読人不知）。↓20番歌にも「形見」の用例あり。↓〔補説〕。**○さそはぬ風** 花が散ることを誘わない風。「吹く風のさそふものとは知りながら散りぬる花のしひて恋しき」（後撰集・春下・九一・読人不知）にあるように、春風は様々なものを誘う。花に用いられた場合は、散るのを促すものとなる。これをあえて反転させて、「さそはぬ風」としたところが創意。平安時代の他例はない。「花の香を風の便りにたぐへてぞ鶯さそふしるべにはやる」（古今集・春上・一三・紀友則）。**○せば** 本来は「せば……まし」の形で反実仮想の構文を作る。当該歌は「良からまし」などを言外にほのめかす。「誘う風がなかったら花はいつまでも咲いてるから良いのに」の意。

〔補説〕 和歌中の「形見」については、柏木由夫が「歌語「形見」を詠む和歌について」（『和歌 解釈のパラダイム』笠間書院 一九九八年、後に『平安時代後期和歌論』風間書房 二〇〇〇年）において詳細に論じている。

ハルノアメニヌル、タモトハオシカラスハナオルミチニケフハクラサン

〔校異〕 ○オル―みる（乙）

〔整定本文〕

春の雨に濡るる袂は惜しからず花折る路に今日は暮らさん

〔現代語訳〕

春の雨に濡れる袂は惜しくはありません。花を折り愛でるこの路で今日はひねもす過ごしましょう。

〔語釈〕 **○春の雨** 春に降る雨。春雨は、「春雨はいたくな降りそ桜花いまだ見なくに散らまくをしも」（万葉集・巻一〇・一八七〇）のように、花を散らすものでもあった。そのため、春雨に濡れてもかまわないから、花を賞美しようというのである。↓7番歌にも用例あり。**○濡るる袂** 雨によりしぜんと濡れる袂。「家はこそ心をのする法の雨のそそぐしるしに濡るる袂か」（歌仙家集本伊勢集・四二六）。**○花折る路** 花を賞美し、手折りながら歩く山路。「散りぬればこふれど験なきものを今日こそ桜折らば折りてめ」（古今集・春上・六四・読人不知）のように、花を賞美して手折ることもあったらしい。ただし、「花折る路」は孤例。乙本「花見る路」とすると、花を賞美しながら歩く山路の意となり、「類しつついざ秋の野にわが背子が花見る路をわれおくらすな」（恵慶集・二六七）がある。**○今日は暮らさん** 明日には散るかもしれないという不安な気持ちを背後に置き、雨をものともせずに日中ここで過ごそうの意。「暮れてまた明日とだになき春の日を花の影にて今日は暮らさむ」（後撰集・春下・一四五・凡河内躬恒）と結句同じ。ただし躬恒詠は三月尽日のものだが、当該歌は配列からして、特に尽日を意識したものではない。↓〔補説〕Ⅰ。

〔補説〕 Ⅰ　当該歌の「今日」は、行事などで世間的に認知された特定の日を指すものではなく、個人的な時間を意味している。このような時間意識については、平田喜信「「もの思へば」「もの思ふ」考―和泉式部集の連作・定数歌における自己表現」（『王朝和歌と史的展開』笠間書院　一九九七年）に詳しい。

Ⅱ　雨に濡れながらの花見詠としては、「桜がり雨はふりきぬ同じくは濡るとも花の影にかくれむ」（拾遺集・春・五〇・読人不知）もある。

アタナリシツネヲシラスハサクラ花オシム心モヨニナカラマシ

〔校異〕 ナシ

〔整定本文〕

あだなりしつねを知らずは桜花惜しむ心も世になからまし

〔現代語訳〕

惜しんでも無駄であったという世の常をもし知らないならば、これほど桜花が散るのを惜しむ心もこの世になかったでしょうに。

〔語釈〕　**○あだなりし**　「あだなり」は、空虚な様、無駄なこと。「し」と過去の助動詞を用い、無駄だったことは重々承知しながら、今年もまた、散る桜を惜しんでしまう人の心の不可思議さを詠んだもの。↓73番歌に「あだなり」の用例あり。↓〔補説〕。**○惜しむ心**　残念に思う気持ち。「都にも花なきならず山桜たづねて惜しむ心しらなん」（恵慶集・五）と見えるように、花を惜しむ心を詠むのが常套。

〔補説〕　当該歌は、無駄であることを知りながらも散るのを惜しむ人の心の矛盾を反実仮想で詠じた。語句的に似通う「あだなりとつねは知りにき桜花惜しむほどだにのどけからなん」（天徳内裏歌合・一〇・藤原朝忠）は、桜花が散るのは世の常でありながらも、散りはじめると惜しむ気持ちになって、せめてゆっくり散ってほしいと詠んだもの。

15

□ヘルヘキ□タコソナケレ路ミエスハナチリニケルハルノヤトリハ

〔校異〕　○□ヘル―□□る（冷）、かへる（甲・乙）　○□タ―かた（冷・甲・乙）　○ヤトリハ―やまみち（冷・乙）

〔整定本文〕

帰るべきかたこそなけれ路見えず花散りにける春の宿りは

〔現代語訳〕

我が家へ帰るべき方向も分かりません。路が見えないほど花が散ってしまった春の旅寝の後には。

〔語釈〕 **○路見えず**　一面の落花でどこが道か見えない状態。「散る花は路見えぬまでうづまなん別るる人も立ちやとまると」（拾遺集・別・三〇三・読人不知）、「霧りくもり路も見えずもまどふかないづれか佐保の山路なるらむ」（躬恒集・二七九）→〔補説〕Ⅰ。**○春の宿り**　春に花見に出かけ、仮り寝をするための宿。→〔補説〕Ⅱ。

〔補説〕 Ⅰ　花の散り敷いた様については、田中大士が「散り敷く花の評価―三代集時代を中心に―」（『和歌　解釈のパラダイム』笠間書院　一九九八年）において通史的に論じている。

Ⅱ　花見のために山に入り旅寝をする様は、「宿りして春の山辺に寝たる夜は夢の内にも花ぞ散りける」（古今集・春下・一一七・紀貫之）とも詠まれている。

ワカコマノツナヒクハルニナリニケリハルハテカタノニハノコクサモ

〔校異〕 ナシ

〔整定本文〕
若駒の綱引くはるになりにけり春果てがたの庭の小草も

〔現代語訳〕
若々しい馬が、掛けた綱を引っ張る春になったことです。春が果てる頃、馬が好んで食むという庭の小草も青々として。

〔語釈〕 **○若駒**　「駒」は小馬のこと。駒は初期百首歌人が好んだ歌材。若駒は、「五月五日駒くらべの所／若駒と今日にあひくる菖蒲草おひおくるるや負くるなるらん」（頼基集・三〇）、「五月五日男馬牽きいでて見る／若駒を菖蒲の草にひきそへて五月もくれば見ぬ時ぞなき」（兼盛集・一九七）のように、屏風の絵柄では端午の節句のもの。

↓〔補説〕Ⅰ・Ⅱ。**○綱引くはる**　馬が手綱を引いたり張ったりして逆らう春の意。「はる」は「張る」と「春」の掛詞。「引く」「張る」は、「綱」の縁語。「あまた年越ゆる山辺に家居して綱ひく駒もおもなれにけり」（蜻蛉日記・中・安和二年八月）、「引き寄せばただには寄らで春駒の綱ひきするぞなはたつと聞く」（拾遺集・雑賀・一一八五・平定文）。**○なりにけり**　なったことだと、今気付いたことをいう慣用句。「秋近う野はなりにけり白露のおける草葉も色かはりゆく」（古今集・物名・四四〇・紀友則）、「子の日すとみしほどもなく草枕むすぶばかりに野はなりにけり」（好忠集・順百首・春・四九〇）。**○庭の小草**　「小草」は小さな草の意だが、用例は少なく、「み山木の蔭の小草は我なれやつゆしげけれど知る人もなき」（新勅撰集・恋二・七一三・伊勢）が初期の例か。当歌は、「我が背子が来ませりつるか見ぬほどに庭の小草も片まよひせり」（好忠集・一四四）、「山のしろの淀の小草をかりにきて袖ぬれぬとは恨みざらなん」（重之集・二四五）などに倣ったか。

〔補説〕　Ⅰ　若駒は、菖蒲や「よそにみしおもあらの駒も草なれてなつくばかりに野はなりにけり」（好忠集・百首・夏・三八五）など夏草との取り合わせが多い。当該歌は、それを予感させながら夏草となる前の小草と関わらせて、季節を晩春にずらして詠んでいる。

Ⅱ　駒については、「特集　馬と文学」（『文学』二〇一四年一・二月号）参照。

Ⅲ　当該歌から春部末の19番歌までの歌材を、和泉式部百首は配列もそのままに踏襲している。↓解説205頁参照。

ハルフカミトコロモヨカスサキニケリ井テナラネテモ山フキノハナ

〔校異〕　○フカミ—わかみ（乙）　○ヨカス—よかて（乙）　○ナラネテモ—ならねとも（冷・乙）

〔整定本文〕

春深みところもよかず咲きにけり井手ならねども山吹の花

〔現代語訳〕
春が深いので、場所も選ばないで美しく咲いたのですね。有名な井手ではないけれど、山吹の花は。
〔語釈〕 ○よかず 避けない。「よく」は、避けるの意。「逢ふことの山彦にしてよそならば人目も我はよかずぞあらまし」（貫之集・五七三）。○井手ならねども 底本「ナラネテモ」を冷・乙本により校訂。山吹の名所である井手ではないがの意。「井手」は山城国の歌枕。現在の京都府綴喜郡井手町。井手は、「井手の山吹を／色も香もなつかしきかな蛙なく井手のわたりの山吹の花」（小町集・六二）、「蛙鳴く井手の山吹散りにけり花の盛りにあはましものを」（古今集・春下・一二五・読人不知）と、平安時代初期にはすでに山吹と取り合わされることが多かった。井手に「ならねども」を連接させ得たのは、「井手」が山吹の名所として定着していたこと、つまり歌枕という概念の成立が背景にある。「駿河なる浦ならねども白波は田子といふなにも立ちかへりけり」（うつほ物語・忠こそ・一一三・左衛門佐）→〔補説〕。→19番歌にも「ならねども」の用例あり。○山吹 バラ科の落葉低木。晩春から初夏にかけて黄色の花をつける。『古今集』以後は、井手に咲く山吹を詠むのが典型。
〔補説〕 歌枕「井手」については、佐藤雅代「歌枕「井手」の成立とその受容」（『講座　平安文学論究』17　風間書房　二〇〇三年）が通史的に論じている。

18

イハタカクナトテサキケンイハツ、シナヘテノハナニマサルトモナシ
〔校異〕 ナシ
〔整定本文〕
いは高くなどて咲きけん岩躑躅なべての花にまさるともなし
〔現代語訳〕

岩の高いところでどうして咲いたのでしょう、岩躑躅は。すべての花に勝るというわけでもないのに。

〔語釈〕 **○岩躑躅** 岩間に咲く躑躅の総称。躑躅は、半落葉低木で、春から夏に掛けて朱色の花をつける。「山越えて遠津の浜の岩躑躅わがくるまでにふふみてありまて」（万葉集・巻七・一一九二）とすでに『万葉集』にも見えるが、「白躑躅」「丹躑躅」とあわせても歌数はさほど多くはない。「思ひ出づるときはの山の岩躑躅いはねばこそあれ恋しきものを」（古今集・恋一・四九五・読人不知）のように、「言はねば」「岩」と掛けて用いられることが多い。当歌のように花自身に注目したものは少ない。↓〔補説〕。

〔補説〕 当該歌は、岩躑躅が岩の高いところで他の花を見下ろすように咲いているのを高飛車な態度だと揶揄して詠んだもの。歌材としての岩躑躅は、和泉式部に継承されており、近藤（満田）みゆき「和泉式部と漢詩文―同時代からの達成―」（『論集　和泉式部』笠間書院　一九八八年、後に『古代後期和歌文学の研究』風間書房　二〇〇五年所収）参照。さらに、躑躅詠については、田中幹子が「『和漢朗詠集』躑躅部成立の背景―王朝の色彩美―」（『和歌　解釈のパラダイム』笠間書院　一九九八年）で通史的に論じている。

スミヨシノキシナラネトモフチナミハサクヘキホトニサクニソアリケル

〔校異〕 ○スミヨシノ―すみのえの（冷・乙）

〔整定本文〕

住吉の岸ならねども藤波は咲くべきほどに咲くにぞありける

〔現代語訳〕

ここは名所の住吉の岸ではないけれども、藤の花は咲くべき時に咲くのでしたよ。

〔語釈〕 **○住吉の岸ならねども** 住吉は、摂津国の歌枕。現在の大阪府住吉区。冷・乙本の「住之江」も、大阪市住吉区住吉町にある住吉大社の近くの海岸一帯の地域。いずれも藤や松と取り合わされることが多い。↓〔補説〕Ⅰ。「住吉の岸の藤波我が宿の松の梢に色はまさらじ」（拾遺集・夏・八四・平兼盛）。歌枕という概念が定着した後には、それを逆手にとった詠みぶりも見え始める。「住吉の岸ならねども人知れぬ心のうちのまつぞわびしき」（後拾遺集・恋三・七四〇・相模）は、当該歌上句と同一。↓〔補説〕Ⅱ。↓17番歌にも「ならねども」の用例あり。**○藤波**　花房の形状から藤花そのものを表す歌語「藤波」の意に「岸」の縁で「波」の意を掛けた。藤は、マメ科のつる性の落葉樹。春から夏に掛けて小さな藤色の花が咲く。花房は垂れ下がり、長いものでは九〇センチにも及ぶという。↓〔補説〕Ⅲ。

〔補説〕　Ⅰ　片桐洋一『歌枕歌ことば辞典増訂版』（笠間書院　一九九九年）の「すみのえ・すみよし」の項目では、住吉と住之江について奥村恒哉の論を挙げながら詳細に論じている。明確な区別がなされていると主張する奥村に対し、明確な区別は難しいとするのは片桐である。

Ⅱ　当該歌のように世の中の常識を逆手にとって詠うことが重之女に多いことは、渦巻（小林）恵「重之女の歌風について―百首歌を中心に―」（『小山工業高等専門学校研究紀要』19　一九八七年三月）で論じた。

Ⅲ　藤花詠が主に春部に置かれることについて、渋谷栄一「拾遺集の美意識についての一考察―藤の花の歌の部立を中心として―」（『和歌文学研究』45　一九八二年七月）が詳細に論じている。

20

ナツ廿

カタミトテフカクソメテシハナノ色ヲウスキコロモニヌキヤカフラン

〔校異〕　○フカク―ふ□く（冷）　○ソメテシ―そめて□（冷）

〔整定本文〕　夏　二十

形見とて深くそめてし花の色を薄き衣にぬぎやかふらん

〔現代語訳〕 春の形見として深く染めた花の色の衣を、どうして薄い夏衣に脱ぎ替えるのでしょうか。

〔他出〕 『続後拾遺和歌集』夏・一五六

題しらず　　　　源重之女

形見にと深くそめてし花の色を薄き衣にぬぎやかふらん

〔語釈〕 **○形見とて** 思い出のよすがとして。→12番歌にも「形見」の用例あり。**○深く** 染色した色の濃さをいったもの。下句の「薄き」と対をなす。**○花の色** 花の色に染めた衣の意。「桜色に衣は深くそめてきむ花の散りなむのちの形見に」（古今集・春上・六六・紀有朋）を踏まえ、桜色に衣を染めることを詠んだ歌は多い。「花の色にそめし袂の惜しければ衣かへうき今日にもあるかな」（拾遺集・夏・八一・源重之）もある。→〔補説〕Ⅰ。**○ぬぎやかふらん** なぜ脱ぎ替えるのだろうか。「らむ」は、疑問の意の「や」を伴い、「どうして……なのだろうか」「なぜ……なのだろうか」とその原因・理由を推測する意。「年を経て花の鏡となる水はちりかかるをや曇るといふらむ」（古今集・春上・四四・伊勢）→〔補説〕Ⅱ。

〔補説〕 Ⅰ 「桜色の衣」「花色衣」などを初期百首歌人たちが夏の更衣詠に用いたことは、平田喜信「和泉式部百首の成立」（『大妻国文』1 一九七〇年三月、後に『平安中期和歌考論』新典社 一九九三年所収）が指摘する。続いて、金子英世も「天徳四年内裏歌合と初期百首の成立」（『三田国文』14 一九九一年六月）で論じた。

Ⅱ 花色衣を脱ぎかえることへの躊躇は、「花散らむのちも見るべく桜色にそめし衣をぬぎやかふべき」（恵慶集・百首・夏・二二六）と詠まれている。

Ⅲ 夏部冒頭に更衣詠を置く。更衣は、『延喜式』に夏冬の二回、天皇の装束や室礼などを替える宮廷儀式として規定されている。当日が日蝕の場合には翌日に行われた。「冬をいたみ薄き衣とかへつれど心はのべに草になりけり」（保憲女集・一〇八）もあるが、和歌の世界でも単に更衣というと、夏衣となることを意味する場合が多い。「春過ぎて夏来たるらし白妙の衣ほしたり天の香具山」（万葉集・巻一・二八）は、更衣を背景に詠じられた初例と目される。延喜一三年（九一三）三月一三日の「亭子院歌合」歌「今日よりは夏の衣になりぬれどきる人さへはかはらざりけり」（後撰集・夏・一四七・読人不知）を契機として、中務が「夏衣たちいづる今日は花桜形見の色も脱ぎやかふらん」（天徳四年内裏歌合・二三）と詠んだこともあり、初期百首歌人たちが積極的に詠じるようになっていく。このような動きを受けて、『古今六帖』歳時部では夏部に「更衣」が立項され、以降、更衣題は、夏部冒頭を飾るものとして定着をみた。

ネサメツ、コヱマチワヒヌ時鳥ハツネハコ、ニマツモナカナン

〔校異〕 ナシ

〔整定本文〕

寝覚めつつ声待ちわびぬ時鳥初音はここにまづも鳴かなん

〔現代語訳〕

何度も寝覚めながらその声を待ち侘びています。時鳥よ。初音はこの場所で真っ先に鳴いてほしいのです。

〔語釈〕 **○寝覚め** 平安時代の「寝覚め」は、恋のための物思いと結び付く場合が多いが、当該歌では、目を覚ますことを意味する。「さ夜ふけて寝覚めざりせば時鳥人づてにこそ聞くべかりけれ」（拾遺集・夏・一〇四・壬生忠見）。↓〔補説〕Ⅰ。↓序文・114番歌にも用例あり。**○時鳥** ホトトギス科の渡り鳥。初夏に飛来することから夏の鳥として詠われる。特に、夜に鳴くと詠じられることが多い↓〔補説〕Ⅱ。**○初音** 時鳥は初夏に鳴き始めて、その鳴き声は「初声」と詠われることの方が多い。「初音」との組み合わせは、比較的新しい。「山里に家居せしより時鳥

夜半の初音は我のみぞ聞く」（兼盛集・一九六）、「時鳥ほのに初音を聞きしよりよる年なれば目を覚ましつつ」（好忠集・九九）。

〔補説〕Ⅰ　序文に見える「夏は時鳥の声を寝覚めて聞く」の一節は、当該歌によるものであろう。「寝覚め」については、増田繁夫「歌語「ねざめ」について」（「大阪市立大学文学部紀要人文研究（国語・国文学）」41—4　一九九〇年一月）参照。

Ⅱ　時鳥については、渡辺秀夫『詩歌の森　日本語のイメージ』（大修館書店　一九九五年）、佐藤雅代「和歌に詠まれたほととぎす—ただひとこゑのゆくかたもみん—」（「文芸研究」80　一九九八年九月）が詳細に論じている。

ウノハナノサケルヤマヘノ山カツハイツレトモミシミネノシラクモ

〔校異〕　ナシ

〔整定本文〕

卯の花の咲ける山辺の山がつはいづれとも見じ峰の白雲

〔現代語訳〕

卯の花の咲いている山辺に住む山人は、すべてが白色で、いずれとも見分けられないでしょう、卯の花か峰の白雲かを。

〔語釈〕　○卯の花　ユキノシタ科の落葉低木。夏に白い五弁の小さな花の集まった花序をつける。古くから撫子などと共に垣根に用いられた植物。「山がつの垣根に咲ける卯の花は誰が白妙の衣かけしぞ」（拾遺集・夏・九三・読人不知）。→〔補説〕。○山がつ　山で生活をしている人の意。身分的に下賤である意を内包した語。山人・杣人と同義。『万葉集』に用例はない。→67・95番歌にも用例あり。95番歌では卯の花も共に詠まれている。○峰の白雲峰にある白雲。見立ての手法を用いて、卯の花と雲、いずれにも共通する白色による紛れを詠んだもの。

〔補説〕 卯の花については、高木和子「『古今六帖』による規範化の一様相―「卯の花」歌を例として」（「日本文芸研究」55―3 二〇〇三年一二月）が詳細に論じている。

シタヤミニヲクラノ山ヲユク人ハヲノカオモヒヲタノムナルヘシ

〔校異〕 ナシ

〔整定本文〕

下闇にをぐらの山をゆく人はおのが思ひをたのむなるべし

〔現代語訳〕

繁った木の下闇の暗い中、小倉山を行く人は、自身の恋の思いの火を頼みにして山路を辿ることでしょう。

〔語釈〕 **○下闇** 繁った枝葉で木の下が暗いこと。木陰の暗がり。→〔補説〕Ⅰ。**○をぐらの山** 「小倉山」は山城の国の歌枕。現在の京都市右京区嵯峨。大堰川北岸の山で、嵐山と対峙する。「小暗し」と掛けて詠まれることが多い。「みだれずてこの下闇にをぐら山麓に鹿をともすあき人」（海人手古良集・一六）でも「をぐら山」は「下闇」とともに詠まれている。**○思ひ** 「思ひ」の「ひ」に「火」を掛ける。「火」で周囲を照らして山路を辿るという風情。「五月山ともしにみだるかり人はおのが思ひに身をややくらん」（重之集・百首・夏・二五〇）。

〔補説〕 Ⅰ 「この下闇」は、「このくれの夕闇なるに時鳥いづくを家と鳴き渡るらむ」（万葉集・巻一〇・一九五二）の「木のくれの闇」から派生した語とも。「下闇」の八代集での用例は「五月山この下闇にともす火は鹿のたちどのしるべなりけり」（拾遺集・夏・一二七・紀貫之）と「望月の駒ひく時は逢坂のこの下闇も見えずぞありける」（後拾遺集・秋上・二八〇・恵慶）の二例のみ。この他、初期百首歌人の用例としては語釈にあげた一首（海人手古良集・

一六）がある。「この下闇」でなく、単独で「下闇」と用いたのは、重之女の創意であろう。
Ⅱ　当該歌から25番歌まで三首、恋歌仕立て。

イソケトモユキモヤラレヌ夏クサノシケレルヤトハミチハツユケ□

〔校異〕　○ミチハ―みちを（冷・乙）　○ツユケ□―つゆけみ（甲・冷）、つゆのみ（乙）

〔整定本文〕

いそげどもゆきもやられぬ夏草のしげれる宿は路は露けみ

〔現代語訳〕

急いでも行くこともままならないことです。夏草が繁っている宿は路が露っぽいので。

〔語釈〕　**○いそげども**　急ぐけれども。初句に用いられたのは初例。**○ゆきもやられぬ**　「やる」は補助動詞で、すっかり……する、……してしまうという、動作が遠くに向かって進む意を表す。「ゆきもやられぬ」で、行こうとするもののそれが困難であることを意味している。「ゆくとくと見れどもあかぬ秋の野はゆきもやられずとまるともなし」（伊勢集・二四二）、「春の日はゆきもやられず蛙なく佐保のわたりに駒をとどめて」（重之集・百首・春・二三八）。**○露けみ**　底本の欠字を、甲・冷本で補った。「露けみ」は、露にぬれて湿っぽいので。形容詞「露けし」の語幹「露け」に、原因理由を表す接続助詞「み」のついた形。繁茂する夏草と共に詠われることが多い。「夏草の中を露けみかきわけてかる人なしにしげる野辺かな」（天徳四年内裏歌合・三〇・壬生忠見）。

〔補説〕　Ⅰ　「夏草」が歌題として見えるのは、天徳四年（九六〇）三月催行の「内裏歌合」が最初。「夏深くなりぞしにけるおはらぎのもりの下草なべて人かる」（天徳四年内裏歌合・三一・平兼盛）。好忠も「野中にはゆきかふ人も見えぬまでなべて夏草しげりあひにけり」（好忠集・一二三）と、身の丈以上に繁った夏草を詠んでいる。夏草の繁茂が漢詩文の影響を受けていることなどについては、近藤みゆきが「平安中期河原院文化圏に関する一考察―曾禰好忠・恵慶・源道済の漢詩文受容を中心に―」（「千葉大学教養部研究報告」A―22　一九九〇年三月、後に『古代後期和歌文学の研究』風間書房　二〇〇五年所収）において論じている。

Ⅱ　当該歌は「宿」「露けし」という表現を用いて恋歌めかして詠む。

Ⅲ　「ゆきなれぬ路のしげさに夏草の暁おきは露けかりけり」（重之集・百首・夏・二六〇）を参考にした歌か。

ナツノ日ノアツサヲヨクトスルホトニオモハヌヤトニタチソヨラル、

〔校異〕　○スルホトニ―いるほとに（乙）

〔整定本文〕

夏の日の暑さをよくとするほどに思はぬ宿に立ちぞよらるる

〔現代語訳〕

夏の日の暑さを避けようとする折には、思いがけない宿にしぜんと立ち寄ってしまうことです。

〔語釈〕　**○よく**　避ける。「うつつにはさもこそあらめ夢にさへ人めをよくと見るがわびしさ」（古今集・恋三・六五六・小野小町）。**○思はぬ宿**　あらかじめ予定していない宿。暑さを避けるために思いがけずに立ち寄った宿。「思はぬ宿」に立ち寄る男性を想起させ、恋歌めいた詠みぶりとなっている。「何事も思はぬ宿のかやり火をくゆるとたれか名付けそめけむ」（花山院歌合・一三・なりのぶ）。

〔補説〕　Ⅰ　夏の暑さや涼気、暑気を詠んだ和歌については、川村晃生「歌人たちの夏―暑気と涼気と」（「芸文研究」55　一九八九年三月、後に『摂関期和歌史の研究』三弥井書店　一九九一年所収）が詳細に論じている。和歌に詠まれた季節については、久保木寿子「和泉式部の詠歌環境―その始発期―」（「国文学研究」71　一九八〇年六月）、金子英世「初期百首の季節詠―その趣向と性格について―」(「国語と国文学」70―8　一九九三年八月)参照。納涼詠は、屏風歌の隆盛と関わり、この当時盛んに詠まれたものであることについては、岩井宏子「納涼詠の生成をめぐって」(『古代中世和歌文学の研究』和泉書院　二〇〇三年、後に『古今的表現の成立と展開』和泉書院　二〇〇八年所収)が詳細に論じている。

Ⅱ　当該歌は、男性が予定外の外泊をするような趣きで詠われている。32番歌はこれとは逆に女性の立場から詠まれている。

アフキツ、ナツハカクテモクラシテン秋ノケシキヲオモヒコソヤレ

〔校異〕　○ケシキヲ―けしきそ(乙)　○オモヒコソヤレ―おもひやらるゝ(乙)

〔整定本文〕

あふぎつつ夏はかくても暮らしてん秋のけしきを思ひこそやれ

〔現代語訳〕

あおぎながら夏はこうして暮らしてしまいましょう。涼しい秋の風情に思いをはせながら。

〔語釈〕　**○あふぎつつ**　扇で仰ぐことを繰り返して。→〔補説〕Ⅰ。**○かくても**　このようにして。何もせず、扇であおいで暑さを凌ぎ、夏をやり過ごそうとしている。**○てん**　完了の助動詞「つ」の未然形に推量の助動詞「む」の付いたもの。当該歌の「てん」は、「梓弓おして春雨今日降りぬ明日さへ降らば若菜つみてん」(古今集・春上・二〇・読人不知)と同じく、「……してしまおう」「必ず……しよう」という強い意志を表す。**○秋のけしき**　「けしき」は元来「気色」で、人間の気持ちが表面に出た場合を表す語であったものが、自然の景色にも転用されるようになった。「ながめつつ過ぐる月日も知らぬまに秋のけしきになりにけるかな」(小町集・一〇四)が先行す

る可能性もあるが、『小町集』では後の増補と目される部分に所収された歌であり、自然を意識して用いた例としては、「忘れゆく春のけしきを霞むとてつらき吉野の山もことはり」（斎宮女御集・一六〇）、「いつとても秋のけしきはみすれども風こそ今日はふかく知らすれ」（うつほ物語・内侍のかみ・六一三）とともに、かなり初期の用例と目される。→「けしき」は、44・58・91番歌にも用例あり。→〔補説〕Ⅱ。**○思ひこそやれ** 涼しくなるであろう秋に思いを馳せて夏の暑さを乗り切ろうというもの。「思ひやる」は、時間的空間的に隔たっているものに思いを馳せること。→〔補説〕Ⅲ。

〔補説〕 Ⅰ　扇は初期百首歌人たちが好んだ歌材。「手もたゆく扇の風もぬるければ関のし水にみなれてぞゆく」（好忠集・一五四）、「わが手にも夏はへぬとや思ふらんあふぎの風のいまはものうき」（重之集・百首・夏・二五三）。本橋裕美「平安の櫛と扇をめぐって―物語における機能と変遷を中心に―」（『王朝文学と服飾・容飾』竹林舎　二〇一〇年）が、物語における扇について述べている。

Ⅱ　「けしき」については、根来司「八代集と「けしき」」（「国語と国文学」52―3　一九七五年三月）、西端幸雄「「けしき」と後拾遺集―特に、自然に関する「けしき」について―」（「国語学」112　一九七八年三月、後に『平安朝仮名文学作品語彙の研究』金壽堂出版　二〇一〇年）、辛島美絵『古代の〈けしき〉の研究　古文書の資料性と語の用法』（清文堂出版　二〇一〇年）がある。

Ⅲ　当該歌と同じく、未来に思いを馳せる例は、「過ぎにし方を思ひ出で、行く末を思ひやりつつ」（子僧集・序文）がある。

ナツノヨノアリアケノ月ニメヲサマシス、シキカケトナカメツルカナ

〔校異〕　ナシ

〔整定本文〕
　夏の夜の有明の月に目をさまし涼しきかげとながめつるかな

〔現代語訳〕
　夏の夜の有明の月によって目を覚まして、涼しく見える月の光だと眺めたことです。

〔語釈〕　**○有明の月**　陰暦二十日過ぎの月。「長月の有明の月」と詠まれることが多いが、「きたりとて寝るまもあらじ夏の夜の有明の月もかたぶきにけり」（好忠集・一四二）もある。→〔補説〕Ⅰ。**○目をさまし**　夜に目を覚まして。和歌中での「目覚め」は、恋煩いによるもの、あるいは老齢ゆえとするものが多く、当該歌のように月光により目覚めるのは異例。**○涼しきかげ**　白色ゆえに、涼しく見える月光の意。「吹く風の我が宿にくる夏の夜は月のかげこそ涼しかりけれ」（寛平御時后宮歌合・五七）。

〔補説〕　Ⅰ　すでに『万葉集』には「長月の有明の月夜」が二例（巻一〇・二二〇〇、巻一〇・二二三九）見られるように、有明月は秋に詠まれることが多い。当該歌が「涼しきかげ」とするのは、夏でありながら、秋の月光の白色を想起して、涼を感じるため。「暮れの夏有明の月をよみ侍ける／夏の夜の有明の月を見るほどに秋をもまたで風ぞ涼しき」（後拾遺集・夏・二三〇・藤原師通）と通じる歌境。
Ⅱ　『枕草子』に「夏は夜。月の頃はさらなり」（春はあけぼの）とあるが、和歌中での月はもっぱら秋に愛でられるものであった。夏の月の光に涼しさを感じ、賞美するという趣向は、「月平沙を照らせば夏の夜の霜」（白氏文集・巻二〇・一三七四）、「床前月光を看る　疑ふらくは是地上の霜かと」（静夜思・李白）といった漢詩文に基づくもの。「夏の月」「冬の月」という歌材が、漢詩文から摂取され、河原院文化圏において共有された美意識であったこ

とは、近藤みゆきが論じている（「平安中期河原院文化圏に関する一考察―曾禰好忠・恵慶・源道済の漢詩文受容を中心に―」「千葉大学教養部研究報告」A―22　一九九〇年三月、後に『古代後期和歌文学の研究』風間書房　二〇〇五年所収）。

カセソヨクナツノクレタニアツケレハスキニシ日コソオモヒヤラルレ

〔校異〕　○オモヒヤラルレ―おもひやら□れ（冷）

〔整定本文〕

風そよぐ夏の暮れだに暑ければすぎにし日こそ思ひやらるれ

〔現代語訳〕

風がそよぐ夏の終わりの日暮れでさえ暑いので、過ぎ去った夏の暑かった日々にしぜんと思いを巡らしてしまいます。

〔語釈〕　**○風そよぐ**　風がそよそよと音を立てる様。「昨日こそ早苗とりしかいつのまに稲葉そよぎて秋風の吹く」（古今集・秋上・一七二・読人不知）、「荻の葉のそよぐおとこそ秋風の人にしらるる始めなりけれ」（拾遺集・秋・一三九・紀貫之）のように、「そよぐ」は秋歌に詠まれる。夏の歌としては、「荻の葉に風のそよめく夏しもぞあきならねどもあはれなりける」（好忠集・一七一）がある。**○暮れ**　「夕暮れ」に夏の「暮れ」の意を響かせ、盛夏の暑さをうんざりだと思っていると解した。→〔補説〕。**○思ひやらるれ**　夏の暑かった日々に思いを馳せるの意。「思ひやる」は、時間的・空間的に隔たったものに遠くから思いを馳せるの意。当該歌は過去に思いを馳せている。「音にたててなかぬ日はなし鶯の昔の春を思ひやりつつ」（後撰集・哀傷・一四〇七・大輔）。→「思ひやる」は9・26・67・98番歌にも用例あり。

〔補説〕　「夏の夕暮れ」は曾禰好忠が好んだ歌句。「ひくるれば下葉小暗きこのもとのものおそろしき夏の夕暮れ」

（好忠集・一一九）、「庭たづみ流れて人はみえくるとくるれば頼む夏の夕暮れ」（好忠集・一四七）、「我が背子が夏の夕暮れ見えたらば涼しきほどにひとゐねなまし」（好忠集・一六五）、「入日さし蜩の声を聞くからにまだきねぶたき夏の夕暮れ」（好忠集・一八一）と見える。源順も「数ならぬみのうの花の咲きみだれものをぞ思ふ夏の夕暮れ」（順集・七八）と詠む。

トコナツニ、ホフカキネノナテシコヲアキノハナトハタレカイヒケン

〔校異〕　ナシ

〔整定本文〕

とこなつににほふ垣根の撫子を秋の花とはたれかいひけん

〔現代語訳〕

「常夏」の名の通り、夏のあいだずっと美しく咲いている垣根の撫子を、秋の花とはいったい誰が言ったのでしょうか。

〔語釈〕　**○とこなつ**　撫子の異名。山野に自生するナデシコ科の多年草。夏から初秋に掛けて咲く花ながら、「常夏」の異名が用いられた場合には夏歌となる場合が多い。「秋深く色うつり行く野辺ながらなに常夏にみゆる撫子」（順集・一五二）も当該歌と同様に常夏という異名に異を唱えている。**○にほふ**　咲き匂うの意。ここでは、視覚的な美しさを意味する。**○垣根の撫子**　垣根に咲く撫子。あるいは垣根のように植えられている撫子か。「我が宿の垣根にうゑし撫子は花に咲かなんよそへつつ見む」（後撰集・夏・一九九・読人不知）、「山がつはくらめやとだに見えぬまで垣根に咲ける撫子の花」（長能集・二二一）。**○たれかいひけん**　誰が言ったのでしょうかの意。重之女歌には伝統的な物言いを打ち消す傾向がみられ、「君が代の年の数をば白妙の浜の真砂とたれかいひけん」（貫之集・一

六五）もあるが、先行の用例は少ない。↓51番歌にも用例あり。↓19番歌〔補説〕Ⅱ参照。
〔補説〕撫子は、「萩の花 尾花 葛花 撫子の花 女郎花 また藤袴 朝顔の花」（万葉集・巻八・一五三八・山上憶良）と詠まれ、秋草に数えられている。このような分類を念頭に詠んだもの。

夏ノ日ニフク秋風ハヌルケレトシツコ、ロナキオキノウヘカナ

〔校異〕ナシ
〔整定本文〕
　夏の日に吹く秋風はぬるけれどしづ心なき荻の上かな
〔現代語訳〕
　夏の日に吹く秋風はいまだなま温いけれど、風に揺れて落ち着かない荻の上葉ですね。
〔語釈〕**○ぬるけれど**　「ぬるし」は、ここでは暑さが少々やわらぎながらも、いまだ秋風とは言えない生温い風の様をいう。「いざこども野草もがきに手もぬるく風ものどけき秋のひよりに」（好忠集・二四一）。↓25番歌〔補説〕Ⅰ参照。**○しづ心なき**　落ち着いた心もないこと。「久方のひかりのどけき春の日にしづ心なく花のちるらむ」（古今集・春下・八四・紀友則）。荻とともに詠まれたものは、「まつ人にあやまたれつつ荻の音のそよぐにつけてしづ心なし」（輔親集・一六七）、「風吹けば玉と見えつつ朝露の荻のうは葉ぞしづ心なき」（後鳥羽院御集・一三九三）がある程度。**○荻**　イネ科の多年草で、湿地に群生する。『万葉集』に三例（巻四・五〇〇、巻一〇・二一三四、巻一四・三四四六）、『古今集』には無い。貫之詠は三例（貫之集一〇〇・三八五・五一一）あることから、『古今集』以後、『後撰集』以前に歌材として定着したもの。↓47番歌にも用例あり。↓〔補説〕。
〔補説〕荻については、比良輝夫「「荻の葉」小考」（「語学文学」39　二〇〇一年三月）、新川雅朋「光源氏と軒端の

荻の贈答歌」（「和歌文学研究」82　二〇〇一年六月）がある。

オホヌサニハラヘタレトモオチテユクイハツセノナミコ、ロアラナン

〔校異〕　○ハラヘ―はらひ（乙）

〔整定本文〕

大幣に祓へたれども落ちてゆくいはつ瀬の波心あらなん

〔現代語訳〕

大幣で祓ったけれど、それが落ちていく岩瀬の波にはその思いを受け止める心があって欲しいことです。

〔語釈〕　**○大幣**　祓の時に用いる大串に付けた幣帛。「大幣の引く手あまたになりぬれば思へどえこそ頼まざりけれ」（古今集・恋四・七〇六・読人不知）、「大幣と名にこそ立てれ流れてもつひに寄る瀬はありてふものを」（古今集・恋四・七〇七・在原業平）。→〔補説〕Ⅰ。**○いはつ瀬**　石や岩の多い川の流れの意、岩瀬と同意か。→「岩瀬」は1番歌にも用例あり。

〔補説〕　Ⅰ　大幣は単なる幣とは異なる。『奥義抄』に「はらへするに、陰陽師の持たる串にさしたるしでなり」とある。大幣は祓の後、川に流される。流された後に行き着く瀬に思いを受け止めてほしいと願ったもの。「大幣に祓へやるともこの川に波はしるらん深き心と」（元真集・一七七）。

Ⅱ　夏部の歌であることからすると、夏越しの祓を詠んだものか。夏越の祓は、「水無月の夏越の祓する人は千歳の命のぶといふなり」（拾遺集・賀・二九二・読人不知）とも詠まれている。ただし、この祓は陰暦六月晦日に川原に出て行われるもので、配列上は夏部末尾にあるべき。和泉式部百首では夏部末尾に「思ふことみなつきねとて麻の葉をきりにきりても祓ひつるかな」（和泉式部集・百首・夏・三九）とある。

Ⅲ　水無月祓については、吉川美香「六月祓について」（「金沢工業大学日本学研究所　日本学研究」5　二〇〇二年六月）が詳細。

32

ナツフカキヤマヘヲコユルタヒコトニタチトマラナンイツチナリトモ

〔校異〕　ナシ

〔整定本文〕

夏深き山辺をこゆるたびごとにたちとまらなんいづちなりとも

〔現代語訳〕

夏が深まった深山のあたりを越える旅は、その度ごとに立ち止まって涼をお取りください、どこであっても。

〔語釈〕　**○深き**　「夏深き」と「深き山辺」との掛詞。「夏深くなりぞしにける大荒木の杜の下草なべて人かる」（後拾遺集・夏・二二八・平兼盛）。**○たびごとに**　「度」に「旅」を掛ける。

〔補説〕　25番歌が、暑さを避けるために思いがけない宿に立ち寄ることを詠んでいたのに対し、当該歌は、旅行く人を思いやる女性の立場で詠まれた歌。

33

夏ノヨハマツ人モナキマキノトニアケナカラノミアカシツルカナ

〔校異〕　○マキノトニ—ま□のとん（冷）、まきのとも（乙）

〔整定本文〕

〔現代語訳〕

夏の夜はまつ人もなき槇の戸にあけながらのみあかしつるかな

夏の夜は、やって来るのを待つ人もいない槇の戸口で、戸を開けたまま夜を明かすことです。

〔他出〕『続古今和歌集』夏・二六〇

夏歌の中に　源重之女

夏の夜はまつ人もなき槇の戸もあけながらのみあかしつるかな

『万代和歌集』夏・七一四

夏歌中に　重之女

夏の夜はまつ人もなき槇の戸もあけながらのみあかしつるかな

〔語釈〕 **○槇の戸**　槇は、杉や檜など上質の木材の総称。「槇の板戸」とも言い、『万葉集』から詠まれる。「君やこむ我やゆかむのいさよひに槇の板戸もささずねにけり」（古今集・恋四・六九〇・読人不知）のごとく、恋歌に用いられることが多い。「山里の槇の板戸もささざりき頼めし人をまちし宵より」（後撰集・恋一・五八九・読人不知）。**○あけながらのみあかしつる**　戸を開けたまま夜を明かしたと洒落たもの。普通は戸は開けず、「蔵の更衣の局にて、遣り戸を隔ててもののたまふに、夜明けぬれば帰りたまふに、遣り戸を開けて見ければ、たちかへりてのたまひける／夏の夜も槇の板戸をいたづらにあけてかひなく思ほゆるかな」（一条摂政御集・一七五）のように開けた折は落胆を詠うのがつね。

〔補説〕 Ⅰ　和泉式部にも「夏の夜は槇の戸たたきかくたたき人だのめなるくひななりけり」（和泉式部集・百首・夏・二五）とある。和泉式部は、繰り返しこの語を詠んでいる。

Ⅱ　あまりに暑いので、戸口を開け放ちたままそのそばで臥していることを、恋歌めかして詠んだもの。

セミノナクコヱキクカラニイカナレハアフクアフキノイトマナカラン

〔校異〕　ナシ

〔整定本文〕

　蟬の鳴く声聞くからにいかなればあふぐ扇のいとまなからん

〔現代語訳〕

　蟬の鳴き声を聞くやいなや、どうしてあおぐ扇に暇がなくなるほど暑くなるのでしょうか。

〔語釈〕　**○蟬**　セミ科の昆虫の総称。扇との取り合わせは初例。「ま清水に扇も夏も忘られてややはだ寒し蟬の羽衣」（久安百首・一三三九・小大進）。→〔補説〕。**○からに**　助詞「から」に助詞「に」が付いた連語で、……すると共にの意。「蜩の声聞くからに松虫の名にのみ人を思ふころかな」（後撰集・秋上・二五五・紀貫之）。**○いかなれば**　理由が不明である意を表す。

〔補説〕　蟬は、『万葉集』から詠まれ、『古今六帖』・『和漢朗詠集』の項目名となっている。夏の蟬は、その羽が薄いのを掛けて「夏衣」と共に詠まれることが多い。「蟬の声聞けば悲しな夏衣うすくや人のならむと思へば」（古今集・恋四・七一五・紀友則）。「薄し」から「厚し」、さらに「暑し」「熱し」と連想し、「蟬の声聞くからにこそいとどしくあつき思ひももえまさりけれ」（元輔集・一六三）、「声聞けばあつさぞまさる蟬のはの薄き衣は身にきたれども」（和泉式部集・百首・夏・三八）と詠まれてもいる。また晩夏には、秋を予感させるものとして詠われるのがつね。「薄し」から涼を感じて、「下紅葉ひと葉づつ散る木の下に秋とおぼゆる蟬の声かな」（詞花集・夏・八〇・相模）などと詠まれることもある。佐田公子「蟬の羽の夜の衣は薄けれど―古今和歌集　雑歌上876番歌の位置―」（「和歌文学研究」78　一九九九年年六月）参照。

35

秋廿

ケフマテハ□ツトカキ、シウチツケニツケ〱ニコソカセモキコユレ

〔校異〕 ○□ツトカ―なつとか（甲・冷・乙）　○ツケ〱ニ―つけゝに（冷）

〔整定本文〕 秋　二十

今日までは夏とか聞きしうちつけにつげつげにこそ風も聞こゆれ

〔現代語訳〕 秋　二十

今日までは夏の内だとか聞いていたのですが、突然、何の前触れもなく、秋を知らせるように風の音も聞こえてきます。

〔語釈〕 **○うちつけに**　突然に。「時鳥人まつ山になくなれば我うちつけにこひまさりけり」（古今集・夏・一六二・紀貫之）。突然秋がやってきたことを詠んだ歌としては「七月一日あるところにて／うちつけに今日は涼しな秋といへば風の心ぞへだつべらなる」（能宣集・一六八）、「うちつけにものぞ悲しき木の葉散る秋の初めを今日ぞと思へば」（後撰集・秋上・二一八・読人不知）などがある。↓91番歌にも用例あり。**○つげつげに**　他例はなく意味不明だが、秋の到来を繰り返し告げるの意「告げ告げ」と解した。

〔補説〕 「今日までは夏とか聞きし」は、秋の巻頭歌としては不審。当該歌は七月詠でありながらも、いまだ立秋を迎えていないために、節気と暦とのずれを背景に詠んだものと解釈してみた。重之女百首の詠出が想定される年時で、七月一日以降に立秋となるのは、永観二年（九八四）のみ。↓解説215頁参照。

36

マチクラス月日ヲイカテヒコホシノコヨヒハカリトチキリヲキケン

〔校異〕 ナシ

〔整定本文〕

待ちくらす月日をいかで彦星の今宵ばかりと契りおきけん

〔現代語訳〕

逢瀬を数えて待ち暮らす長い長い月日を思いもせずに、どうして彦星は七月七日の今宵だけと約束したのでしょう。

〔語釈〕 **○待ちくらす** 逢瀬の日まで待って日を暮らすこと。「待ちくらす日は菅の根に思ほえてあふよしもなど玉の緒ならん」（後撰集・恋四・八七〇・読人不知）。**○月日を** 月日なのに。「を」は接続助詞で、逆接。「白露の色は一つをいかにして秋の木の葉をちぢにそむらむ」（古今集・秋下・二五七・藤原敏行）。**○彦星** 牽牛星のこと。「星は、昴、牽牛星」（枕草子・星は）。「年にありて一夜妹にあふ彦星もわれにまさりて思ふらめやも」（万葉集・巻一五・三六五七）。

〔補説〕 一年に一度、七月七日の夜に織女星が橋を渡って彦星に逢いにくるという中国の七夕伝説が渡来し、日本古来の伝承と相まって、彦星が織女星を訪ねるものとなった。当該歌は、彦星が主導的に逢瀬を年に一回と約束したとする珍しい詠いぶり。

37

名ニタカフコ、チコソスレアキノ夜ノアクルモヲソキヒクラシノコヱ

〔校異〕 ○アクルモヲソキ―あくるも□□□（冷）、あはれもをそき（乙）

〔整定本文〕

名にたがふ心地こそすれ秋の夜のあくるもおそきひぐらしの声

〔現代語訳〕

「日暮らし」という名とは異なる気がします。秋の夜の明けるのも遅い未明頃に鳴く蜩の声は。

〔語釈〕　**○ひぐらし**　蟬の一種。早朝や夕暮れに鳴くことが多く、その鳴き声からカナカナの異名を持つ。『万葉集』では夏・秋双方に詠まれるが、『古今集』は「蜩のなきつるなへに月は暮れぬと思ふは山のかげにぞありける」（古今集・秋上・二〇四・読人不知）などを、秋部に分類した。「日暮らし」の意を掛ける。→〔補説〕Ⅰ。**○あくるも**　夜が明けるの意の「明くるも」。日を「暮らす」に対し、夜を「明くる」としたもの。「葉を繁みみ山のかげやまがふらむあくるもしらぬひぐらしの声」（実方集・八）。

〔補説〕　Ⅰ　当該歌では、蜩は「日暮らし（昼間の間ずっと）」のはずなのに早朝に鳴いたことを「名にたがふ」と、名と生態の齟齬を詠む。同趣のものとしては、「山寺にまかりける暁に蜩の鳴き侍りければ／朝ぼらけひぐらしの声聞こゆなりこや明けぐれと人のいふらん」（拾遺集・雑上・四六七・藤原済時）がある。父重之は、蜩と「日暮らし」の掛詞を意識しつつ、夏の蟬を「声きけば同じゆかりの虫なれやひぐらしにこそ蟬もなきけれ」（重之集・百首・夏・二五六）と詠む。和泉式部にも「人もがな見せん聞かせん萩の花咲く夕影のひぐらしの声」（和泉式部集・百首・秋・五〇）と蜩詠がある。

Ⅱ　和歌中の蜩については、赤間恵都子「古代文学における蜩の歌と「まつ」―『枕草子』の郭公の名所をめぐる会話から―」（十文字学園女子大学短期大学部研究紀要」44　二〇一三年二月）が論じている。

タレナランワレヨリホカハシラヌカナアハレトミユルアキノヨノ月

〔校異〕　ナシ

〔整定本文〕

たれならん我よりほかは知らぬかなあはれと見ゆる秋の夜の月

〔現代語訳〕
同じように賞美する人は誰でしょう。私以外は知らないでしょうね。しみじみと見える秋の夜の月を。

〔語釈〕**○たれならむ**　誰だろうか。言外に誰もいないことを含ませる場合と、他者の存在を否定しながらも、共感してくれる相手を求めている場合があり、当該歌は前者。「たれならむ我が名ながらぞたのまるるかくてもつひにあらじと思へば」（忠見集・一八二）。当該歌は、「よそにても同じ心に有明の月をみるやとたれにとはまし」（和泉式部日記・六八）と類想。『和泉式部日記』では帥宮の存在を意識して詠まれたもの。**○あはれと見ゆる**　「ああ」と嘆息して思わず眺めてしまうの意。「あはれ」は、しみじみとした風情・情趣をいう。「あたら夜の月と花とを同じくはあはれ知れらん人に見せばや」（後撰集・春下・一〇三・源信明）。

〔補説〕Ⅰ　秋の月を詠んだ歌は多いが、「あはれ」と取り合わせたものとしては初期の例。「月朗かにして秋の夕見るに怜なり」（新撰万葉集・五四二）。月を見て「あはれ」というのは忌むべきこととされていた。「月をあはれといふは忌むなりといふ人のありければ／ひとり寝の侘しきままにおきゐつつ月をあはれといみぞかねつる」（後撰集・恋二・六八四・読人不知）。秋月に心寄せる歌は、「人はみな春に心をよせつめり我のみや見む秋の夜の月」（更級日記・六五）が著名。

Ⅱ　和泉式部にも「たのめたる人もなけれど秋の夜は月見でぬべき心地こそせね」（和泉式部集・百首・秋・五六）がある。→解説206頁参照。

39

モノイハテシノフルイロヲ、ミナヘシイカテアタナル名ヲタチヌ□□

〔校異〕○モノイハテ―ものはいはて（冷・乙）　○タチヌ□□―たちぬらん（甲・冷・乙）

〔整定本文〕

物いはでしのぶる色を女郎花いかであだなる名を立ちぬらん

〔現代語訳〕

もののも言わないで忍ぶという「口無し」に通じる梔子色の女郎花なのに、どうして移り気だという評判が立ってしまったのでしょうか。

〔語釈〕 **〇物いはでしのぶる色**　女郎花の花の黄色を言う。黄色の染料は、梔子《くちなし》の実を原料とする。梔子は、「口無し」を連想させることから、ここでは、「物いはでしのぶる色」と詠んだ。「くちなしの色をぞ頼む女郎花はなにめでつと人に語るな」（拾遺集・秋・一五八・藤原実頼）。**〇女郎花**　オミナエシ科の多年草。秋の七草の一つで、初秋に黄色の小弁を傘状に密生させて咲く。『万葉集』から詠まれる。「女郎花多かる野辺に宿りせばあやなくあだの名をや立ちなむ」（古今集・秋上・二二九・小野美材）などと、移り気な花として詠まれることも多い。

〔補説〕　応和三年（九六三）に開催された「宰相中将君達春秋歌合」では女郎花と山吹双方の色が梔子色であることから、

春

くちなしの色ににほへる女郎花いはで思ふはおとるとぞ聞く（二三）

秋

山吹のくちなし色にかよひつついはねどしるし春はまけぬと（二四）

と番えられ、「口無し」から「言はで」「言はねど」を導いている。

マネクトモタノムヘシヤハ、ナス、キ風ニシタカフコ、ロナリケリ

〔校異〕　ナシ

〔整定本文〕
招くともたのむべしやは花薄風にしたがふ心なりけり
〔現代語訳〕
招いたとしても頼みにできるでしょうか、花薄を。風が吹くのに任せる浮気な心の持ち主なのですから。
〔他出〕『風雅和歌集』秋上・四九二
（秋歌の中に）　源重之女
招くともたのむべしやは花薄風にしたがふ心なりけり
〔語釈〕**○招くとも**「招く」は、薄が風に靡いている様を言う。「とも」は、たとえそうであってもの意。「立ち止まり見てを渡らむもみぢ葉は雨と降るとも水はまさらじ」（古今集・秋下・三〇五・凡河内躬恒）。**○花薄**　穂の出た薄。「秋の野の草の袂か花薄ほにいでて招く袖と見ゆらむ」（古今集・秋上・二四三・在原棟梁）のように、風に揺れる姿から招く様子を連想したもの。**○風にしたがふ心**　風の吹くのに任せてそのなすがままになる意。「秋の夜に雨と聞こえてふる物は風にしたがふ紅葉なりけり」（拾遺集・秋・二〇八・紀貫之）。
〔補説〕「招けどもうれしげもなし花薄風にしたがふ心と思へば」（散木奇歌集・四一八）、「薄風に従ふといふことをよめる／吹かぬまは招かぬにこそ花薄風にしたがふ心とはみれ」（月詣和歌集・七月・六五九・讃岐）は、当該歌と「花薄風にしたがふ心」の歌句が同一。

41

〔整定本文〕
キリノマニヨモノ山ヘヲケサミレハ秋ノイロトモナリニケルカナ
〔校異〕○イロ―いる（乙）

霧の間に四方の山辺を今朝みれば秋の色ともなりにけるかな

〔現代語訳〕

霧の間から四方の山辺を今朝見てみると、すっかり秋の風情になったことですね。

〔語釈〕 **○霧の間** 霧の絶え間。「山桜霞の間よりほのかにも見てし人こそこひしかりけれ」（古今集・恋一・四七九・紀貫之）のように「霞の間」は詠まれるが、「霧の間」は初例か。「霧の間にみし朝顔の花をこそ今日の菖蒲はいとどわかれぬ」（和泉式部集・七三五）がある。**○四方の山辺** 「四方」は東西南北の四方のことを言い、好忠が好んだ表現。「けぶりかと四方の山辺は霞みたりいづれの木の芽もえ残るらん」（好忠集・一八）。↓53番歌に「四方山」の用例あり。**○秋の色** 山が霧によって秋の風情となったことをいう。「名山秋の色錦班班たり」（新撰万葉集・一三六）、「鶏の漸く散ずる間に秋の色少なし」（和漢朗詠集・二〇五・慶滋保胤）とあるように、淵源は漢語「秋色」。「秋の色はゆきてみるまにくれぬればつひにあかでぞ帰るべらなる」（躬恒集・三四二）。

〔補説〕 配列からすると、当該歌の「今朝」は、立秋を意識したのでなく、個人的な時間を意味したものか。↓13番歌〔補説〕参照。

ミチトヲミ人メモミエヌ山ミチヲモミチハサテヤイラントスラン

〔校異〕 ナシ

〔整定本文〕

道遠み人目もみえぬ山路を紅葉はさてや入らんとすらむ

〔現代語訳〕

道が遠いので、人の往き来もない山路なのに、紅葉はそれでも山に分け入ろうとするのでしょうか。

〔語釈〕 **○道遠み** 目的地まで距離が長いので。「道遠み人も通はぬ梅の花君には風や分きてつげつる」（順集・二〇二）。→102番歌にも用例あり。**○人目もみえぬ** 人の往来もない。「山里は冬ぞ寂しさまさりける人目も草もかれぬと思へば」（古今集・冬・三一五・源宗于）**○さてや** 「さて」は、そのようにして。「や」は疑問。「うらみつつはるみかへりをこがむまに命たえずはさてややみなん」（平中物語・二四）。**○入らん** 山に入るの意。仏教語「入山」を踏まえた表現。「世のうきめ見えぬ山路へ入らむには思ふ人こそほだしなりけれ」（古今集・雑下・九五五・物部吉名）。

〔補説〕 紅葉が、まるで山道を分け入って木々を色付けたことを擬人化して詠じている。

キカサリシモノトハナシニ雁カネノクルタヒコトニアハレトイハル、

〔校異〕 ナシ

〔整定本文〕
聞かざりしものとはなしに雁が音のくるたびごとにあはれといはるる

〔現代語訳〕
今まで聞かなかったものではないのに、雁がやってくるその度ごとに、その声を聞いて「ああ」と思わず言ってしまうことです。

〔他出〕 『玉葉和歌集』秋上・五七七
（題しらず） 重之女
聞きかざりしものとはなしに雁が音のくるたびごとにあはれといはるる

〔語釈〕 **○ものとはなしに** ものではないのに。「とどむべきものとはなしにはかなくも散る花ごとにたぐふ心か」

（古今集・春下・一二二・凡河内躬恒）。**○雁が音**　雁という鳥を表す歌語として用いられる場合と、雁の鳴き声を意味する場合がある。『八雲御抄』に「雁が音は雁声也、只雁をいふにあらず」とあるように、元々は雁の鳴き声を意味していたものから転じて、雁の異名となった。当該歌の「雁が音」もその姿ばかりでなく雁の鳴き声をも想起させる。**○あはれといはるる**　ああ秋が来たとしぜんと嘆声を発してしまうの意。「秋風は昔の人にあらねども吹き来るよりはあはれといはるる」（重之集・百首・秋・二六六）。

〔補説〕　毎年秋になり飛来する雁の声は同じであるのに、聞くたびに風情を感じると詠う。

秋ハキノウヘハツレナキケシキニテシタハイロニモナリニケルカナ

〔校異〕　ナシ

〔整定本文〕

あき萩の上はつれなきけしきにて下葉色にもなりにけるかな

〔現代語訳〕

秋萩の上は変わらずつれない様子をしていて下葉はすっかり色づいたことですね。

〔語釈〕　**○あき萩**　マメ科ハギ属の総称。山野に自生し、秋に蝶形の花を付ける。『万葉集』に詠まれた花では最も用例数が多い植物。「秋萩」に「飽き」の意を響かせて「つれなき」へとつなげる。↓〔補説〕。**○上はつれなき**　表面は変わらないの意。「白露の上はつれなく置きゐつつ萩の下葉の色をこそ見れ」（後撰集・秋中・二八五・読人不知）。**○けしき**　様子。本来は人間の気配に用いられたが、次第に自然にも転用された。ここでは萩のさまを言うが、「つれなき」を被せて萩を擬人化して表現している。↓26番歌〔補説〕Ⅱ参照。**○下葉色にも**　下葉が上葉より先に色づいたことを言う。「上は」に対し、「下は」とも解せるが散文的になるので、採らなかった。「秋萩の下葉色づく今よりやひとりある人のいねがてにする」（古今集・秋上・二二〇・読人不知）。「色にも」は、表面に現れることを言う。「人知れず思ふ心は秋萩の下葉の色にいでぬべらなり」（兼輔集・四三）。

〔補説〕 萩は、「白露は上よりおくをいかなれば萩の下葉のまづもみづらん」（拾遺集・雑下・五一三・藤原伊衡）のように、上と下が対比的に詠み込まれることも多い。

オホカタノアキトイヒテモアルヘキヲカセノヲトコソアハレナリケレ

〔校異〕 ナシ

〔整定本文〕

大方の秋といひてもあるべきを風の音こそあはれなりけれ

〔現代語訳〕

ありふれた風情の秋といってもいいのでしょうが、風の音はことさらしみじみとしています。

〔語釈〕 **○大方の** 特別なこともない、ごく一般的なの意。「大方の秋くるからに我が身こそかなしき物と思ひ知りぬれ」（古今集・秋上・一八五・読人不知）。↓82番歌にも「大方」の用例あり。**○風の音** 風の立てる音。「風の音」は、「秋来ぬと目にはさやかに見えねども風の音にぞ驚かれぬる」（古今集・秋上・一六九・藤原敏行）に代表されるように、秋を感じるものとして詠まれることが多いが、『重之女集』は、冬歌に三例（54・55・69）見出せる。**○あはれ** しみじみとした情感をいう。「風の音はたれもあはれに聞こゆれどいづれの枝と知らずもあるかな」（うつほ物語・内侍のかみ・六五四・季明）、「夕暮れはいかなる時ぞ目にみえぬ風の音さへあはれなるかな」（和泉式部続集・一二三）。

〔補説〕 秋は、「大方の秋の空だにわびしきに物思ひそふる君にもあるかな」（後撰集・秋下・四二三・右近）、「大方の秋の果てだに悲しきに今日はいかでか君くらすらむ」（大和物語・九段・一三・俊子）のように、ひとしお哀れを誘う季節と意識されていた。

46

オチツモルモミチノセキハオホカレトトマラサリケリ山カハノミツ

〔校異〕　ナシ

〔整定本文〕

落ちつもる紅葉のせきはおほかれどとまらざりけり山川の水

〔現代語訳〕

落ちて積もった紅葉が作り出す堰は多いけれど、止まらないことです、山川の水は。

〔語釈〕　**○落ちつもる紅葉のせき**　散った紅葉が積み重なって堰のようになっている様。「山川をとめきてみれば落ちつもる紅葉のための網代なりけり」（貫之集・四〇七）、「落ちつもる紅葉をみれば大井川ゐせきに秋もとまるなりけり」（後拾遺集・冬・三七七・藤原公任）。

〔補説〕　「落ちつもる紅葉の色に山川の浅きも深きもながれとぞみる」（和泉式部集・百首・秋・五八）は九音目までが同一で、当該歌に倣ったものであろう。

47

アキハタ、物ヲコソオモヘツユカヽルオキノウヘフク風ニツケテモ

〔校異〕　ナシ

〔整定本文〕

秋はただものをこそ思へ露かかる荻の上吹く風につけても

〔現代語訳〕
秋はひたすら物思いをするばかりです。露がかかっている荻の上を吹く風につけても。

〔他出〕『新古今和歌集』秋上・三五四
秋歌よみ侍りけるに　源重之女
秋はただものをこそ思へ露かかる荻の上吹く風につけても

〔語釈〕**○秋はただものをこそ思へ**　秋はただただ物思いをするの意。秋は物思いをする季節とされ、「いとどしくもの思ふ宿の荻の葉に秋とつげつる風のわびしさ」（後撰集・秋上・二二〇・読人不知）などと詠まれる。**○荻**　イネ科の多年草。→〔補説〕Ⅰ。→30番歌にも用例あり。**○上吹く風**　荻の葉の上を吹く風。「秋はなほ夕まぐれこそただならね荻の上風萩の下露」（義孝集・四）のように「荻の上風」の用例が多く、当該歌は、「上吹く風」とする初期の用例。

〔補説〕Ⅰ　荻は葉が広いために、多くはその葉音を詠む。『万葉集』にはあるが、『古今集』で荻詠は採られなかった。「荻の葉のそよぐ音こそ秋風の人に知らるるはじめなりけれ」（貫之集・一〇〇）、「荻の葉のそよとつげずは秋風を今日から吹くとたれかいはまし」（躬恒集・七〇）が早い例。また、その葉に置く露を詠んだ「今日よりぞ荻の葉露けく吹く風の音につけてもまづとはれける」（元輔集・一九二）もある。→30番歌〔補説〕参照。
Ⅱ　当該歌は、荻の葉の上に置いた露が風によりこぼれ落ちる様に気を揉む心境を詠みつつ、秋には他にも様々に心を悩ます種があることを想起させる。

カルカヤノミタル、ノヘヲワケユケハソテタ、ナラヌアサホラケカナ

〔校異〕ナシ

49

〔整定本文〕
刈萱の乱るる野辺を分けゆけば袖ただならぬ朝ぼらけかな
〔現代語訳〕
刈萱が乱れている野辺を分けて行くと、涙を流した訳でもないのに袖がたいそう濡れてしまい、普通ではない朝ぼらけですね。
〔語釈〕 **○刈萱** 屋根葺きの材料となる薄などの植物の総称。主にメガルカヤ・オガルカヤをいうとも。「刈萱の」で「乱る」を導く枕詞として用いることが多い。「み吉野のあきづの小野に刈る萱の思ひ乱れて寝るよしぞおほき」（万葉集・一二・三〇六五）、「まめなれどなにぞはよけく刈萱のみだれてあれどあしけくもなし」（古今集・雑体・一〇五二・読人不知）。『古今六帖』で立項され、『堀河百首』題ともなった。『枕草子』「草の花は」の段にもその名が見える。**○ただならぬ** 普通ではない状態。「よそ人もかかるひびきの灘ゆゑに聞くに袂のただならぬかな」（恵慶集・一九〇）。**○朝ぼらけ** 夜がほんのりと明けてくる頃。「初秋の空にきり立つ唐衣袖のつゆけき朝ぼらけかな」（古今六帖・一二九）。
〔補説〕 恋人達が別れを惜しむ時間であることを「朝ぼらけ」で想起させ、野辺の刈萱を分けていく様を恋人と涙ながらに別れて袖がしとどに濡れたかのように詠じた。

秋トイヘハモノソカナシキナクシカノコヱキコユメリコトヲタニセテ
〔校異〕 ○キコユメリ―きこゆめる（冷・乙）
〔整定本文〕
秋といへばものぞ悲しきなく鹿の声聞こゆめりことをだにせで

〔現代語訳〕
秋というともの悲しいものですね。鳴いている鹿の声が聞こえるようです。私の元には何の音沙汰もないのですが。

〔語釈〕 **○秋といへば** 「秋」というと。「あきといへばよそにぞ聞きしあだ人の我をふるせる名にこそありけれ」（古今集・恋五・八二四・読人不知）のように、「飽き」を掛けて用いられることが多い。**○聞こゆめり** 聞こえてくるようだ。助動詞「めり」で、「〜のようだ」と本来は断定してもよい事柄を遠まわしに表現したもの。**○ことをだにせで** 何の言葉、音信もなくての意。「言せで」に格助詞「を」副助詞「だに」が挿入されたもの。「言」はここでは音信の意。「返り言せで」などとは用いられるが、「言をだにせで」の他例なし。『全釈』は「こ」を「お」の誤写とする。

〔補説〕 漢語「悲秋」が、当時一般的な概念として定着していたことが分かる。

モミチハノナカレウツマク山カハノアサキトコロヤイツコナルラン

〔校異〕 ナシ

〔整定本文〕
もみぢ葉の流れうづまく山川の浅きところやいづこなるらん

〔現代語訳〕
紅葉の葉が流れ渦巻いている山川の、浅いところはどこなのでしょう。いずれも深い色に染まっていて。

〔語釈〕 **○もみぢ葉の流れうづまく** 流れが速い山の川に紅葉が落ち、紅葉自体が渦巻いているように見える様をいう。「もみぢ葉の流れうずまく淵をこそくれ行く秋の形見とは見め」（頼基集・二三）と初・二句同一。**○山川の**

浅きところ　山中を流れる川の水の浅いところ。「浅き」という語を用いながら、紅葉が「深い」色に染まって川面を染めている様を想起させる。「紅葉葉の色をし添えて流るれば浅くも見えず山川の水」（拾遺集・秋・一九四・読人不知）。

〔補説〕「落ちつもる紅葉の色に山川の浅きも深き流れとぞ見る」（和泉式部集・百首・秋・五八）は、当該歌を参考にしたもの。

51

ウツロヘハヒトツイロニモアラナクニタレカイヒケンシラキクノ□□

〔校異〕　○シラキクノ□□―しらきくの花（甲・冷・乙）

〔整定本文〕

移ろへばひとつ色にもあらなくにたれかいひけむ白菊の花

〔現代語訳〕

移ろっていくので一つの色という訳でもないのに、だれが言ったのでしょう、白菊の花と。

〔語釈〕　**○移ろへば**　白菊が霜により移ろっていくので。菊花は中国から伝来したものだが、その花色の移ろいを残菊として賞美するのは日本のみ。**○たれかいひけむ**　誰が言い始めたのでしょうか。↓29番歌にも用例あり。

〔補説〕　Ⅰ　菊の色移りを賞美する歌は、「色かはる秋のきくをばひととせにふたたびにほふ花とこそ見れ」（古今集・秋下・二七八・読人不知）、「秋をおきて時こそ有りけれ菊の花うつろふからに色のまされば」（古今集・秋下・二七九・平定文）など多数ある。

Ⅱ　菊歌については、本間洋一「菊の賦詩歌の成立覚書―本朝における古今集前夜までの菊の小文学史」（「中央大学国文」27　一九八四年三月、後に『王朝漢文学表現論考』和泉書院　二〇〇二年所収）、徳植俊之「菊歌攷―冬の菊歌をめぐって」(「和歌文学研究」61 一九九〇年一〇月)、遠藤寿一「菊と老い・病・死—負性を帯びた平安朝菊詠の系譜」(「言語と文芸」116 一九九九年一一月)、北山円正「冬の菊花の詩歌」(「神女大国文」18 二〇〇七年三月) 参照。

モミチハテ《ミ》秋ハクラシツ神無月イマハシクレ□ナクサマヌカナ

〔校異〕 ○モミチハテ《ミ》—もみちはて(冷・乙) ○シクレ□—しくれに(甲・冷・乙)

〔整定本文〕

紅葉見て秋は暮らしつ神無月いまは時雨になぐさまぬかな

〔現代語訳〕

紅葉を賞で秋は暮らしました。神無月の今、時雨によっても私の心は慰められないのです。

〔語釈〕 **○紅葉見て秋は暮らしつ** 紅葉が秋の憂愁を慰める手立てだったということ。→〔補説〕Ⅰ。紅葉が秋を代表する景物として認識されている。「春は花秋は紅葉と散り果ててたちかくるべきこのもともなし」(拾遺集・哀傷・一三二一・伊勢)。「秋」「時雨」という語を用いて恋歌めかしている。**○神無月いまは** 十月となった今は。十月は暦上では冬であり、秋部最終詠としては不審。→〔補説〕Ⅱ。

〔補説〕 Ⅰ 「花を見て春は暮らしつ今日よりやしげきなげきの下にまどはむ」(源氏物語・竹河・六一一・蔵人少将)、「花みても日をば暮らしつ青柳のいとくるしきは夜にぞ有りける」(和泉式部集・五九八)などと春の花を眺めて過ごすことを詠う場合が多い。季節を秋としたことが当該歌の創意か。

Ⅱ 神無月を今とすると、冬部に置くべきである。秋部冒頭の三五番歌でも暦と節気の不一致が詠まれていた。双方に該当する年は、永観二年(九八四)。→解説215頁参照。この年は、十月五日が立冬であり、それを意識して詠じたものか。

Ⅲ「紅葉見て秋は暮らしつ神無月今は時雨の空をながめむ」（子僧集・31）と類似する。ただし『子僧集』の詞書には「冬のはじめに」とあって、初冬の歌。

冬廿

ヨモ山ノキ、ノモミチハチリハテ、フユハアラハニナリニケルカナ

〔校異〕 ○モミチハ―もみちも（冷・乙）　○ケルカナ―けらしな（冷・乙）

〔整定本文〕 冬　二十

四方山の木木のもみぢ葉散り果てて冬はあらはになりにけるかな

〔現代語訳〕 冬　二十

四方の山の木木の紅葉はすっかり散ってしまい、冬には山の姿がはっきりと顕わになってしまったことです。

〔他出〕『新後拾遺集』冬・四七九

題しらず

四方山の木木のもみぢも散り果てて冬はあらはに成りにけるかな

〔語釈〕 **○四方山**　四方の山。→41番歌にも「四方」の用例あり。**○もみぢ葉**　紅葉した葉の意で解した。「紅葉は」とも解せる。**○あらはに**　外にはっきりと分かる様。山の木々の紅葉が落ちて、山肌が顕わになった様をいう。「百首歌の中に／葦の葉にかくれてすみし津の国のこやもあらはに冬は来にけり」（拾遺集・冬・二二三・源重之）。

〔補説〕「霞、正月一日／昨日まであらはに見えし吉野山今朝は霞にこめてけるかな」（嘉言集・三一）は、当該歌とは逆に、顕わに見えた冬の山が、正月になり、霞が周囲に立ち込めて隠した様を詠っている。

54

ミ、ナレヌ風ノヲトタニナカリセハフユキニケリトタレカツケマシ

〔校異〕 ナシ

〔整定本文〕

耳なれぬ風の音だになかりせば冬来にけりとたれか告げまし

〔現代語訳〕

耳慣れない風の音さえ聞こえなかったならば、冬が来たと誰が告げてくれましょうか。

〔語釈〕 **○耳なれぬ** 聞きなれないの意。「耳なれにけり」の形で用いられるのが一般的。「人伝てに寒しと聞きし風の音を我がうたた寝の耳なれにけり」（好忠集・二九〇）。→『子僧集』13番歌にも「耳なれにけり」の用例あり。**○風の音** 風の吹く音。→45・55・69番歌にも用例あり。→〔補説〕Ⅰ。**○冬来にけり** 冬が到来した。誰も来ないが、冬だけはやって来たという意。→〔補説〕Ⅱ。

〔補説〕 Ⅰ 「風の音」は秋の到来を感じるものと詠うことが多いが、重之女は主に冬歌に用いる。「外山なる柴の立ち枝に吹く風の音聞く折ぞ冬はものうき」（詞花集・冬・一四七・曾禰好忠）。初期百首歌人特有の季節のずらし。

Ⅱ 初期百首歌人は季節の到来を「……（は）来にけり」の形で詠むことが多い。「八重葎しげれる宿のさびしきに人こそ見えね秋は来にけり」（拾遺集・秋・一四〇・恵慶）、「煙絶えものさびしかる庵には人こそ見えね冬は来にけり」（好忠集・二八二）に倣って、季節の到来と来訪者の不在を対比的に詠んだもの。

55

トフ人ノクルカトソキクフリシケルコノハミタル、風ノヲトユヘ

〔校異〕 ナシ

〔整定本文〕

とふ人のくるかとぞ聞く降り敷ける木の葉みだるる風の音ゆゑ

〔現代語訳〕

誰かが来たのかと錯覚して聞いてしまったことです。降り敷いた木の葉を乱れ舞い上げる風の音のせいで。

〔語釈〕 **○とふ人のくるかとぞ聞く** 風に吹かれて木の葉が立てた音を人が来訪したかと聞き間違えたもの。類歌には、「君待つとあがこひをれば我が宿の簾動かし秋の風吹く」（万葉集・巻四・四八八・額田王）や、「八重葎しげれる宿に吹く風を昔の人のくるかとぞ思ふ」（好忠集・百首・沓冠・四三二）、「荻の葉に吹く秋風を忘れつつこひしき人のくるかとぞ見る」（重之集・百首・秋・二六八）などがある。**○降り敷ける** 「降り敷く」は一面に地面を覆っている様。「秋はきぬ紅葉は宿に降り敷きぬ路ふみわけてとふ人はなし」（古今集・秋下・二八七・読人不知）。↓〔補説〕。↓60番歌にも用例あり。

〔補説〕 歌語「散り敷く」については、田中大士が「散り敷く花の評価―三代集を中心に」（『和歌 解釈のパラダイム』笠間書院 一九九八年）で主として花との関係を、紅葉との関係については「散り敷く景の表現と「庭」」（『講座平安文学論究』17 風間書房 二〇〇三年）で論じている。

シモカレノ、ヘハサモコソアレユカメミシ人ミエヌコロニモアルカナ

〔校異〕 ○アレユカメ―あせゆかめ（冷・乙）

〔整定本文〕

霜枯れの野辺はさもこそあれゆかめ見し人見えぬ頃にもあるかな

〔現代語訳〕

霜枯れの野辺は我が家と同じくそのように荒れていくのでしょうけれど、それにしても訪れていた人も見えな

いこの頃ですね。

〔語釈〕 **〇霜枯れ**　霜により野辺の草木が枯れること。「霜枯れの冬の柳は見る人のかづらにすべくもえにけるかも」（万葉集・巻一〇・一八四六）が早い例。野辺との関わりで詠んだのは、「霜枯れの草葉をうしとおもへばや冬野の野べは人のかるらん」（貫之集・二〇）がある。↓〔補説〕。

〔補説〕「霜枯れ」が初期百首から堀河百首に継承され、西行、伏見院へと詠み継がれたことについては、久保木寿子「初期定数歌の歌ことば」（『講座 平安文学論究』17　風間書房　二〇〇三年）が論じている。

アサマタキケサノシモタニサムケレハユキツモリナンアスヲコソオモヘ

〔校異〕 〇ツモリナン―つもりけむ（乙）

〔整定本文〕
朝まだき今朝の霜だに寒ければ雪つもりなむ明日をこそ思へ

〔現代語訳〕
まだ朝早く、今朝は霜までもおりて寒いので、きっと雪が積もるだろう明日の寒さを思っています。

〔語釈〕 **〇朝まだき**　朝まだ早い時間。「朝まだき霜うちはらひかりにくる交野の雉はたちやしぬらん」（恵慶集・二〇四）、「朝まだき越ゆる山路の遠ければゆきかかりつつ今日や暮さむ」（子僧集・39）、「朝まだき嵐の山の寒ければ紅葉の錦きぬ人ぞなき」（拾遺集・秋・二一〇・藤原公任）。**〇明日をこそ思へ**　今朝の霜を見て明日の寒さを思うの意。

〔補説〕「朝まだき」と「今朝」を一首中に詠み込んだ先行歌として「朝まだきいでてひくらん今朝のをに心ながきをくらべてしかな」（伊勢集・四三）。また、一首中に霜・雪・寒さを詠んだ歌としては、「霜の上に今朝降る雪の寒ければ人をかさねてつらしとぞ思ふ」（重之集・百首・冬・二八六）がある。

アラレフルアレタルヤトニナカメツ、ミヤマノケシキオモヒコソヤレ

〔校異〕　ナシ

〔整定本文〕

霰ふる荒れたる宿にながめつつみ山のけしき思ひこそやれ

〔現代語訳〕

霰が降る古びて荒れた宿で外の様子を繰り返し眺めながら、山奥の様を思いやっています。

〔語釈〕　**○霰ふる**　霰が「降る」に「古る」を掛ける。「霰ふるみ山の里のわびしきは来てたはやすくとふ人ぞなき」（後撰集・冬・四六八・読人不知）。→〔補説〕Ⅰ。**○荒れたる宿**　荒廃した邸宅の意。→7番歌にも用例あり。**○み山**　「み」は畏敬の念を表す接頭語。「み山」は、山の中でも優れた山の意。当該歌では山の奥深いところを意味する。「み山には霰ふるらし外山なるまさきのかづら色づきにけり」（古今集・神遊歌・一〇七七）。→96番歌にも用例あり。→〔補説〕Ⅱ。**○けしき**　景観の意で用いられているが、ここでは山中で暮らす人々の様までをも想起させる。→26・44・58・91番歌にも用例あり。**○思ひこそやれ**　深山の一層寒いであろう風景、そしてそこでの人々の様子を思いやるの意。「思ひやる」は、時間的空間的に隔たっているものを想像すること。当該歌では、空間的な広がりを意味し、山奥の様を思いやっている。→9・26・28・98番歌にも用例あり。

〔補説〕　Ⅰ　霰は『古今六帖』・『和漢朗詠集』に立項、『枕草子』（歌の題は）にも挙げられ、『堀河百首』でも題として設定された。霰については、伊藤典子「玉葉和歌集の「霰」詠―その変遷を辿って」（「鶴見日本文学」2　一九九八年三月）参照。

Ⅱ　「み山」の標記や歌語としての変遷については、笹川博司『深山の思想　平安和歌論考』（和泉書院　一九九八年）、「古今集「みやま」表記史」（『国語国文』69―7　二〇〇〇年七月、後に『隠遁の憧憬―平安文学論考―』和泉書院　二〇〇四年所収）参照。

Ⅲ　「霰ふるみ山がくれの朝ごほりとくるほどこそ久しかりけれ」（子僧集・三七）と、「霰ふる」「み山」の歌句が同じ。

Ⅳ　荒廃した家と霰の取り合わせは、「宿はあれて霰ふれれば白玉をしけるがごとも見ゆる庭かな」（和泉式部集・百首・冬・六八）にも見える。この和泉詠について久保木寿子は、当該歌や「ふけるとて人にもみせむ消えざらばあばらの宿にふれる白玉」（好忠集・百首・冬・四〇六）、「山里の柴の庵も冬来れば白玉ふける心地かもする」（恵慶集・百首・冬・二三八）に対して、応和したものとする（『和泉式部百首全釈』風間書房　二〇〇四年）。

ハルハ花秋ハモミチヲタツヌトテミエシコ、ロソシルクナリユク

〔校異〕　ナシ

〔整定本文〕

春は花秋は紅葉をたづぬとて見えし心ぞしるくなりゆく

〔現代語訳〕

春は花を、秋は紅葉を訪ねたのだと見えたあの人の心が、冬である今は訪れもないことで、一層はっきりとしていきます。

〔語釈〕　**○春は花秋は紅葉**　春と秋の代表的な景物を例示したもの。「春は花秋は紅葉と散り果ててたちかくるべき木のもともなし」（拾遺集・哀傷・一三二一・読人不知）。→序文にも「春の花」「秋の紅葉」が見える。先行百首序

文にも「花咲く春も暮れやすく、紅葉する秋もとどまらず」（好忠集・順百首序文）、「春の花折々につけ、秋の紅葉色々になむ……いひあつめたることどもも、春の花秋の紅葉よりも、げに世の中に散りはてにけり」（恵慶集・百首序文）と見える。

〔補説〕 春にも秋にも来訪してくれた人へ、ほんの少しの疑念をもったまま冬を迎えてみると、案の定訪れがない。これにより、詠者に対する関心ゆえの来訪ではないことが明らかになったと詠じたもの。

60

ユフクレハミネニフリシクシラタマモソテコソヌルレオシカラナクニ

〔校異〕 ナシ

〔整定本文〕

夕暮れは峰に降り敷く白玉も袖こそぬるれ惜しからなくに

〔現代語訳〕

夕暮れには峰に降り敷く白玉のような霰も一緒になって袖を濡らしますが、惜しくもないことです。

〔語釈〕 **○降り敷く** 霰が降り一面に敷き詰めたかのように見える様。「一尺中庭白玉」（千載佳句・二一八・冬興・劉禹錫）、「かきくらし霰降り敷け白玉をしける庭とも人の見るべく」（後撰集・冬・四六四・読人不知）。↓55番歌に「散り敷く」の用例あり。**○白玉** 白い玉。『全釈』は雪と解するが、霰であろう。「宿はあれて霰降れ（ママ）ば白玉をしけるがごとも見ゆる庭かな」（和泉式部集・百首・冬・六六）。「つつめども袖にたまらぬ白玉は人を見ぬめの涙なりけり」（古今集・恋二・五五六・安倍清行）と同様、涙の意を掛ける。霰については58番参照。

〔補説〕 「白玉のしける庭とておりつれば露に衣のすそはぬらしつ」（和泉式部集・一四四）、「瑠璃の地と人も見つべし我が床は涙の玉としきにしければ」（和泉式部集・二八七）などに影響を与えたか。

61

雪フカキ山チナリトモサハラメヤイハホシワクルミツモコソアレ

〔校異〕 ○イハホシ―いはほくを（乙）

〔整定本文〕

雪深き山路なりともさはらめや巌し分くる水もこそあれ

〔現代語訳〕

雪が深い山路であっても障りがあるでしょうか、そのようなことはないはずです。巌を砕き分けて流れる水もあるのですから。

〔語釈〕 **○さはらめや** 障害、妨げになるだろうかという意。「いそのかみふるとも雨にさはらめや逢はむと妹にいひてしものを」（拾遺集・恋二・七六五・大伴方見）。**○巌し分くる** 硬い巌を侵食するの意。↓64番歌には「石間を分く」の用例あり。

〔補説〕 雪深い地であっても思いが強ければ訪れるはずで、障害にはならないのにの意。水の勢いは、「吉野河岩きりとほし行く水の音にはたてじこひは死ぬとも」（古今集・恋一・四九二・読人不知）のように強い恋心を表わす。

62

ヲシトリノミナレシミツモコホリツ、ヨヲヤウキタルスマヰヲヤセン

〔校異〕 ナシ

〔整定本文〕

鴛鴦のみなれし水も凍りつつ世をやうきたるすまひをやせん

〔現代語訳〕

見馴れていた水も凍りついているのに鴛鴦は浮かんでいるように、この世が辛いのに生きながらえているのは、

何かに抵抗でもしているのでしょうか。

〔語釈〕 ○鴛鴦 ガンカモ科の水鳥。「池にすむ名ををし鳥の水をあさみかくるとすれどあらはれにけり」（古今集・恋三・六七二・読人不知）。雌雄離れることのない仲睦まじい鳥として詠まれる一方で、番いのいない独り寝も詠まれる。「羽の上の霜うちはらふ人もなし鴛鴦のひとり寝今朝ぞ悲しき」（古今六帖・一四七五）、「冬の池のつがはぬ鴛鴦はさよ中にとびたちぬべき声きこゆなり」（和泉式部集・百首・冬・七〇）。○みなれ 「水馴れ」に「見馴れ」を掛ける。「夜を寒み寝覚めて聞けば鴛鴦のうらやましくもみなるなるかな」（拾遺集・冬・二二六・読人不知）。○うきたる 「浮きたる」と「憂きたる」の掛詞。「滝つ瀬にねざしとどめぬうき草のうきたるこひも我はするかな」（古今集・恋二・五九二・壬生忠岑）。○すまひをやせん 「すまひ」は、居を設けて住むの意に、抵抗するの意を掛ける。ここでは「世を憂」と思いながらもそれに抵抗して生き続けていることを言う。「夢にても思はざりしを白雲のかかるうき世にすまひせんとは」（好忠集・百首・沓冠・四三〇）、「吹く風にすまひやすらむ神無備のうらごの山の峰のもみぢ葉」（恵慶集・百首・秋・二二八）。

〔補説〕 「鴛鴦のみなれし水も凍りつつ」は序詞で、「うきたる」を導く。「鴛鴦のみなるる音はつれなきを下苦しとは知るらめや人」（好忠集・順百首・沓冠・五五七）を参考にしたものか。

63

山ミチノカキネモユキニウツモレテトフ人ミエヌヤトソスミウキ

〔校異〕 ○ユキニ―ゆきも（乙）

〔整定本文〕

山路の垣根も雪に埋もれてとふ人見えぬ宿ぞすみうき

〔現代語訳〕

山路の垣根までも雪に埋もれてしまい、訪れる人も見えないほどの宿は住むのも辛いことです。

〔語釈〕 **○垣根も雪に埋もれて** 垣根までも雪に埋もれてしまって。「こほりだにまだ山川にむすばねど人の垣根は雪ふりにけり」（恵慶集・一二二）、「へつつ我が垣根の雪をよそ人は鶴の上毛と思ふらんやそ」（好忠集・三五四）。→「垣根の雪」は67番歌にも用例あり。

〔補説〕 Ⅰ 「山里の垣根は雪に埋もれて野辺とひとつに成りにけるかな」（千載集・冬・四五七・藤原実定）は当該歌と上句類似。

Ⅱ 「あかずして帰るみ山の白雪は路もなきまで埋もれにけり」（朝光集・一〇二）と雪により帰り路までが埋もれた詠もある。

Ⅲ 詠者自身が歌中の宿に住んでいるのか、あるいはそこを通過した立場で詠じたものか意見の分かれるところ。

ヤマカハノイハマヲワクトサ、ラメクミツモコホレハヲトツレヌカナ

〔校異〕 ○イハマ—いしま（冷・乙）

〔整定本文〕 山川のいは間を分くとささらめく水も凍ればおとづれぬかな

〔現代語訳〕 山川の石の間を行く筋にも分かれてさらさらと流れる水も、凍ると音がしないように、誰からも音沙汰はないことです。

〔語釈〕 **○いは間を分く** 岩の間を行く筋にも分かれて流れる様。「谷川の岩間を分けてゆく水の音にのみやは聞かむと思ひし」（詞花集・恋上・一九一・平兼盛）。「岩間には氷のくさび打ちてけりたまゐし水もいまはもりこず」

（後拾遺集・冬・四二一・曾禰好忠）など、岩の間を流れる様は初期百首歌人達が好んで詠じた。冬歌では、凍って水音が絶えることを詠む際に用いることが多い。↓〔補説〕Ⅰ。**○ささらめく**　さらさらと音を立てる「ささら」に「……の状態になる」の意の接尾語「めく」が付いたもの。「ささら波」として用いられることが多い。↓〔補説〕Ⅱ。

〔補説〕　Ⅰ　冷・乙本は、「いしま」とする。石間は『万葉集』にはなく、平安時代に入ってからも「石間行く水の白波立ち帰りかくこそは見めあかずもあるかな」（古今集・恋四・六八二・読人不知）、「天河冬は氷にとぢたれや石間にたぎつ音だにもせぬ」（後撰集・冬・四八八・読人不知）など用例は少ない。片桐洋一は、「石間」は「岩間」から派生した語（『古今和歌集全評釈㊥』講談社　一九九八年）とする。

Ⅱ　「ささらめく」は、初例か。東歌「たま川にさらす手づくりさらさらになにぞこのここだ悲しき」（万葉集・巻一四・三三七三）に基づく「山川にさらす手づくりさらさらに昔の妹にこひらるるかな」（伊勢集・三九九）や、「音無の山の下行くささら水あなかま我も思ふ心あり」（伊勢集・四〇九）、「ささら波立つ山川は浅けれど深くなりゆく夏にもあるかな」（好忠集・一四六）など、川の流れを擬音化して表現する先行例を踏まえての造語か。

65

トハレヌヲナニ、ツケマシミヤマヘニミチフリツメルユキナカリセハ

〔校異〕　ナシ

〔整定本文〕

とはれぬを何に付けましみ山辺に路ふりつめる雪なかりせば

〔現代語訳〕

誰からも問われないのを何のせいにしたらいいのでしょう。深い山辺の路に降り積んでいる雪がなかったなら

ば。

〔語釈〕 **〇何に付けまし** 何にかこつけよう。「秋とだに思はざりせば人知れずしぐるることを何に付けまし」（信明集・一二二）。**〇み山辺** 大きな深い山の周辺。「み山」は58・96番歌にも用例あり。**〇ふりつめる雪** 「降り」に「古り」を掛ける。降り積もった雪。

〔補説〕 「都にも路ふみ迷ふ雪なればとふ人あらじみ山辺の里」（好忠集・三五七）が、都から「み山辺の里」を思いやったのとは対照的に、「み山辺の里」の住人側から詠んだもの。

66

フユノ夜ハオモフコトナキ人タニモス、《ス》ロニイコソネラレサリケレ

〔校異〕 〇ス、《ス》ロ─すそ《す》ろ（甲）

〔整定本文〕

冬の夜は思ふことなき人だにもすずろに寝こそ寝られざりけれ

〔現代語訳〕

冬の夜は、恋しい人を思うことなどない人でさえも、なんとなくぐっすり寝られないことです。

〔語釈〕 **〇冬の夜** 寒い冬の夜は明けがたく、物思いのせいで寝られずに起き明かすと詠まれることが多い。「あけがたき冬の夜な夜な恋すれば寝られざりけり山里の庵」（恵慶集・二七三）。**〇思ふことなき人** 物思いのない人。「つねよりは思ふことなき身にしあれば七日ふるともなにかとぞ思ふ」（長能集・一一二）、「思ふことありとはなしに久方の月よとなれば寝られざりけり」（拾遺集・雑上・四三三・紀貫之）。**〇すずろに** 自分の意に関係なく、理由もなく。「恋しともいはばすずろにおもほえて人に知られぬね泣く頃かな」（中務集・二三六）。**〇寝こそ寝られざりけれ** ぐっすり寝られないことだ。「君こふる涙のこほる冬の夜は心とけたるいやは寝らるる」（拾遺集・恋二・七二

七・読人不知)、「いさやまだ恋てふ事も知らなくにこやそなるらん寝こそ寝られね」(拾遺集・恋四・八九六・読人不知)。

〔補説〕 思い悩むことがあれば、眠れなくなるのが常。当該歌は、冬の寒い夜は思うこともないのに眠れないと詠み、言外に物思いをしている人はなおのこと寝られないことを想起させる。

山カツノカキネノユキヲミワタセハハルカニハルソオモヒヤラル、

〔校異〕 ○山カツノ―やまかはの(乙)

〔整定本文〕

山がつの垣根の雪を見わたせばはるかに春ぞ思ひやらるる

〔現代語訳〕

山人の家の垣根に積もった雪を見渡すと、遠くはるかな春にしぜんと思いを馳せてしまうのです。

〔語釈〕 **○山がつ** 山で生活する人。身分的に下層の人である場合が多い。↓22・95番歌にも用例あり。**○垣根の雪** 垣根に降り積もった雪。↓63番歌にも用例あり。**○見わたせば** 見渡すと。本来は高いところから眺める場合に用いられるが、ここでは至近距離のものを眺めている。↓4番歌にも用例あり。**○はるかに** 時間的に遠く隔たっている様。**○思ひやらるる** 無意識のうちにしぜんと思いをはせてしまうこと。↓9・26・28・67・98番歌にも「思ひやる」の用例あり。

〔補説〕 Ⅰ 山がつの垣根は「あな恋し今もみてしか山がつの垣ほに咲ける大和撫子」(古今集・恋四・六九五・読人不知)、「山がつの垣根に咲ける卯の花は誰が白妙の衣かけしぞ」(御所本躬恒集・六五)などのように、植物と取り合わせて詠まれることが多い。また、「咲きにけりわが山里のうの花は垣根に消えぬ雪と見るまで」(元真集・八九)

などと、白く咲いた卯の花を雪に見立てることが多く、当該歌のように垣根の雪を詠むのは珍しい。

Ⅱ「山がつ」についての先行論文は、小田剛「式子内親王と俊成1、2の歌の詞―「伏見」「あられ」「小野」「山がつ」」（「滋賀大国文」一九九九年七月）、津島昭宏「光源氏と山がつ―玉鬘との関わりにふれて」（「物語文学論究」11 二〇〇一年一月）、岡田ひろみ「〈山がつ〉めく光源氏―須磨流離の姿」（「詞林」35 二〇〇四年四月）など多数。

イハカクルミツモヤフユハコホルランイソヘワタリニナカメテシカナ

〔校異〕 ナシ

〔整定本文〕

岩隠る水もや冬は凍るらん磯辺わたりにながめてしかな

〔現代語訳〕

岩に隠れて流れる水までも冬は凍るのでしょうか。磯辺のあたりで眺めてみたいことです。

〔語釈〕 **○岩隠る水** 岩の間を隠れるように流れる水。「岩隠る」は初例か。「君が世にあふさか山の石清水木隠れたりと思ひけるかな」（古今集・雑体・一〇〇四・壬生忠岑）、「石清水いはぬものから木隠れてたぎつ心を人はしらなむ」（伊勢集・三九六）など、水が木に隠れて目に見えず流れることを詠む歌は見られる。後には「人もまだふみみぬ山の岩隠れながるる水を袖にせくかな」（新古今集・恋二・一〇九八・信濃）がある。**○磯辺わたり** 「磯辺」は磯のほとり。「梓弓磯辺の小松たが世にかよろづ世かねて種をまきけむ」（古今集・雑上・九〇七・読人不知）。「磯辺」で磯の周辺を言い、さらに「わたり」を連接させるのは不審。他例は「かりてほす浦のみるめやなかるらん磯辺わたりの五月雨のころ」（建長八年百首歌合・一〇二九・藤原光俊女）のみ。↓110番歌にも「沢辺わたり」の用例あり。↓〔補説〕。

〔補説〕「磯」は、海岸を指すことが多いが、『八雲御抄』巻三の「礒」の項には「海、川、池、湖、いづれにもよめり」とあり、川岸や湖岸も「磯」と称したという。「思ふどち磯のまにまに拾ふらん天の河原のかひにくらべよ」（能宣集・四四一）の例もあるように、当該歌も、海辺でなく、山間を流れる川の岸辺であろう。

69

フユハカクカセノヲトサヘアレタレ□コホリモヤトヲトチテケルカナ

〔校異〕○カセノ―かせも（乙）　○アレタレ□―あれたれは（甲・冷・乙）

〔整定本文〕

冬はかく風の音さへあれたれば氷も宿を閉ぢてけるかな

〔現代語訳〕

冬はこのように風の音までも荒れているので、氷も宿を閉じてしまったことです。

〔語釈〕**○風の音**　寒風がおこす音。→45・54・55番歌にも用例あり。**○閉ぢてけるかな**　「閉づ」は凍るの意。「冬の池の上は氷に閉ぢられていかでか月のそこにすむらむ」（拾遺集・冬・二四一・読人不知）、「鳰鳥の氷の関に閉ぢられて玉藻の宿をかれやしぬらん」（拾遺集・雑秋・一一四五・曾禰好忠）。

〔補説〕序文にも「冬は……あらしのみ寒くなりつつ、恋の路も閉ぢられたるにやあらむ」とある。

70

カクシテハワカ身ニツモルフユナレトユキ、ノホトヲヨソニキクカナ

〔整定本文〕ナシ

かくしては我が身につもる冬なれどゆききのほどをよそに聞くかな

〔校異〕ナシ

〔現代語訳〕
このようにして我が身に積もる一方の冬だけれど、雪に通じる「行き」来はなくて、それをよそ事として聞いています。

〔語釈〕　○かくしては　こうして。下に続く語句を指す用法。当該歌の場合は、「我が身につもる冬」を指す。「かくしてもあひみるものをすくなくも年月経ればこひしけれやも」（万葉集・巻一八・四一一八）。○我が身につもる　我が身に雪が「積もる」ではなく、冬が「積もる」と洒落たもの。「白雪のふりゆく冬も数ふれば我が身に年のつもるなりけり」（好忠集・百首・冬・四〇三）。○ゆきき　往来の意。「行き来」に「雪」を掛ける。「君をのみいつはたと思ひこしなればゆききの路ははるけからじを」（後撰集・離別・一三三六・読人不知）。○よそに聞くかな　自分には関係の無い事として聞くことです、の意。「いつしかと待乳の山の桜花まちてもよそに聞くが悲しさ」（後撰集・雑四・一二五五・読人不知）。

〔補説〕　「行き」に通じるはずの「雪」が降り積もり、訪問者もいない孤独を詠じたもの。

雪ハマタフリカクセトモハルチカクツケツルケサノトリノコヱカナ

〔校異〕　ナシ

〔整定本文〕
雪はまだふりかくせども春近く告げつる今朝の鳥の声かな

〔現代語訳〕
雪はまだ降り、その風情を隠しているけれども、春が近いとすぐ近くで告げている今朝の鳥の声ですね。

〔語釈〕　○ふりかくせども　降って隠してはいるけれど。「白雪にふりかくされて梅花人しれずこそ匂ふべらなれ」

（貫之集・二六六）。〇**春近く**　春の到来が近いの意。冬の間にこれから到来する春を詠む場合に用いられる。貫之が好んだ歌句。「春近くなりぬる冬の大空は花をかねてぞ雪はふりける」（貫之集・一一二）。当該歌は、「春近く」から「近く告げる」と続けたもの。〇**鳥の声**　鶯の声。花に鳴く鶯は春の象徴。「霞立つ春来にけりとこの花を見るにぞ鳥の声もまたるる」（和泉式部続集・一六九）。↓6番歌参照。

〔**補説**〕　春の到来を告げるのが鶯の鳴く音とするのは、「鶯の谷より出づる声なくは春来ることをたれか知らまし」（古今集・春上・一四・大江千里）など多数ある。

恋廿

イハカキノ、トケキミツモワカコトヤサラヌカホナルモノハオモヒシ

〔**校異**〕　ナシ

〔**整定本文**〕　恋廿

岩垣ののどけき水も我がごとやさらぬがほなる物は思ひし

〔**現代語訳**〕

岩で垣根のように囲まれたところを流れる静かで穏やかな水も、私のようにそ知らぬ顔で物思いをしたのでしょうか。

〔**語釈**〕　〇**岩垣**　岩や石で周りが囲まれて垣根のようになっているところ。「青山の岩垣沼のみごもりにこひやわたらむあふよしをなみ」（万葉集・巻一一・二七〇七）から、「岩垣沼」は散佚物語の題名ともなった。この他、「岩垣淵」「岩垣紅葉」「岩垣清水」などの語もあるが、「岩垣」単独で用いるのはまれ。「山深みもの思ふ沼の水おほみ八重の岩垣こゆるころかな」（うつほ物語・藤原の君・三六・平中納言）。〇**のどけき水**　長閑で穏やかな水の様。「泉川

のどけき水のそこ見れば今年はかげぞすみまさりける」（拾遺集・神楽歌・六一六・平兼盛）、「池水ののどけきそこにかげなるをさるは鏡にみゆるなきはを」（海人手古良集・九一）。**〇我がごとや**　私と同じように。「あしひきの山時鳥我がごとや君にこひつついねがてにする」（古今集・恋一・四九九・読人不知）。**〇さらぬがほ**　何事もないような顔つき。「また、さらぬ顔つくりてぞ、この男は語らひける」（平中物語・三四段）、「こひしきをさらぬ顔にて忍ぶればものや思ふと見る人ぞとふ」（難後拾遺・一六）。

〔補説〕　Ⅰ「葦引の山した水のこがくれてたぎつ心をせきぞかねつる」（古今集・恋一・四九一・読人不知）、「吉野川いはきりとほし行く水のおとにはたてじこひはしぬとも」（古今集・恋一・四九二・読人不知）などのように、恋の思いを山川の水に重ねて詠む歌は多い。当該歌もまた、忍ぶ恋をする自分を、人目につかない岩垣の水に投影したもの。

Ⅱ「…顔」については、漆谷広樹「中古、中世における「～顔（がほ）」の語構成と語法について」（「文芸研究（東北大学）」124　一九九〇年五月）参照。

アタナリトイヒシハタレソコヒミルハ身ヲサヘカフルモノトコソミレ

〔校異〕　ナシ

〔整定本文〕

あだなりといひしは誰ぞこひみるは身をさへかふるものとこそみれ

〔現代語訳〕

移ろいやすくいい加減なものだなどと言ったのは誰でしょう。恋することは、身まで引き換えにするものですよ。

〔語釈〕 **○あだなり** 変わりやすい様。「あだなりと名にこそ立てれ桜花年にまれなる人もまちけり」（古今集・春上・六二・読人不知）。→〔補説〕。**○こひみる** 恋をするの意。「身にかへて人を思はでこひみばやなきになしても逢ふ夜ありやと」（拾遺愚草・二六六九）。→「あひみる」は、79番歌に用例あり。**○身をさへ** 心ばかりか身までもの意。**○かふる** 交換する。恋の成就のためには身まで引き換えるということ。「命やはなにぞはつゆのあだ物をあふにしかへばをしからなくに」（古今集・恋二・六一五・紀友則）。

〔補説〕 おざなりな恋とは対照的に命を掛けた恋もあると詠う。恋は「あだなり」という認識は、「あだなりとあだにはいかがさだむらん人の心を人は知るやは」（拾遺集・雑恋・一二一三・大中臣能宣）などと詠われる。

ヨサノウミノカセニマタケルツリ舟モカクナケカシキオリハアラシナ

〔校異〕 ○ウミノ―うみは（乙）

〔整定本文〕

与謝の海の風にまたげる釣り舟もかく嘆かしき折はあらじな

〔現代語訳〕

与謝の海に吹く向かい風によって気がはやる釣り舟も、これほど嘆かわしい折はないことでしょうよ。

〔語釈〕 **○与謝の海** 丹後国の歌枕。現在の京都府宮津市から与謝郡に面した入り海。天橋立を挟んで内側を阿蘇の海、外側を与謝の海と区別することもある。「君がよにつくりはてなむ与謝の海のゆくさきとほき天の橋立」（尊経閣文庫蔵元輔集・一〇三）。→〔補説〕Ⅰ。「与謝の海の」は「釣り舟」に掛かる。**○またげる** 「またぐ」は、待ちかねて心がはやる、気がはやるの意。「いつしかとまたぐ心をはぎにあげてあまの河原を今日やわたらむ」（古今集・雑体・一〇一四・藤原兼輔）、「花薄穂にいづとまだき告ぐなゆめ秋にまたげる我が聞かなくに」（好忠集・百首・

秋・五〇七)。**〇釣り舟**　釣りをするのに使う舟、釣りをしている舟。「わたの原八十島かけて漕ぎいでぬと人には告げよ海人の釣り舟」(古今集・羇旅・四〇七・小野篁)。

〔補説〕　Ⅰ　丹後掾であった曾禰好忠が「与謝」を繰り返し詠んだことから初期百首歌人にとっては特別な歌枕。

Ⅱ　風を受けて前に進めない釣り舟のもどかしさを序として、それ以上に進展しない恋の様を詠じたもの。恋の嘆きに舟を用いるのは86番歌にも見える。

75

アヒミシハユメカトツネニナケカレテ人ニカタラマホシキコロカナ

〔校異〕　ナシ

〔整定本文〕

あひみしは夢かとつねになげかれて人に語らまほしき頃かな

〔現代語訳〕

あなたにお逢いしたのは夢ではないかといつも嘆かれて、誰か他の人に二人のことを語ってしまいたい今日この頃です。

〔他出〕　『続千載和歌集』恋歌四・一五三六

(恋歌とてよみ侍りける)　源重之女

あひみしは夢かとつねになげかれて人に語らまほしき頃かな

〔語釈〕　**〇あひみしは**　逢瀬を持ったのは。「あひみしをやがてかくやと思ひしに夢におとらぬうつつなりけり」(堀河中納言家歌合・一九)、「わづらふ妹を見て、吉野山よりいひつかはす／あくるまの命も知らぬ世の中にあひみしことやかぎりなるらん」(子僧集・44)。

〔補説〕 やっともてた逢瀬は夢のように儚かった。誰かに二人の逢瀬を語ってみたいという歌意は、『続千載集』が当該歌を「恋四」部においたように破局後とも読めるが、ここでは世を忍ぶ恋ゆえと解した。

76

ヨソニノ□オモヒシモノヲメニチカキ人ヲコフルモコヒニサリケル

〔校異〕 ○ヨソニノ□—よそにのみ（甲・乙）、□そに□み（冷）

〔整定本文〕

よそにのみ思ひし物を目に近き人をこふるも恋にざりける

〔現代語訳〕

よそ事だとばかり思っていたのに。近くにいる人を恋しく思うのも恋というものでした。

〔語釈〕 **○よそ** 自分とは別世界のものに対して抱く感情を意味する語。**○目に近き人** 近くにいる人。近くでいつも見ている人。「目に近く見るかひもなく思へども心をほかにやらばつらしな」（篁集・一六）、「秋萩の下葉につけて目に近くよそなる人の心をぞ見る」（拾遺集・雑秋・一一一六・読人不知）。**○恋にざりける** 「ざり」は「ぞあり」の変化したもので、「恋にぞありける」が本来。「夢を見てかひなきものの侘しきは覚むるうつつの恋にざりける」（貫之集・六五〇）。

〔補説〕 「こふ」は目の前にない対象を慕い求める気持ちをいうのが本義であったことから、「よそ」、つまり自分とは世界を異にする遠い存在に恋をするものと思っていたが、そうではなかったと詠ったもの。

77

オモヒツ、イハヌニオツルナミタカナ人ノトカメハナニトコタヘン

〔校異〕 ナシ

〔整定本文〕

思ひつついはぬに落つる涙かな人のとがめば何とこたへん

〔現代語訳〕

あの方のことを思い続けるだけで口に出して言いもしないのに、こぼれ落ちてしまう涙です。他の人が見咎めたらどうこたえましょう。

〔他出〕『万代和歌集』恋歌一・一九一六

百首歌の中に　　重之女

思ひつついはぬに落つる涙かな人のとがめば何とこたへむ

〔語釈〕**〇思ひつつ**　繰り返し心の中で思うこと。→〔補説〕。**〇落つる涙**　落涙することで秘匿の恋が表れてしまうことの危惧を詠う。「つれなきを今はこひじと思へども心弱くも落つる涙か」（古今集・恋五・八〇九・菅野忠臣）。**〇何とこたへん**　何のために落ちる涙と説明しようか。口外していない恋のためにこっそりと涙を流している様。「なき名ぞと人にはいひてありぬべし心のとはばいかがこたへん」（後撰集・恋三・七二五・読人不知）、「人とはばいかにこたへん心からもの思ふほどになれる姿を」（和泉式部集・二七九）のように「いかが（に）こたへん」と詠む場合が多い。

〔補説〕「思ひつつまだいひそめぬわが恋を同じ心にしらせてしかな」（後撰集・恋六・一〇一二・読人不知）のように、恋の思いを打ち明けられない苦しさを詠む歌は多い。順は「思ひつつへにける恋を、歌のうちにそなへたる」（好忠集・順百首序文）と、相手を思ったまま月日がたってしまった不遇な恋歌を百首に連ねたとある。

78

マコト、モタレカハシランヨノナカニナヘテナラセルコトノハソナキ

〔校異〕　○ナキ―うき（冷・乙）

〔整定本文〕

まこととたれかは知らん世の中になべてならせることの葉ぞなき

〔現代語訳〕

本当の言葉だと誰が知るでしょうか。世の中ではすべて等しい意味を持つ言葉というものはないのですから。

〔語釈〕　**○なべてならせる**　「なべて」は総じて。「ならす」は「均す」で、たいらにする、平等であるの意。当該歌では、誰にでも同じ意味を持つの意と解した。「世にふればうきこそまされみ吉野のいはのかけ道踏みならしてむ」（古今集・雑下・九五一・読人不知）。『全釈』は「言い慣らされる」として解す。**○ことの葉**　言葉。「木枯らしの風にも散らで人知れずうき言の葉のつもる頃かな」（小町集・五二）。

〔補説〕　同じ言葉を発してもその真意は分からないと詠じたと解した。冷・乙本の「ことの葉ぞ憂き」とすると、ありきたりの言葉では真意を伝えられず辛いの意となる。

79

ナクサメンカタコソナケレアヒミテモアハテモナケクコヒノクルシサ

〔校異〕　○アヒミテモ―あひみては（乙）

〔整定本文〕

なぐさめむ方こそなけれあひみてもあはでも嘆く恋の苦しさ

〔現代語訳〕

なぐさめる方法もないことです。逢っても逢わないでも嘆く恋の苦しさは。

〔他出〕『玉葉和歌集』恋歌三・一五七八

題しらず　　　　　　　　　　重之女

なぐさめん方こそなけれあひみてもあはでも嘆く恋の苦しさ

『万代和歌集』恋歌四・二三九三

百首歌の中に　　　　　　　重之女

なぐさむる方こそなけれあひみてもあはでも嘆く恋の苦しさ

〔語釈〕**〇方こそなけれ**　手段もない。「我が恋は告げてなぐさむ方ぞなきいづくも嘆く同じよなれば」（好忠集・百首・恋・四一九）。**〇あひみてもあはでも嘆く**　逢瀬を持っても嘆き、逢瀬がもてないでも嘆くの意。「あひみてもあはでも嘆く七夕はいつか心ののどけかるべき」（拾遺集・秋・一五三・読人不知）。→〔補説〕。

〔補説〕当該歌のごとく逢瀬を持った後も慰められないという歌は、「あひみてはなぐさむやとぞ思ひしをなごりしもこそこひしかりけれ」（拾遺集・恋二・七一一・坂上是則）、「わが恋はなほあひみてもなぐさまずいやまさりなる心地のみして」（拾遺集・恋二・七一三・読人不知）、「あひみてもなほなぐさまぬ心かな幾千代寝てか恋のさむべき」（拾遺集・恋二・七一六・読人不知）など多数ある。

ワスル、ヲウラムル人ハナニナレヤオモフヲイトフ世ニコソアリケレ

〔校異〕ナシ

〔整定本文〕

忘るるを恨むる人は何なれや思ふをいとふ世にこそありけれ

〔現代語訳〕

忘れられるのを恨む人、私は一体何なのかしら。恋しいと言ってもそれを嫌がるというのがこの世のならいだったのですね。

〔他出〕『玉葉和歌集』恋歌五・一七九二

題しらず　　重之女

忘るるをうらむる人は何なれや思ふをいとふ世にこそありけれ

『万代和歌集』恋歌五・二五八七

（恋歌の中に）　　重之女

忘るるをうらむる人は何なれや思ふをいとふ世にこそありけれ

〔語釈〕**〇忘るる**　下二段活用「忘る」の連体形で、相手から「忘れられる」の意に解した。「忘るるかいざさは我も忘れなん人にしたがふ心とならば」（拾遺集・恋五・九九三・読人不知）↓〔補説〕Ⅰ。**〇何なれや**　いったい何なのであろうと自分の気持ちを扱い兼ねている様をいう。「ほどもなくこふる心は何なれや知らでだにこそ年は経にしか」（後拾遺集・恋二・六六四・大中臣輔親）。↓『子僧集』58番歌にも用例あり。**〇思ふをいとふ**　恋しく思ってもそれを嫌がる。「大方が思ふにたがふ世にしあれば思ふをいとふ人も恨みじ」（伏見院御集・一七三九）。**〇世にこそありけれ**　この世というものだったのですね。「世」は俗世。「ありけれ」で、今気づいて慨嘆する意を添える。「あしひきの山たちはなれ行く雲の宿り定めぬ世にこそありけれ」（古今集・物名・四三〇・小野滋蔭）、「ゆゆしくも思ほゆるかな人ごとにうとまれにける世にこそありけれ」（元良親王集・一三七）、「なぐさむやと思ひけるこそおろかなれみても恋しき世にこそありけれ」（保憲女集・一六一）。

〔補説〕Ⅰ　歌語「忘る」「恨む」については、鈴木宏子が『古今和歌集表現論』（笠間書院　二〇〇〇年）、『王朝和歌の想像力　古今集と源氏物語』（笠間書院　二〇一二年）で様々に論じている。

Ⅱ　恋人から忘れられたのを恨んでも、また恋しく思っても、まったく相手にされない様を詠んだ歌と解した。

人ヲオモフオモヒヲナニ、タトヘマシムロノヤシマモ名ノミナリケリ

〔校異〕　○ヤシマモ―やしまの（冷・乙）

〔整定本文〕

人を思ふ思ひを何にたとへまし室の八島も名のみなりけり

〔現代語訳〕

あの人を思う、この燃える「思ひ」の「火」を何に例えたらいいのでしょう。煙で有名な室の八島も私に比べれば名ばかりです。

〔他出〕　『続後拾遺和歌集』恋歌一・六三九

（題しらず）　源重之女

人を思ふ思ひを何にたとへまし室の八島も名のみなりけり

〔語釈〕　**○思ふ思ひ**　恋しいと思う強い思い。語を重ねて思いの強さを強調した表現。「数ならで思ふ思ひの年経ともかひあるべくもあらずなりゆく」（好忠集・百首・十干・四五四）。**○何にたとへまし**　何にたとえたらいいのでしょう。「まし」はためらいを表す。歌枕と共に詠じたものとして、「難波なる長柄の橋もつくるなり今はわが身を何にたとへむ」（古今集・雑体・一〇五一・伊勢）、「武蔵なるほりかねの井の底を浅みおもふ心を何にたとへん」（古今六帖・一三四五）がある。→〔補説〕。**○室の八島**　下野国の歌枕。現在の栃木市惣社町大神神社にある池。池からはいつも水気が立ち上っており、和歌では「煙」とともに詠うことが多い。「いかでかは思ひありとは知らすべき室の八島の煙ならでは」（実方集・九〇）、「下野や室の八島に立つ煙思ひありとも今こそは知れ」（古今六帖・一九一〇）。八島から立ち上る煙と我が思いの火によって立つ煙とを比べている。

〔補説〕　「何にたとへまし」は、常套句「何にたとへん」を変形させたもの。沙弥満誓の「世の中を何にたとへん」

（万葉集・巻三・三五一）を、源順（順集一一九〜一二八）・大中臣能宣（能宣集二四二〜二五三）は上句に据えて複数の和歌を詠んでいる。

オホカタハシヰテワスレムトオモヘトモイカニセヨトテソテノヌルラン

〔校異〕　○ワスレム―わすれ□（冷）、わすれぬ（乙）

〔整定本文〕
大方はしひて忘れむと思へどもいかにせよとて袖のぬるらん

〔現代語訳〕
これほど辛いのならばふつうは無理に忘れようと思うのだけれど、どうせよといって、袖がしぜんと涙で濡れるのでしょう。

〔他出〕　『万代和歌集』恋歌五・二六四六
（題不知）　重之女
大方はしひて忘れぬと思へどもいかにせよとて袖のぬるらむ

〔語釈〕　**○大方は**　「大方」は、世間一般、ひととおり、の意。→45番歌にも「大方」の用例あり。**○しひて忘れむと思へども**　これほど辛い思いをするのならば、無理にでも忘れてしまおうと理性では思うけれども。「侘びぬればしひて忘れむと思へども夢といふものぞ人だのめなる」（古今集・恋二・五六九・藤原興風）とあるように、当該歌はこの「侘びぬれば」を省略し、「侘ぶ」状態であることを前提とした上で、「大方は」と詠い出したもの。**○いかにせよとて**　どうしろと言うのか、どうしようもないのに。「隠れ沼のそこの心ぞ恨めしきいかにせよとてつれなかるらん」（拾遺集・恋二・七五八・藤原伊尹）。

〔補説〕「侘びぬればしひて忘れんと思へども心よわくも落つる涙か」（寛平御時中宮歌合・一二九／詞花集・恋上・二〇三・読人不知）と同じく、理性では忘れてしまおうと無理やり思うのだけれど、感情的には忘れられず涙がこぼれると詠じたもの。

コヒシナハワスレナマシヲサスカナルイノチハカリソモノオモフカナ

〔校異〕○ハカリソ―はかり□（冷）、はかりに（乙）　○モノオモフカナ―ものを思□□□（冷）、ものを思ふかな（乙）

〔整定本文〕
こひ死なば忘れなましをさすがなる命ばかりにもの思ふかな

〔現代語訳〕
もし恋い死にしたらこの辛さもきっと忘れてしまえるのでしょうけれど。そうは言うものの命があるばかりにもの思いをすることです。

〔他出〕『玉葉和歌集』恋歌一・一三二六
（恋のうたとて）　重之女
こひ死なば忘れぬべきをさすがなり命ばかりにものを思ふかな
『万代和歌集』恋歌三・二二五八
恋の心を　重之女
こひ死なば忘れなましをさすがなる命ばかりにもの思ふかな

〔語釈〕**○こひ死なば**　恋しい思いに耐えかねて死んでしまったならば。「こひ死なばたが名はたたじ世の中のつねなき物といひはなすとも」（古今集・恋二・六〇三・清原深養父）。→〔補説〕Ⅰ。**〇忘れなましを**　きっと忘れてしまうのでしょうけれど。「…ば…まし」の反実仮想の構文に、逆接の助詞「を」が付き、実際の事柄に反する推量を詠嘆的に表わしている。**〇さすがなる**　そうはいうものの、そうはいかない。「あま雲のよそにも人のなりゆくかさすがに目には見ゆるものから」（古今集・恋五・七八四・読人不知）。

〔補説〕　Ⅰ　「恋死」については、松本真奈美「恋歌のことばとかたち―「恋死」の歌をめぐって」（『論集　中世の文学　韻文篇』明治書院　一九九四年）が通史的に論じている。

Ⅱ　「あひみずてわがこひ死なん命をもさすがに人やつらしと思はん」（貫之集・六七八）と語句的に似通う。

ワカソテヲホスヘキ程ヤイツナラン秋ハナクサムコトモコソアレ

〔校異〕　〇コトモ―ことん（冷）

〔整定本文〕

わが袖をほすべきほどやいつならん秋はなぐさむこともこそあれ

〔現代語訳〕

私の袖を干すべき時はいつなのでしょう。「飽き」に通じる秋であっても気が紛れることもあるでしょうに。

〔語釈〕　**〇もこそあれ**　係助詞「も」に係助詞「こそ」が付いた場合は、悪い事態を予測する意で用いられることが多いものの、当該歌では、単なる強めの意。ただしそれでも歌意は分かりにくい。秋は悲しみの季節だが、それでも慰められることもあるはずなのに、私にはそのようなこともないという意か。

〔補説〕　秋は「飽き」に通じ、長雨の季節でもある。「女郎花見るに心はなぐさまでいとど昔の秋ぞこひしき」（古今六帖・二九〇八）のように、秋は慰められないと詠む歌は他にもある。

シノフレトコ、ロノホカニアクカレテ人メモヨカヌナミタナリケリ」

〔校異〕　○ヨカヌ―よ□□（冷）

〔整定本文〕

忍ぶれど心のほかにあくがれて人目もよかぬ涙なりけり

〔現代語訳〕

恋しいという思いは忍んでいるはずだけれど、心は身から外に勝手にあくがれ出てしまい、人目も避けないでこぼれ出るのは涙でした。

〔他出〕『万代和歌集』恋歌一・一九二六

恋歌の中に　　重之女

忍ぶれど心のほかにあくがれて人目もよけぬ涙なりけり

〔語釈〕　**○忍ぶれど**　目立たぬようにじっとこらえているけれど。→〔補説〕。→90番歌にも用例あり。**○心のほかにあくがれて**　自分の意思とは異なり、思いが身からさ迷い出て。「世に経ればば心のほかにあくがれて君が立つ名をよそにこそ聞け」（重之集・二一五）と二・三句同じ。「飛ぶ鳥の心は空にあくがれてゆくへも知らぬ物をこそ思へ」（好忠集・百首・沓冠・四四二）。→「あくがる」は序文〔補説〕参照。→10番歌にも「心のほか」の用例あり。**○人目もよかぬ**　人の目を気にしないの意。「住の江の岸に寄る波よるさへや夢の通ひ路人目よくらむ」（古今集・恋二・五五九・藤原敏行）。

〔補説〕　著名な「忍ぶれど色にいでにけりわが恋はものや思ふと人のとふまで」（拾遺集・恋一・六二二・平兼盛）の初句を用いることで、この歌の世界を想起させつつ、忍んだ思いがどのような形で色に出たかを詠っている。類似の発想には、「忍ぶれど心の内にうごかれてなほ言の葉にあらはれぬべし」（相模集・百首・心の内をあらはす・三〇五）がある。

86

アライソニフネウカフランフナ人モイトカクハカリ物ハオモハシ

〔校異〕　○カクハカリ―かはかりの（冷・乙）

〔整定本文〕

荒磯に舟浮かぶらん舟人もいとかくばかりものは思はじ

〔現代語訳〕

荒磯に舟を浮かべて釣り糸を垂れる舟人も、これほど深く物思いはしないことでしょう。

〔語釈〕　**○荒磯**　ごつごつした岩石の多い海岸。「荒磯のほかゆく波の外心我は思はじこひはしぬとも」（拾遺集・恋五・九五五・柿本人麻呂）、「荒磯に荒波立ちてあるる夜も君が寝肌はなつかしきかな」（好忠集・三五五）と、恋歌に用いられることが多い。父の重之は「みさごゐる荒磯波ぞさわぐらし塩焼く煙なびくかた見ゆ」（重之集・百首・恨・三二四）と、海岸の景を詠んでいる。**○いとかくばかり**　これほどの。「かくばかり惜しと思ふ夜をいたづらに寝てあかすらむ人さへぞうき」（古今集・秋上・一九〇・凡河内躬恒）。「いとかくばかり」に舟人の縁で、釣り糸の「糸掛く」を掛ける。「ひさにふる玉の緒ごとのことならばいとかくばかり我こひんかも」（古今六帖・三三八八）。

〔補説〕　三句目までが序詞。舟人が荒磯であるために波が立って嘆くことに恋の思いを重ねて、自分の嘆きの方が深いと詠む。

87

イノチアラハナクサムオリモアリヤセンケフタニフヘキコ、チコソセネ

〔校異〕　ナシ

〔整定本文〕

命あらばなぐさむ折もありやせん今日だに経べき心地こそせね

〔現代語訳〕

命があったならば、この切なさが慰められる折もあるかもしれません。しかし、今日でさえ、生きながらえる気持ちがいたしません。

〔語釈〕 **○命あらば** もしこの命があったならば。「命あらばあふこともあらむわがゆゑにはだな思ひそ命だにへば」（万葉集・巻一五・三七四五・狭野茅上娘子）、「命あらばあふよもあらん世の中になど死ぬばかり思ふ心ぞ」（詞花集・恋上・一九五・藤原惟成）。↓104番歌に用例あり。**○なぐさむ折もありやせん** 慰められる時もあるかもしれないと僅かな可能性をいう。↓〔補説〕。**○今日だに** 今日という一日でさえ。「死ぬばかり今日だになげく別れ路に明日はいくべき心地こそせね」（新勅撰集・羇旅・五〇九・道因法師）。

〔補説〕 「語らはばなぐさむこともありやせんいふかひなくは思はざらなん」（和泉式部日記・五・宮）に影響を与えたか。↓89番歌〔補説〕。↓解説208頁参照。

イツトタニタノメヌ人ヲサタメナキワレヨリシラスコヒクラスカナ

〔校異〕 ○タノメヌ―たのめる（冷・乙） ○ワレヨリ―われよか（乙）

〔整定本文〕

いつとだに頼めぬ人をさだめなき我より知らずこひくらすかな

〔現代語訳〕

何時とさえ頼みにさせてくれない人を、命の定めもない私よりも当てにならないのに、恋しく思って過ごしていることです。

〔語釈〕 **○いつとだに** 今度何時逢おうとさえ。**○我より** 自分自身よりも。「より」は比較の基準を表す格助詞。「……に比べて」の意。**○こひくらすかな** 恋しいと思い続けて過ごす。「霞立つ春のながひをこひくらし夜もふけゆくに妹もあはぬかも」（万葉集・巻一〇・一八九四）、「我が背子が朝けの姿よくみずて今日のあひだをこひくらすかも」（万葉集・巻一二・二八四一）。

〔補説〕 第四句の「より」を「……以外に、……のほかに」の意として、「何時とさえ頼みにさせてくれない人を、命の定めもない私以外にそんな人がいるとも知らず、恋い慕って日中を過ごしています」と解釈することも可能か。「枕よりまた知る人もなきこひを涙せきあへずもらしつるかな」（古今集・恋三・六七〇・平貞文）。

イヘハヨノツネノコト、ヤ人ハミンワレハタクヒモアラシトオモフヲ

〔校異〕 ○人ハミン―おもふらむ《人はみん》（冷） ○タクヒモ―た□ひも（冷）

〔整定本文〕

いへば世のつねのこととや人はみん我はたぐひもあらじと思ふを

〔現代語訳〕

この想いを言葉にすれば世の中によくあることと人は見るでしょうか。私は類いないものと思っているのに。

〔他出〕 『玉葉和歌集』恋歌三・一五二三

題しらず　重之女

いへば世のつねのこととや思ふらん我はたぐひもあらじと思ふに

〔語釈〕 **○世のつね** 世間ではよくあること。「世のつねの人の心をまだ見ねばなにかこのたび消えぬべきものを」

（伊勢集・一一）。**○たぐひもあらじ**　たとえようも無い。「世のつね」と対比的に用いている。「たぐひなくうき身なりけり思ひしる人だにあらばとひこそはせめ」（後拾遺集・恋四・八〇〇・和泉式部）。

〔補説〕「恋といへば世のつねのとや思ふらん今朝の心はたぐひだになし」（和泉式部日記・九・宮）は当該歌に学んだものか。↓87番〔補説〕参照。↓解説208頁参照。

90

シノフレハアラハレニケリナミタニハヨソノソテサヘヌレヌヘキカナ

〔校異〕○シノフレハ―しのふれと（冷・乙）　○ヘキカナ―なきかな（冷・乙）

〔整定本文〕

忍ぶればあらはれにけり涙にはよその袖さへぬれぬべきかな

〔現代語訳〕

恋しい思いを耐え忍んでいると表に出てしまいました。私の涙によって無関係の人の袖までも濡れてしまいそうです。

〔語釈〕**○忍ぶれば**　恋しい思いを忍んでいると。「忍ぶれば苦しきものを人しれず思ふてふこと誰にかたらむ」（古今集・恋一・五一九・読人不知）。↓85番歌「忍ぶれど」の用例あり。**○よその袖さへ**　自分の袖だけでなく、関係の無い人の袖までも。「順が子亡くなりて侍りける頃、とひにつかはしける／思ひやるこごひの森の雫にはよそなる人の袖もぬれけり」（拾遺集・哀傷・一三〇三・清原元輔）のように、何か背景がないと、理解しづらい。

〔補説〕「忍恋／忍ぶれどあらはれにけり我が恋はしほひの磯の玉藻ならねど」（行宗集・一二）は、当該歌と初句二句がほぼ同じ。

91

正月

ウチツケニケサノ山ヘヲナカムレハトクモカスミノケシキタツカナ

〔校異〕 ナシ

〔整定本文〕 正月

うちつけに今朝の山辺をながむればとくも霞の気色だつかな

〔現代語訳〕

ふと今朝の山辺を眺めると早くも霞が立ちそうな気配が漂っていることです。

〔語釈〕 **○うちつけに** 突然に。「うちつけに春の霞を見わたせば衣川にぞ立ちわたりける」（千頴集・百首・春・二）。→35番歌にも用例あり。**○とくも** 早速。「花薄ほには出でじと思ひしをとくも吹きぬる秋の風かな」（貫之集・六六三）、「昨日まで冬こもれりし蒲生野にわらびのとくも生ひにけるかな」（好忠集・順百首・十干・五六八）。**○気色だつ** それらしい様子が表れる。様子が変わる。「いつしかと気色だつ霞」（源氏物語・初音）、「春霞けしきたちにしあしたよりまた鶯の初音なりせば」（和泉式部続集・五六九）。→「けしき」については、26番歌〔補説〕Ⅱ参照。

〔補説〕 次歌とともに正月のみ二首で、以後十月まで一首ずつ和歌が置かれる。

92

カスカノニムラキエノコルユキヨリモワカナツマムトイフ人ソナキ

〔校異〕 ナシ

〔整定本文〕

春日野にむら消え残る雪よりも若菜つまむといふ人ぞなき

〔現代語訳〕

春日野にところどころ消え残っている雪の間からも若菜を摘もうという人がまったくいないことです。

〔語釈〕　〇春日野　大和国の歌枕。現在の奈良市春日野町。奈良市街の東、奈良公園一帯の丘陵地をとりまく野。若菜など早春の景物と取り合わされ、遊覧の地として明るいイメージを持つ。〇むら消え残る　まだらに残ること。→〔補説〕。「かきくらしふる白雪のむら消えてきえてもものを思ふころかな」（西本願寺本忠岑集・二六）。〇よりも　動作の起点を表す。「枝よりもあだにちりにし花なれば落ちても水の泡とこそなれ」（古今集・春下・八一・菅野高世）。〇いふ人ぞなき　若菜を摘んでいる人はもちろん、摘もうと言う人もいない。「忘られずなほ住吉の岸ながらいまはまつはといふ人ぞなき」（一条摂政御集・六一）。

〔補説〕「むら消え残る」については、久保木寿子「初期定数歌の歌ことば」（『講座 平安文学論究』17　風間書房　二〇〇三年）が論じている。当該歌について、上句が全く同一の「春日野にむら消え残る雪よりもいまいつまでにふべきわが身ぞ」（好忠集・一五）を踏まえ、さらに「屏風の絵に、雪ふりたる野辺に若菜つみたる形かける所をよめる／春日野の雪のむら消えかきわけて誰がためつめる若菜なるらん」（散木奇歌集・二八）に影響を与えた可能性を指摘する。また、「見わたせばまきの炭やくけをぬるみ大原山の雪のむら消え」（和泉式部集・七二）との関連にも触れている。

二月

ユキトケノミツニモキエスカスミツ、モユルヤノヘノワカナ、ルラン

〔校異〕　〇モユルヤ―つもるや（冷・乙）

〔整定本文〕　二月

雪どけの水にもきえず霞みつつもゆるや野辺の若菜なるらん

〔現代語訳〕

雪解けの水にも消えず、春になると霞みが立つたびに燃えるではなく萌え出ているのは野辺の若菜なのでしょうか。

〔語釈〕 **〇雪どけの水** 積雪が解けて水になること。現存初例。同様の現象は、「雪消《ゆきげ》の水」と詠まれてきた。「君がため山田の沢にゑぐ摘むと雪消の水に裳の裾濡れぬ」（万葉集・巻一〇・一八三九）。→〔補説〕。**〇霞みつつ** 霞が幾度も立ちわたっている様を言いながら、枕詞的に「もゆる」を導いたか。**〇もゆる** 若菜「萌ゆる」と、「消え」の対義語「燃ゆる」との掛詞。

〔補説〕 「雪どけ」は「雪どけは我もけぬべき旅ながらはたとせさらず降るぞ悲しき」（久安百首・一三九六・小大進）、「雪どけのしづくの音のたえぬるは夜半の嵐にたるひしぬらむ」（拾玉集・三六八）、「越えわたるこさかの路の雪どけに帰るさくるる小野の里人」（新撰六帖・六一六）などと、後世になると徐々に和歌に用いられるようになる。

三月

チリハテンノチヲハシラシ花サクラヨモフクカセモケフハヨカナン」

〔校異〕 〇ヨカナン—よからん（甲）

〔整定本文〕 三月

散り果てん後をば知らじ花桜四方ふく風も今日はよかなん

〔現代語訳〕

散り果てた後はどうなってもかまいません。花桜のまわりを吹く風もせめて今日だけはこのあたりを避けてほしいのです。

〔語釈〕 **○散り果てん後をば知らじ**　桜がすっかり散った後はどのようにしようとも関知しないの意。「かれ果てん後をば知らで夏草の深くも人の思ほゆるかな」（古今集・恋四・六八六・凡河内躬恒）。**○四方**　東西南北、周囲。「よも」は、好忠が好んだ表現。↓41・53番歌にも用例あり。**○よかなん**　避けてほしい。「秋風にさそはれ渡る雁が音は物思ふ人の宿をよかなん」（後撰集・秋下・三六〇・読人不知）。

〔補説〕 風に桜を散らさないようにと詠む歌は「春風は花のあたりをよきてふけ心づからやうつろふと見む」（古今集・春下・八五・藤原好風）など多数ある。

四月

ウノハナノサカリヲミレハ山カツノカキホワタリハクレカタキカナ

〔校異〕 ○サカリ―わたり（冷・乙）　○カキホ―かきを（乙）

〔整定本文〕 四月

卯の花の盛りをみれば山がつの垣ほわたりはくれがたきかな

〔現代語訳〕

卯の花の盛りの時に見てみると、山人の垣根のあたりは真っ白で、日が暮れ難い様子です。

〔語釈〕 **○卯の花の盛りをみれば**　卯の花が満開であるさまを見ると。↓22番歌に「卯の花の咲ける山辺」とあり。↓〔補説〕Ⅰ・Ⅱ。**○山がつ**　山に住んでいる人。↓22・67番歌にも用例あり。

〔補説〕 Ⅰ　卯の花・山がつの取り合わせとしては、歌合で番われた「卯の花の咲ける盛りは山がつの垣根はなれぬ月をみるかな」（正暦四年帯刀歌合・三・大江嘉言）、「卯の花の盛りなるらし山がつのころもさほせる折とみつるは」（正暦四年帯刀歌合・四）が先蹤。

Ⅱ「卯の花を／卯の花の盛りになれは山がつの垣根はよをも隔てざりける」（子僧集・17）と複数の語句が類似する。

五月

ホト、ヲミ、山カクレノアヤメクサシル人ナシニナニシケルラン

〔校異〕○ナシニ―なし□（冷）

〔整定本文〕五月

ほど遠みみ山隠れの菖蒲草知る人なしになに繁るらん

〔現代語訳〕

そこまでの道のりが遠いので、山奥に隠れて咲いている菖蒲草は、それを知る人もいないのに、どうして美しく繁っているのでしょう。

〔語釈〕**○ほど遠み**　菖蒲が咲いている山中までの道のりが遠いので。↓「道遠み」は42・102番歌にも用例あり。**○み山**　山奥。↓58・65番歌にも用例あり。「我が恋はみ山隠れの草なれやしげさまされど知る人のなき」（古今集・恋二・五六〇・小野美材）。**○菖蒲草**　サトイモ科のショウブの古名。水辺に群生する多年草。初夏に、黄緑色の肉穂花序を出す。葉は剣の形で、特に地下茎の香気が強い。邪気を払うとされ、端午の節句に用いられた。↓110番歌にも用例あり。

〔補説〕「いは高くなどて咲きけん」（18）、「住吉の岸ならねども」（19）、「秋の花とはたれかいひけん」（29）、「いかで……契りおきけん」（36）、「たれかいひけむ白菊の花」（51）と同じく常識に異を唱える詠みぶり。↓19番〔補

説〕Ⅱ参照。

97

六月

ミナカミニハラヘテケフハクラシテンユフツケワタリイハノウヘノ水

〔校異〕 ○ハラヘテ—はらひて（乙）

〔整定本文〕 六月

水上に祓へて今日は暮らしてんゆふつけわたりいはの上の水

〔現代語訳〕 六月

上流で祓をして今日は過ごしましょう。幣を結った岩の上の水辺で。

〔語釈〕 **○水上** 水の流れてくる上の方。上流。**○祓へて** 祓をして。水無月祓のこと。六月には半年間の罪や穢れを流す。夏越の祓とも言う。「祓へしたる所／この川に祓へて流す言の葉は波の花にぞたぐふべらなる」（貫之集・一〇七）。↓31番歌〔補説〕参照。**○今日は暮らしてん** 水無月祓をして今日は過ごしましょう。「花見つつ春の山辺に暮らしてん霞に家路見えずとならば」（好忠集・百首・春・三七六）などと用いられる慣用句。**○ゆふつけ** 「ゆふつけ」は、鶏に木綿をつけて、京城四境の関に祀ったという故事に基づき、「木綿つけ鳥」の意で用いられるのが一般的だが、ここでは、楮の樹皮から採った繊維を蒸して水に晒し、細かに裂いて糸としたもので、幣のこと。祓のために幣をかけわたしたことを言う。

〔補説〕 「六月／水上に祓へて流す言の葉をりながくこそ瀬々の白波」（信明集・三六）と九音目まで同じ。

98

七月七日

タナハタノアハヌ月日ハオホカレトクレマツホトヲオモヒヤルカナ

〔校異〕 ナシ

〔整定本文〕 七月七日

七夕の逢はぬ月日は多かれど暮れ待つほどを思ひやるかな

〔現代語訳〕 七月七日

七夕が逢わない月日は多いけれど、ようやく逢える今日、日暮れを待つその待ち遠しさを思いやることです。

〔語釈〕 **○七夕** 当該歌では、織女星・牽牛星の二星をいう。七夕で行事そのものを指す場合もある。行事としては、一年に一度牽牛星が天の川を渡り、織女星と会合する日、諸芸の上達を願って供物を供える。中国伝来の行事で、日本古来のものと習合し、秋の収穫祭的な性格も帯びた。→〔補説〕Ⅰ。**○逢はぬ月日は多かれど** 逢わないで過ごす時間は長いけれど。「いたづらにすぐす月日は多かれど今日しも積もる年をこそ思へ」（元真集・一六）。**○思ひやるかな** 想像を巡らせるの意。→9・26・28・67番歌にも用例あり。→〔補説〕Ⅱ。

〔補説〕 Ⅰ 36番歌では「彦星」が詠われている。いずれも七夕当日よりも待つ時間に着目した点が類似する。

Ⅱ 一年中待ち暮らしているにもかかわらず、実際に逢える七夕当日に夕暮れを待つ思いが特別である心理を巧みに詠んだ歌意は、「はじめて女の許にまかりて、あしたにつかはしける／逢ふ事を待ちし月日のほどよりも今日の暮れこそ久しかりけれ」（拾遺集・恋二・七一四・大中臣能宣）に通じる。

99

八月　コマムカヘ

アフサカノセキノ山カケクラケレトコエテキニケリモチ月ノコマ

〔校異〕　ナシ
〔整定本文〕　八月駒迎
逢坂の関の山かげ暗けれど越えて来にけり望月の駒
〔現代語訳〕　八月の駒迎
逢坂の関の山陰は暗いけれど、越えてやって来たことです。望月の駒は。
〔語釈〕　**○駒迎**　八月中旬頃の駒牽の儀式に向けて、東国諸国から貢進される馬を確認するために、逢坂の関に官人が出向き行われた。**○逢坂の関の山かげ**　逢坂山にある関所の山の陰。「山陰」に馬の毛色である「鹿毛」を掛ける。「八月、駒迎／迎へ来るかひもあるかな逢坂の関の山かげ月もさやけく」（能宣集・八九）。**○望月の駒**　延喜六年（九〇六）の月次屏風に「八月駒迎／逢坂の関の清水にかげ見えて今やひくらん望月の駒」（貫之集・一四）と詠んだことから発した歌句。↓16番歌に「若駒」の用例あり。
〔補説〕　望月の駒詠については、上條彰次「貫之『望月の駒』詠考―俊成歌観へのアプローチ―」（『文学』39―10　一九七一年一〇月、後に『中世和歌文学論叢』和泉書院　一九九三年）、塩入秀敏「望月の駒の消長」（『学海』7　一九九一年三月）、小池博明「三代集時代の『望月の駒』」（『平安文学　場と表現』新典社　二〇〇七年）が詳細に論じている。

九月九日
キクノウヘニオホヘルワタハアサコホリ日カケマツマノシモカトソミル
〔校異〕　○アサコオリ―あ□こほり（冷）
〔整定本文〕　九月九日
菊の上におほへる綿は朝氷日かげまつまの霜かとぞ見る

〔現代語訳〕　九月九日
　菊を覆っている綿は、朝には凍ってしまい、まるで日がさすまでは融けない霜であるかと見えることです。
〔語釈〕　**〇九月九日**　重陽の節句。最も大きい陽数九が重なることから長寿を願う儀式が中国で行われており、日本にも伝来した。九世紀初頭に年中行事化する。時期的に菊花の盛りと重なることから、菊酒を飲んだり、菊の着せ綿で顔や体を拭ったりして長寿を願った。**〇菊の上におほへる綿**　菊の着せ綿のこと。八日夜、菊花に綿を被せ、九日にそれで顔や体を拭うと老いを除けると信じられていた。主に女性達の習俗。**〇朝氷**　初冬の朝に薄く張った氷。「朝氷」の初期の例としては、「霜の上にふる初雪の朝氷とけむ頃こそ久しかりけれ」（寛平御時中宮歌合・一〇）。「朝氷とくるまもなき君によりなどてそほつる袂なるらむ」（拾遺集・恋二・七二九・大中臣能宣）がある。→〔補説〕Ⅰ。→『子僧集』37番歌にも用例あり。**〇日かげ**　日射し。**〇霜かとぞ見る**　霜かと見間違える。「月照平砂夏夜霜／月影になべて真砂の照りぬれば夏の夜ふれる霜かとぞ見る」（千里集・三三）。→〔補説〕Ⅱ。
〔補説〕　Ⅰ「朝氷」は、八代集中『拾遺集』のみに見える歌語。特定の時期に流行し、源順らが繰り返し用いたことを、近藤みゆき「平安中期河原院文化圏に関する一考察―曾禰好忠・恵慶・源道済の漢詩文受容を中心に―」（「千葉大学教養部研究報告」A―22　一九九〇年三月、後に『古代後期和歌文学の研究』風間書房　二〇〇五年所収）、西山秀人「源順歌の表現―好忠および河原院周辺歌人詠との関連―」（「和歌文学研究」64　一九九二年一一月）が指摘している。→『子僧集』1番歌〔補説〕参照。
Ⅱ「見立て」の常套句「かとぞ見る」を用いている。ここでは白い綿が凍ってしまった様が、白い霜に見えると詠ったもの。『全釈』は「きせ綿は、まるで朝氷か、日がさしてこないうちの霜か、とみえること」と解す。だが、「見立て」の場合、二種類のものに共通性を見出して、それ故に一方を他方と見間違えるとするもの。着せ綿を朝氷か霜かと訝しんだとするのは異例であり、従わなかった。
「見立て」については、長谷川哲夫「「見立て」考」（「文学論藻」63　一九八九年二月）、渡辺秀夫『平安朝文学と漢

文世界』(勉誠社　一九九一年)、渡部泰明「中世和歌と見立て」(『季刊日本の美学』24　一九九六年九月、後に『中世和歌の生成』若草書房　一九九九年所収)、吉川栄治「「花の浪」考—紀貫之論断章—」(『中古文学』60　一九九七年一一月)、鈴木宏子『古今和歌集表現論』(笠間書院　二〇〇〇年)・『王朝和歌の想像力—古今集と源氏物語—』(笠間書院　二〇一二年)などがある。

十月

ワカソテハイツトモワカヌカミナツキシクレニコトヲヨスルハカリソ

〔整定本文〕　十月

我が袖はいつともわかぬ神無月時雨にことをよするばかりぞ

〔校異〕　○ワカヌ—わかす(冷・乙)　○ヨスル—よそふ(冷・乙)

〔現代語訳〕　十月

私の袖は何時ということもなくずっと涙で濡れていますが、神無月の今は、この時雨にかこつけるばかりです。

〔語釈〕　**○いつともわかぬ**　何時と決まっているわけではなく。何時でも。**○時雨**　本来晩秋から初冬に掛けて降る通り雨や小雨のことだが、平安時代に入り、十月との関連で詠まれることが多くなった。**○ことをよする**　他のもののせいにすること。「神無月夜半の時雨にことよせて片敷く袖を干しぞわづらふ」(後拾遺集・恋四・八一六・相模)。

〔補説〕　Ⅰ　冷・乙本は「ことをよそふ」とある。「よそふ」も、かこつける、口実にするの意。「思ふどちひとりひとりが恋ひ死なばたれによそへて藤衣きん」(古今集・恋三・六五四・読人不知)。

Ⅱ　以上の十一首が、月次を意図したものならば、十一月十二月分を欠いていることとなる。

102

フクスルヒ

ミチトヲミユクヱモシラスクルホトニコロモノイロソキテイテニケル

〔校異〕 ○イテニケル―はへにける（冷・乙）

〔整定本文〕 服する日

道遠み行方も知らずくるほどに衣の色ぞきて出でにける

〔現代語訳〕 服喪中の日

道中が長いので、行く先も分からずにやってくる間に、鈍色の衣を着たまま外出してしまいました。

〔語釈〕 **○服する日** 服喪中のある日、の意か。**○道遠み** 道中が長いので。→42番歌にも用例あり。**○衣の色** 詞書から喪服の鈍色のことか。

〔補説〕 誰の服であったのか、どういった状況を詠んだものか、理解不能。喪中に鈍色の衣を着たまま遠くに外出したことを詠ったものか。あるいは法要のために喪服を着て遠路駆けつけたということか。ちなみに、父重之が陸奥で没したのは長保年間。重之が相模守であった頃には陸奥に住まわせていた子が亡くなったこともあった。

103

コ、ロニモアラテソホツルタモトカナイカニイヒテカホスヘカルラン

〔校異〕 ○タモトカナ―たもとかな《をは》（冷）、たもとをは（乙）

〔整定本文〕

心にもあらでそほつる袂かないかにいひてか干すべかるらん

〔現代語訳〕

表に出すまいという心に背いてぐっしょりと濡れる袂です。どのように言い訳して干したらいいのでしょうか。

〔他出〕『万代和歌集』恋歌一・一八一一
題しらず　　重之女
心にもあらでそほつる袂かないかにいひてか干すべかるらむ

〔語釈〕○心にもあらで　表面に出さないように平静を装って耐え忍ぶ心積もりであったのに。「心にもあらであひ見ぬ年月を今日まではなどつみてけるかな」（敦忠集・一八）。○そほつる袂　「そぼつ」とも。涙でぐっしょり濡れた袂。「朝氷とくるまもなき君によりなどてそほつる袂なるらん」（拾遺集・恋二・七二九・大中臣能信）。→105番歌にも「そほちぬ」の用例あり。○いかにいひてか　どのように言い繕って。「怨みての後さへ人のつらからばいかにいひてか音をも泣かまし」（拾遺集・恋五・九八五・読人不知）。

〔補説〕Ⅰ　冷泉家本が「をは」と傍書することから、乙本系と校合したことがわかる。
Ⅱ『万代集』がこの歌を恋部に所収しているように、一読すると恋歌のように読める。ただし、前歌の詞書「服する日」を受けるとすると、何かの事情で喪服を着することができない心情を詠んだものとも解釈できる。

104

別
ワスラレヌワカ身ナリセハワカレチニイノチアラハトイヒモシテマシ

〔校異〕ナシ

〔整定本文〕別
忘られぬ我が身なりせば別れ路に命あらばといひもしてまし

〔現代語訳〕別
もしあなたから忘れられない我が身であるならば、別れに際して、命があったらまたお会いしましょうと言ってもみましょうに。

〔他出〕『続古今和歌集』離別歌・八三七

題不知　　源重之女

忘られぬ我が身なりせば別れ路に命あらんといひもしてまし

『万代和歌集』雑歌四・三三二三

（題しらず）　　重之女

忘られぬ我が身なりせば別れ路に命あらばといひもしてまし

〔語釈〕○別れ路　当該歌では、別れてこれから歩む道中の意ではなく、別れるその時の意。「忘るなよ別れ路に生ふる葛の葉の秋風吹かば今かへりこん」（是則集・四一）。○命あらば　もし再会できてその時まで命があったのならば。「紀宗定が東へまかりける時に、人の家に宿りて暁出で立つとてまかり申ししければ、女のよみていだせりける／えぞ知らぬ今心みよ命あらば我や忘るる人や問はぬと」（古今集・離別・三七七・読人不知）。「命あらば逢ふこともあらむ我がゆゑにはだな思ひそ命だにへば」（万葉集・巻一五・三七四五・狭野茅上娘子）。→87番歌にも用例あり。

〔補説〕「命」は、83・87・115番歌にも詠まれている。これらが和泉式部の「命」を詠んだ歌へと継承され、さらに相模百首の「命」題の創出にも影響を与えた可能性については、渦巻恵「初期百首伝播の様相―女百首を中心に―」（『古筆と和歌』笠間書院　二〇〇八年）参照。

アル少将世ヲソムキタマフトキ、テ

ミカサ山ソムキハテヌトキ、シヨリナミタノアメニタレカソホチヌ

〔校異〕 ○キ、テ―き丶たまて（冷）、き丶給て（乙）

〔整定本文〕 ある少将、世を背き給ふと聞きて

三笠山背き果てぬと聞きしより涙の雨にたれかそほちぬ

〔現代語訳〕 ある少将が、出家をなさったと聞いて

御笠の任にあった少将のあなたが出家なさったと聞いた時から、涙の雨に誰が袖を濡らさないことがありましょうか、皆涙で袖を濡らしたことです。

〔語釈〕 **○ある少将**　人物は特定できないが、重之女の生存が推定できる範囲では、天元五年（九八二）六月一日左近少将源惟章・右近将監源遠理（兄弟）の出家（『小右記』天元五年六月三日条）があった。『全釈』は、応和元年（九六一）の少将藤原高光の出家を挙げるが、年代的に早すぎる。**○世を背き**　出家すること。十世紀後半から十一世紀に掛けて官人の出家が相次いだ。→『子僧集』序参照。**○三笠山**　大和国の歌枕。現在の奈良市東部の山、若草山の南方に位置する。天皇の玉座の天蓋からの連想で、笠となって警護する近衛府の大将・中将・少将などの別称として用いられた。**○そほちぬ**　「そほつ」はぐっしょりと濡れるの意。「そぼつ」とも。「ぬ」はこの場合、打消の助動詞「ず」の連体形。→103番歌にも「そほつる」の用例あり。

〔補説〕 近衛府の異名として三笠山を詠み込む例は、「実方の兵衛佐にあはすべしと聞き給ひて、少将にておはしけるほどのこととなるべし／柏木の森だにしげく聞くものをなどか三笠の山のかひなき」（道綱母集・二〇）がある。

ワカサトニマタヲトツレヌウクヒスモハツネイツク《コ》ノ人カキクラン

〔校異〕 ○ワカサトニ―わかそて《さと》に（冷）　○イツク《コ》ノ―いつこの（冷・乙）

〔整定本文〕

我が里にまだおとづれぬ鶯も初音いづくの人か聞くらん

〔現代語訳〕

我が里にはまだ訪れて鳴かない鶯も、その初音をどこかの方が聞くのでしょうね。

〔語釈〕**○我が里にまだおとづれぬ**　すでにその時期が来たのに、私の住んでいる里だけはまだ訪れて鳴かないの意。「百千鳥声のかぎりはなきふりぬまだおとづれぬものは君のみ」（恵慶集・五五）。「我が里にまだおとづれぬ時鳥遠山かけていまぞ鳴くなる」（左大臣家歌合・二七・左・藤原為時）とは初・二句同一。**○鶯**　ウグイス科の小鳥。春告げ鳥の異名を持つ。↓6番歌にも用例あり。**○初音**　その季節に初めて鳴く声。『万葉集』に「初音」の語はなく、平安時代になってから用いられた。人より早く声を聞きたいと願い、それが歌に詠まれるようになる。「鶯の初音ほのかにあしひきの山辺とびいづる声聞こゆなり」（忠見集・七五）。本来初音は鶯のものであったが、徐々に時鳥にも援用される。

〔補説〕　初句は冷本のみ「わかそてに」とあり、「さと」と傍書がある。

ハナシラヌクモフキチラスカセアラミシツコ、ロナキハルノユフクレ

〔校異〕　○カセ―かせを（冷・乙）

〔整定本文〕

花知らぬ雲吹き散らす風荒みしづ心なき春の夕暮れ

〔現代語訳〕

花の美しさが分からずに隠してしまう雲を吹き散らす風が荒いので、花まで吹き散らしはしないかと、落ち着いた心でいられない春の夕暮れです。

〔語釈〕 ○花知らぬ雲　花の美しさが分からない雲。花を賞美したいのにそれを分からずに隠してしまう雲。「時知らぬ山は富士の嶺いつとてか鹿の子まだらに雪の降るらむ」（伊勢物語・九段・一二）。○吹き散らす　風が雲を吹き散らす。同時に花を吹き散らさないかと心配している。「秋風はたが手向けとかもみぢ葉を幣にきりつつ吹き散らすらん」（寛平御時后宮歌合・一〇七）。○しづ心なき　落ち着いた心ではいられない様。「久方の光のどけき春の日にしづ心なく花のちるらむ」（古今集・春下・八四・紀友則）。→〔補説〕Ⅰ。

〔補説〕 Ⅰ　花を隠す雲とその雲と同時に花を散らす風、いずれにせよ穏やかでいられない心持ちを詠んだもの。

Ⅱ　尊経閣文庫蔵十巻本歌合の「蔵人所歌合」には、「天暦十一年（九五七）二月蔵人所の衆夕暮といふことを題にてあはす」とある。この「春の夕暮れ」題、「うつつまの春の夕暮れさまらばれ夢にも見てむ花はあくまで」（一・備前掾きむまさ）、「梅の花香をたづねてし折りつればかひなかりけり春の夕暮れ」（六・しげまつ）などから影響を受けたものであろうか。「梅津川春の暮れにぞなりにけるとこのゐせきもせきとどめなん」（好忠集・九二）もある。

Ⅲ　当該歌から「春の（夕）暮れ」「知る」「知らぬ」と似通った語句を持つ歌三首が続く。

思シル人タニアラハカタラハヤカ、リテハルノクレハアリキヤ

〔校異〕　ナシ

〔整定本文〕

思ひ知る人だにあらば語らばやかかりて春の暮れはありきや

〔現代語訳〕

私の思いを分かる人でもあるならば語りたいことです。誰にも語らずに、このようにして春の果ての頃を過ごしましたかと。

〔語釈〕 **○思ひ知る人** 物事の理や情趣を解する人。この場合は、自分と同じ価値観で物事を見る人。「思ひ知る人に見せばやよもすがら我がとこ夏におきゐたる露」（拾遺集・恋三・八三一・清原元輔）、「たぐひなくうき身なりけり思ひ知る人だにあらばとひこそはせめ」（後拾遺集・恋四・八〇〇・和泉式部）。**○かかり** 「かくあり」の変化した語で、このようであるの意。「山隠れ消えせぬ雪のわびしきは君まつの葉にかかりてぞふる」（後撰集・恋六・一〇七三・読人不知）。

〔補説〕 「思ひ知る人」に対し、何を語りたいのかは詠われていない。春が終わることに対する憂愁の思いか。

身ノウキヲツネハシラヌニアラネトモナクサメカタキハルノユフクレ

〔校異〕 ○ウキヲ—うきは（冷）

〔整定本文〕

身のうきをつねは知らぬにあらねどもなぐさめがたき春の夕暮れ

〔現代語訳〕

我が身の憂さをつねは自覚しないというわけではないけれど、いっそう慰めがたい春の夕暮です。

〔他出〕 『秋風和歌集』秋歌上・三〇八

題知らず　　重之女

身のうさをつねは知らぬにあらねどもなぐさめがたき秋の夕暮れ

〔語釈〕 **○なぐさめがたき** 慰めるのが難しい。「あやしくもなぐさめがたき心かな姨捨山の月も見なくに」（小町集・九六）、「いとどしくなぐさめがたき夕暮れに秋とおぼゆる風ぞ吹くなる」（後拾遺集・秋上・三一八・源道済）。**○春の夕暮れ** 春の夕方。↓107番歌にも用例あり。↓〔補説〕Ⅰ。

〔補説〕Ⅰ『古今集』以降「秋の夕暮れ」が詠まれはじめ、『後拾遺集』には七首が入集する。一方春は、『枕草子』初段の影響もあり、「春は曙」という捉え方が一般的で、「春の夕暮れ」詠としては初期のもの。

Ⅱ『重之女集』では「神無月いまは時雨になぐさまぬかな」(52)、「命あらばなぐさむ折もありやせん」(87)などのように、繰り返し慰めがたい身の憂さが詠まれる。

ミツタエヌサハヘワタリノアヤメクサソテニツケテソケフモツユケキ

〔校異〕ナシ

〔整定本文〕

水たえぬ沢辺わたりの菖蒲草袖につけてぞ今日も露けき

〔現代語訳〕

水が絶えることのない沢辺のあたりの菖蒲草を袖に付けたので、今日も私の袖はしめっぽいことです。

〔語釈〕〇沢辺わたり　沢のあたりか。「沢辺」ですでに沢の周囲を意味しており、「沢辺わたり」とするのは不審。「沢辺なる真菰刈りそけ菖蒲草袖さへひちて今日や暮らさん」(貫之集・三六)↓68番歌にも「磯辺わたり」の用例あり。〇菖蒲草　サトイモ科のショウブの古名。↓96番歌にも用例あり。邪気払いのために菖蒲草で薬玉を造り袖に付けたもの。「くすり日の袂に結ぶ菖蒲草玉つくりえにひけばなるべし」(恵慶集・百首・夏・二二〇)。

〔補説〕結句に「今日も」とあることから、袖が濡れるのは菖蒲を引く端午の節句の「今日」だけでなく、いつも涙で濡れているということを暗に表す。

111

ケフミレハ夏ノコロモニナリニケリウキハカハラヌ身ヲイカニセン

〔校異〕　ナシ

〔整定本文〕

今日見れば夏の衣になりにけり憂きはかはらぬ身をいかにせん

〔現代語訳〕

今日みると周囲はすっかり夏の衣に変わっています。それなのにこの辛さは変わらないこの身をどうしたらいいのでしょうか。

〔他出〕『続古今和歌集』雑歌上・一五四二

夏のはじめのうた　　源重之女

今日見れば夏の衣になりにけり憂きはかはらぬ身をいかにせん

〔語釈〕　**〇今日見れば**　衣替え当日である今日見回すと。「今日見れば海人のを舟も通ひけり潮満つ浦はこほらざるらし」（重之集・百首・冬・二九四）、「今日見れば玉の台もなかりけり菖蒲の草の庵のみして」（拾遺集・夏・一一〇・読人不知）。→1番歌に「今日聞けば」の用例あり。**〇夏の衣になりにけり**　衣替えによって冬の衣から夏の衣へ着替えたことを言う。「今日よりは夏の衣になりぬれどきる人さへはかはらざりけり」（後撰集・夏・一四七・読人不知）、「今日よりは夏の衣になるなへにひもさしあへず時鳥鳴く」（好忠集・順百首・沓冠・五四〇）、「秋来れど夏の衣もかへなくにありしさまにもあらずなりゆく」（重之集・百首・秋・二六一）。**〇憂きはかはらぬ**　この辛い思いは変わらないの意。

〔補説〕　Ⅰ　衣替えと同じく、心も変わったらいいのにという思いを詠じたもの。→20番歌参照。

Ⅱ　「花色にそめし袂の惜しければ衣替へ憂き今日にもあるかな」（重之集・百首・夏・二四一）と用語が似る。

112

神世ヨリカミノシメケンサカキトリイノルトイフマニトシソヘニケル

〔校異〕 ナシ

〔整定本文〕

神世より神のしめけん榊採り祈るといふまに年ぞ経にける

〔現代語訳〕

神世から神が領有していた榊を採り、祈っている間に年が経ってしまったことです。

〔他出〕 『万代和歌集』神祇歌・一五八六

百首歌の中に　　源重之女

神世より神のしめけむ榊採り祈るといふまに年ぞ経にける

〔語釈〕 **○榊**　常緑の高木。「榊」は神事に用いられることを意味する和字。「榊採る卯月」とも言い、特に葵祭のために榊をとることを指す場合も多い。「神垣のみむろの山の榊葉は神のみ前にしげりあひにけり」（古今集・神遊・一〇七四）。

〔補説〕 重之女が特別神事に関わったという伝えはない。

113

アフヒトイフ名ヲモタノマシケフトイヘトオモハヌナカハ神モユルサス

〔校異〕 ○イヘト―いへは（甲・乙）

〔整定本文〕

あふひといふ名をも頼まじ今日といへど思はぬ仲は神も許さず

〔現代語訳〕

逢う日に通じる「葵」という名を頼みにもしません。葵祭にちなみ今日お逢いしましょうなどと言っても、思い合っていない仲は神も許さないでしょう。

〔他出〕『万代和歌集』恋歌二・二〇五一

（題不知）　　重之女

あふひてふ名をも頼まじ今日といへど思はぬ仲は神も許さず

〔語釈〕○あふひ　「葵」に「逢ふ日」を掛ける。「ゆきかへるやそうぢ人の玉かづらかけてぞ頼む葵てふ名を」（後撰集・夏・一六一・読人不知）、「かけてだにあふひと聞けばちはやぶる我がねぎごとのしるしあるかな」（重之集・百首・夏・二四三）。○思はぬ仲　思い合っていない仲。「もろこしも夢に見しかば近かりき思はぬ仲ぞはるけかりける」（古今集・恋五・七六六・兼芸法師）。

〔補説〕葵祭の日に因んでその日にお逢いしましょうと言ったおざなりの言を糾弾したもの。

マツトキハヤマホト、キストヲケレトネサメノコヱハマクラニソナク

〔校異〕○コヱハ―こひは（冷・乙）

〔整定本文〕

まつ時は山時鳥遠けれど寝覚めの声は枕にぞ鳴く

〔現代語訳〕

待ち望んでいる時は山時鳥の声は遠く感じられるけれど、寝覚めて聞く声は、まるで枕許で鳴いているほど近くに聞こえます。

〔他出〕『玉葉和歌集』夏歌・三三二

（夏歌とて）　　　　　　　　　　　　　重之女

まつ時は山時鳥遠けれど寝覚めの声は枕にぞ聞く

〔語釈〕 **〇待つ時は**　待っている時は。「逢ふ事を月日にそへて待つ時は今日行末になりねとぞ思ふ」（貫之集・五七九）。**〇寝覚めの声**　夜中に目を寝覚まして聞いた時鳥の声。→「寝覚め」の用例は、序文・21番歌にあり→『子僧集』序文・40番歌に「寝覚の時」の用例あり。**〇枕にぞ鳴く**　枕辺で鳴いているように聞こえる。「夏の枕眠りを驚かして妬声あり　時鳥夜叫びてたちまちに庭を過ぐ」（新撰万葉集・五四）。

〔補説〕「すぎぬるか夜半の寝覚めの時鳥声は枕にある心地して」（千載集・夏・一六五・藤原俊成）は、当該歌に通じる。

ナカ、ラヌイノチマツマノホトハカリウキコトシケクナケカスモカナ

〔校異〕 乙本のみ歌を欠く。冷本は白紙を挟んで歌がある。

〔整定本文〕
長からぬ命待つ間のほどばかり憂きことしげく嘆かずもがな

〔現代語訳〕
長くはない命の最期を待つまでの間だけでも、辛いことを頻繁に嘆かずにいられたらいいのに。

〔語釈〕 **〇長からぬ**　もう長くはない。「長からぬ命のほどに忘るるはいかに短き心なるらむ」（伊勢物語・一一三段・一九四・男）。**〇命待つ間**　命の終わりを待つ間。

〔補説〕 Ⅰ　家集末尾の当該歌が次に掲出した諸作品に載る和歌と語句が類似することについてはすでに、平田喜信「「もの思へば」「もの思ふ」考―和泉式部集の連作・定数歌における自己表現」（『王朝和歌と史的展開』笠間書院

一九九七年）が取り上げ、渦巻恵「初期百首伝播の様相―女百首を中心に―」（『古筆と和歌』笠間書院　二〇〇八年）でも論じた。

あり果てぬ命待つ間のほどばかり憂きことしげく思はずもがな
（古今集・雑下・九六五・平貞文／伊勢集・一六八／新撰和歌六帖・三三五）

あり果てぬ命待つ間のほどばかり憂きことしげくなげかずもがな
（大和物語・一四二段・二二七・故御息所の御姉）

当該歌は『大和物語』二二七番歌とは初句が異なるのみ。詠者である「故御息所の御姉」は、両親に結婚を勧められながらも、頑なに独身を通して二九歳で亡くなった女性であることからすると、重之女はこれに共感し、初句を変えて採用したものか。

Ⅱ「ようさりまかりいでて、文見るに、殿なりけるものをまづ開けて、いみじういはれても、みづからのみ／ありはてぬ命待つ間の程ばかりいとかくものを思はずもがな」（和泉式部続集・六四七）が和泉式部の家集末尾に置かれたのも、当該歌を意識したものであろう。↓解説207頁参照。

重之子僧集

世をそむきてさるへきところ〳〵こもりおこなふ念すのひま〳〵にひとりこちまたあひかたらふひとのいひすゝむることにつけてもすきにしかたをおもひいてゆくすゑを思やりつゝ年月のかはるをり〳〵はるは花に心をあくからしなつはほとゝきすのこゑをねさめにきゝ秋はもみちのふかき山にこゝろをいれ冬はこほりのかゝみにむかひてゆきの山をみることにおいのなみたをとゝめかたけれはかきつくるみつ」くきのあともいまはつゝましくなむ

〔校異〕 欠（群・丹） ○ひま〳〵に―ひま〳〵（陽） ○またあひかたらふ―あひかたらふ（陽） ○つけても―つけて（陽） ○つゝましく―つくましく（弘）

〔整定本文〕 世を背きて、さるべきところどころ籠り、行ふ、念誦のひまひまに、独りごち、またあひ語らふ人の言ひ勧むることにつけても、過ぎにし方を思ひ出で、行く末を思ひやりつつ、年月の変はる折々、春は花に心をあくがらし、夏は時鳥の声を寝覚めに聞き、秋は紅葉の深き山に心を入れ、冬は氷の鏡に向かひて雪の山を見るごとに、老いの涙をとどめがたければ、書きつくる水茎の痕も今はつつましくなむ。

〔現代語訳〕 出家をして、しかるべきあちらこちらに籠もり、仏道修行をする、経を唱える合間合間に、独り言のように詠い、また互いに語らう人が言い勧めることもあって、過ぎてしまった過去を思い出し、これからの行く末を思いやりながら、年月の変わる折々、春は花に心を浮き立たせ、夏は時鳥の声を寝覚めに聞き、秋は紅葉の色が濃い深い山に心を引かれ、冬は氷でできた鏡に向かって雪の山のような白髪頭を見るたびに、老いを嘆く涙をとどめることが難しいので、書き付ける筆の痕も涙で汚れて、今は憚られるけれど。

〔語釈〕 **○世を背きて** 出家して。「しかりとて背かれなくに事しあればまづ嘆かれぬあな憂世の中」（古今集・雑下・九三六・小野篁）が「背く」を用いた比較的早い例。→〔補説〕Ⅰ。**○念誦** 心中で仏を思い、仏の名や経文を唱えること。**○独りごち** 独りごとを言うこと。ここでは独りで歌を詠うこと。**○あひ語らふ人** 語り合う人。「あひ語らひける人の久しう来ざりければつかはしける」（後撰集・恋四・八一六詞書）の例もあるように、「恋人」を意味するのが常。ただし当該歌では、歌に理解がある友人か。10・28・49・54番にも「語らふ人」とある。すべてが同一人物とは断定できないが、これらの中に該当する人物がいるか。**○言ひ勧むること** 進言すること。この場合は、集を編むことを勧めたもの。これが、結果的に家集を編むことに至ったと綴る。第三者からの勧めにより和歌を詠んだものとしては、「これに又つくり加へてと勧めしむるに」（順集・二七四詞書）という例もある。出家者に対し、親しい人々が様々に問いかける姿は、この頃から諸作品に見出せる。**○春は……冬は** 『重之女集』序文「春は花に心をあくがらし、夏は時鳥の声を寝覚めて聞く。秋は紅葉の深き山に心をいれ、冬は」とほぼ同文。→〔補説〕Ⅱ。**○時鳥** ホトトギス科の渡り鳥。夏鳥として和歌に多数詠まれる。多数の異名を持つ。**○氷の鏡** 「鏡」は単に姿を映すだけでなく、映った姿を見ることで身体の老いを自覚させるものでもある。このため、「老いの涙」を流すのである。「鏡裏老来って辟くる処なく」（白氏文集・巻五六・二六三一）などの影響から、和歌にも「うばたまの我が黒髪やかはるらむ鏡の影にふれる白雪」（古今集・物名・四六〇・紀貫之）と詠われてもいる。→〔補説〕Ⅲ。氷を鏡と見立てた例としては、「掘りて置きし池は鏡と凍れども」（新撰万葉集・一五七）、「凍りするみ原の池の池堤おほはぬはこの鏡とぞ思ふ」（好忠集・三四八）、「鏡かと氷とけたる水底に深くなりゆく冬にもあるかな」（好忠集・四〇四）などがある。『重之女集』は冬部で繰り返し氷を詠うが、鏡に見立てた歌はない。**○雪の山** 雪の降り積もる山の意。ヒマラヤ山脈の古名、雪山《せっせん》の訓として用いられる場合もあるが、ここでは一般名詞。白髪頭を寓したもの。「老い果てて雪の山をばいただけど霜と見るにぞ身は冷えにける」（拾遺集・雑下・五六四・読人不知）、「恋わびて死ぬる薬のゆかしきに雪の山にやあとを消なまし」（源氏物語・総角・六八一・薫）。**○老いの涙をとどめがたければ**　年老いて涙がちになったことを自嘲気味に述べたもの。「白頭徒らに君を憶ふ、唯将に老年の涙」（白氏文集・巻五一・二二一六）、「かへしけむ昔の人の玉梓を聞きてぞそそく老いの涙は」（後拾遺集・雑四・一〇八六・清原元輔）、「君こふとみなかみ白くなる滝は老いの涙のつもるなるべし」（うつほ物語・祭りのつかひ・二九三・そちのぬし）。→〔補説〕Ⅳ。**○水茎の痕**　筆跡のこと。『万葉集』では「水茎の」で枕詞として見え、『古今集』にも「水茎ぶり／水茎の岡のやかたに妹とあれと寝てのあさけの霜のふりはも」（古今集・大歌所御歌・一〇七二）とある。語源は諸説あり、「水漬く城」とも。平安時代に筆跡の意に転じ、「亡き人の書きとどめける水茎はうち見るよりぞ悲しかりける」（伊勢集・四五二）などと詠まれるようになった。→〔補説〕Ⅴ。

〔補説〕　Ⅰ　子僧が出家した正確な時期は分からないが、おそらく、十世紀後半から十一世紀初頭と推定される。この当時、官途を捨て出家する人々が相次ぎ、一種の社会現象ともなっていた。これに伴い、出家した人物を周囲の人々が「思ひやる」ことや、それに出家者がこたえる詠作なども増加する。これらについては、近藤みゆき「隠者文学としての和歌の系譜」（『王朝和歌を学ぶ人のために』世界思想社　一九九七年、後に『古代後期和歌文学の研究』風間書房　二〇〇五年所収）が詳細に論じている。また、特に藤原高光の出家をめぐり、周囲の人々との交流を中心に論じた、笹川博司「高光とその周辺――出家をめぐる高光室・愛宮・師氏からの発信――」（『王朝の歌人たちを考える――交遊の空間』武蔵野書院　二〇一三年）もある。

Ⅱ　『重之女集』序との類似は、両者を子僧が書いたからとの推測については、武田早苗「重之女集とその周縁」（「文学・語学」197　二〇一〇年七月）で述べた。→解説218頁参照。

Ⅲ　老いと鏡との関係については、岩井宏子「貫之の「老い」を鏡に映し見る歌―白詩との関連を探る」（「和漢比較文学」35 二〇〇五年八月、後に『古今的表現の成立と展開』和泉書院 二〇〇八年所収）が詳細に論じている。

Ⅳ 和歌中の涙については、ツベタナ・クリステワ『涙の詩学 王朝文化の詩的言語』（名古屋大学出版会 二〇〇一年）、今関敏子編『涙の文化学―人はなぜ泣くのか』（青簡舎 二〇〇九年）が詳細に論じている。

Ⅴ 和歌史における水茎についての考察は、ツベタナ・クリステワ『涙の詩学 王朝文化の詩的言語』（名古屋大学出版会 二〇〇一年）に見える。『源氏物語』の立場からは、上原作和「「水茎に流れ添」ひたる《涙》の物語―本文書記表現史の中の『源氏の物語』」（『古代中世文学論考』16 新典社 二〇〇五年）が、また書の立場からは、萱のり子「水茎の「和らげる」力―仮名の書の美的価値に関する一考察」（『書学書道史論叢』萱原書房 二〇一一年）が論じている。

1

春たつひある所のおほせことにて

うはこほりとくるなるへし山かはのいはまくしみつおとまさるなり（1・全1）

〔校異〕 ○山かは―山かけ（丹） ○いはまくしみつ―いしまのし水（群・丹）、いは《し》まくら《し》み《水》つ（弘）

〔整定本文〕 春立つ日、ある所の仰せ言にて

うは氷とくるなるべし山川の岩まくしみづ音まさるなり

〔現代語訳〕 立春の日、ある所からのご下命で

張った上氷も解けたのでしょう。山川の岩を巻くように流れる清水の水音がまさっているようです。

〔語釈〕 **○ある所の仰せ言** 貴人の、和歌を詠むようにとのご命令。「ある所の仰せ言」の用例は、14・21・24番詞書にも見える。15・39番に「花山院の仰せ言」、22番に「大宮の仰せ言」、23番に「院の仰せ言」と人物が明記されるものもあることからすれば、これらとは別人か。**○うは氷** 上部に薄くはった氷。「うは氷あはにむすべるひ

もなればかざす日影に緩ぶばかりを」（枕草子・宮の五節出でさせ給ふに）。「鷗こそよがれにけらしゐなのなるこやの池水うは氷せり」（後拾遺集・冬・四二〇・僧都長算）のように、初冬に張った氷を指すことが多いが、「うは氷とくる風にや鶯の今日を知らする声もかよはん」（御堂関白集・八二）のように立春との関わりで詠まれた歌も見える。「たかせさす淀の汀のうは氷下にぞなげくつねならぬよは」（好忠集・百首・冬・四〇九）のように、「上氷」に対して「下」が詠み込まれることも多い。→〔補説〕。**○岩まく**　岩の間をぐるぐると渦を巻くように速く流れる様を例えた語のようだが他に例がない。造語か。「いはまくら」とある本文は、「我がこふる丹のほの面わ今宵もか天の河原にいしまくらまかむ」（万葉集・巻一〇・二〇〇三）の「いしまくら」と関連あるか。**○音まさるなり**　水音が勝り、水量が増えたようだと推測している。雪解けによる水量増加は、「ふる雪はかつぞ消ぬらしあしひきの山の滝つ瀬音まさるなり」（古今集・冬・三一九・読人不知）のように、初冬に降った雪がすぐに解けたことが要因である場合と、「氷とく春立ちくらしみ吉野の吉野の滝の音まさるなり」（寛平御時中宮歌合・五）のごとく、春の訪れによる解氷による場合とがある。

〔**補説**〕「朝氷」が河原院周辺歌人たちに流行した歌材であることは、『重之女集』100番歌〔補説〕Ⅰ参照。当該歌が「氷」を立春詠に選択したのも、その影響下にあるといえよう。さらに、平田喜信が指摘したように、立春解氷を聴覚で捉えて詠むのも、重之ら初期百首歌人たちが好んだもので、和泉式部も継承している（「和泉式部百首の成立」「大妻国文」1　一九七〇年三月、後に『平安中期和歌考論』新典社　一九九三年所収）。特に次掲のごとく、重之詠と重之女・子僧詠の用語の類似は、子らの詠作が父親の影響下にあったことを窺わせる（平田喜信「「重之の子の僧の集」と「重之女集」—重之詠歌圏の成立と和泉式部—」「小論」14　二〇〇〇年九月、後に『平安朝文学　表現の位相』新典社　二〇〇二年所収）。

冬はいかにむすべる滝の糸なれや今日吹く風にとくる音する（重之集・二二八）
今日聞けば春たつ波の音すなり岩瀬のこほりいつかとけぬる（重之女集・1）

2

よしの山にゆきのうへにかすみのたなひくをみはへりて

たにふかみゆきしきえねはよしの山はるのいろとはかすみをそみる（2・全2）

〔校異〕　ナシ

〔整定本文〕　吉野山に、雪の上に霞のたなびくを見はべりて

谷深み雪し消えねば吉野山春の色とは霞をぞ見る

〔現代語訳〕　吉野山に、雪の上に霞のたなびくのを見まして

谷が深くてまったく雪が消えないので、吉野山では春のものとして霞を眺めるのです。

〔語釈〕　**○吉野山**　大和国の歌枕。元は、金峰山をはじめとして吉野山の周囲に広がる山岳の総称であったらしい。吉野は『万葉集』でもよく詠われているが、その多くは吉野の川。平安時代に入り、吉野山が雪とともに詠まれ、歌枕となった。春歌では、「春霞立てるやいづこみよしのの吉野の山に雪はふりつつ」（古今集・春上・三・読人不知）のように雪深いはずの吉野に霞が立ったことで春を実感する歌が多い。重之は百首歌の冒頭に「吉野山峰の白雲いつきえて今朝は霞の立ちかはるらん」（重之集・百首・二二一）を置く。→10・44番にも用例あり。→〔補説〕Ⅰ・Ⅱ。**○谷深み**　谷が深いので。ミ語法は、4・5番にも用いられている。「谷深み岩間をせばみ山河のおとにのみやは聞きわたるべき」（是則集・三五）。**○春の色**　春めく様子。漢語「春色」による。「衆皆春色を賞で、君独春意を憐む」（白氏文集・巻六九・三五一九）とあるように、春の気配を意味する「春意」と対になる概念。「春の色のいたりいたらぬ里はあらじ咲ける咲かざる花の見ゆらむ」（古今集・春下・九三・読人不知）と詠まれてもいる。これが徐々に「色」の意に転用され、「春の色はまだ浅けれどかねてより緑深くも染めてけるかな」（貫之集・一二七）と詠まれるようになる。

〔補説〕　Ⅰ　吉野山は、政争の地でもあったが、持統天皇以後、歴代天皇の行幸により聖地と目されるようになる。

平安時代になると、山岳信仰とも結びつき、「み吉野の山のあなたに宿もがな世のうきときの隠れ家にせむ」（古今集・雑下・九五〇・読人不知）に代表される隠棲の地ともなった。吉野については、斎藤熙子「「春日」と「吉野」」（「和洋国文研究」23　一九八八年三月、後に『赤染衛門とその周辺』笠間書院　一九九九年所収）、片桐洋一他『古典文学に見る吉野』（和泉書院　一九九六年）参照。

Ⅱ　吉野山に籠る折の詠である10番歌、吉野山の山中において詠んだ44番歌とは異なり、当該歌は吉野山を遠方から眺めたもの。出家以前の作か。

☆

梅花の詞書（3番詞書）で終わる一葉と梅花の歌（3番）で始まる一葉とは、従来から一続きと見られている。ここでもそれに従った。ただし、詞書はまだ開花しない梅花と言い、和歌中の梅花は香っていてすでに開花したとも解釈でき、疑義がある。

3

「むめの花おそしといふ心を」

こち風もけぬるくなれはわかやとのむめのにほひを〻り〳〵そみる（3・全3）

〔校異〕　ナシ

〔整定本文〕　梅の花遅しといふ心を

こち風もけぬるくなれば我が宿の梅のにほひを折々ぞ見る

〔現代語訳〕　「梅の花遅し」という心を

東から吹く風もだんだん暖かくなったので、我が家の梅の花を折々折り取ってその芳香とともに賞でています。

〔語釈〕　○遅し　その時期になってもなかなか咲かないもどかしさをいう。歌中では、「春や疾き花や遅きと聞き分かむ鶯だにも鳴かずもあるかな」（古今集・春上・一〇・藤原言直）のように、「疾し」とともに用いられる。詞書では「桜遅し／山桜待つに心をつくしては惜しまむほどもいかにせよとぞ」（恵慶集・四八）とあるように、桜の開花に用いられることが多い。**〇こち風**　東から吹く風。「こち風に氷とけなば鶯のたかきにうつる声とつげなん」（貫之集・八七二）。「こち」「こち吹く風」とも詠まれる。「こち吹かばにほひおこせよ梅の花あるじなしとて春を忘るな」（拾遺集・雑春・一〇〇六・菅原道真）。**〇けぬるく**　「気温し」は、この場合寒気が緩み、温かさを感じる様をいう。↓7番歌に「けぬるかりけり」の用例あり。↓〔補説〕Ⅰ。「見わたせばまきの炭焼くけをぬるみ大原山の雪のむら消え」（和泉式部集・百首・冬・七二）。**〇にほひ**　花が美しく咲いている様。『万葉集』では視覚的な美しさを言う場合が多い。平安時代中頃から、嗅覚的な意味としても用いられ、後に後者のみとなった。ここでは梅香の意も掛けて用いているか。↓〔補説〕Ⅱ。**〇折々**　折に触れて。梅を「折る」意を掛ける。「折折ににほふたぐへの梅なれば惜しめどかひな花のにほひや」（順集・六九）。**〇見る**　上に「にほひ」があることから、梅の花自体を見ること。「折りて見るかひもあるかな梅の花今日ここのへのにほひまさりて」（拾遺集・雑春・一〇一〇・源寛信）。

〔補説〕　Ⅰ　渦巻恵「「重之の子の僧の集」の性格」（「埼玉短期大学研究紀要」10　二〇〇〇年三月）で指摘したように、「ぬるし」は元輔・恵慶ら河原院周辺歌人たちによってよく用いられた表現。当該歌と同じく、春になり風が温んできたと詠った例は、「浦ごとにあまはみるらん初春のけぬるき風に浪やなごまむ」（馬内侍集・九七）がある。「ぬるし」は、『重之女集』30番歌にも用いられているが、そこでは、夏に吹いた秋風を評したもの。

Ⅱ　「にほひ」については、伊原昭『色彩と文芸美―古典における―』（笠間書院　一九七一年）が詳細に論じている。中井和子『源氏物語　いろ・にほひ・おと』（和泉書院　一九九一年）もある。

うくひすのこゑはきくやと、ひてはへるかへりことに

4

山ふかみ人にしられぬやとなれはまたうくひすのおとつれもせす（4・全4）

〔校異〕　ナシ

〔整定本文〕「鶯の声は聞くや」と、問ひてはべる返りごとに

　山深み人に知られぬ宿なればまだ鶯のおとづれもせず

〔現代語訳〕「鶯の声は聞いたか」と、たずねてきました返り事に

　山が深いので人に知られていない住まいのため、まだ鶯がその音を聞かせに訪れもしません。

〔語釈〕　**○鶯**　ウグイス科の小鳥。小規模な渡りをする鳥で、低地で越冬し山地で繁殖する。春に谷から出て鳴く「鶯の谷より出づる声」などと詠まれるのは、『詩経』伐木篇の一節「幽谷より出でて喬木に遷る」の唐代的解釈に依拠する。→〔補説〕Ⅰ。**○返りごと**　返事。→〔補説〕Ⅱ。**○山深み**　山が深いので。「咽霧山鶯啼尚少／山深みたちくる霧にむすればや鳴く鶯の声のまれなる」（千里集・一）と歌境は似る。山深い場所にいると、鶯の声を里の人よりも先に聞くと詠う場合の方が多い。「谷深み人も尋ねぬ柴の庵におとなふものは鶯の声」（堀河百首・六一・隆源）。**○人に知られぬ宿**　出家遁世をして山深い地に住んでいることをいう。**○おとづれ**　鶯の鳴き声を「音《おと》」として、「訪れ」を掛けた。

〔補説〕　Ⅰ　唐詩の影響を受け、鶯が早春の景物として和歌にも詠まれるようになる過程については、渡辺秀夫「谷の鶯・歌と詩と―〈典拠〉をめぐって―」（『中古文学』21　一九七八年四月）、『詩歌の森　日本語のイメージ』（大修館書店　一九九五年）参照。

Ⅱ　平野由紀子は、『御堂関白集全釈』（風間書房　二〇一二年）で「御返り」「御返し」に区別があることを指摘している。本集でも9・47・70番には「返り」「御返り」とあり、45番では「返し」とある。後者は妹からのものと考えられ、前者とは意識が異なっている。

ものおもふころあをやきをみはへりて

えたわかみ風にかたよるあをやきのいともみたれてものをこそおもへ」（5・全5）

〔校異〕　ナシ

〔整定本文〕　もの思ふ頃、青柳を見はべりて

枝若み風に片寄る青柳のいとも乱れてものをこそ思へ

〔現代語訳〕　物思いをする頃、青柳を見まして

枝が若いので風に吹かれて片方になびく青柳の糸が乱れるように、心もひどく乱れて物思いをすることです。

〔語釈〕　**○もの思ふ**　もの思ひに耽る、思い悩むこと。当該歌では何の物思いかは不明。↓9・33番にも「もの思ふ」の用例あり。↓〔補説〕Ⅰ。**○片寄る**　片方になびく。好忠が好んだ表現。「……風に片寄る　青柳の　いとまのひま　なきまでに　鳥の鳴く音を　聞けば　我もあはれと　よそに聞き……」（好忠集・一）、「たゆるよもあらじとぞ思ふ春を経て風に片寄る青柳の糸」（好忠集・五三）↓〔補説〕Ⅱ。**○青柳**　ヤナギはヤナギ属の植物の総称で、多くはシダレヤナギを指す。「青柳」は特に葉の青々とした柳を意味し、春の景物。↓〔補説〕Ⅲ。**○いとも乱れて**　たいそう心が乱れて。「いと（副詞）」と「糸」の掛詞。「なげきくるほどのへぬれば青柳のいとしも乱れまさる恋かな」（敦忠集・三五）。

〔補説〕　Ⅰ　「もの思ふ」は、恋歌中で恋する気持ちを意味して用いられるのが主で、重之女も和泉式部も用いた。特に和泉は「もの思へば」を好んで初句に置いたことは、平田喜信「「もの思へば」「もの思ふ」考―和泉式部集の連作・定数歌における自己表現」（『王朝和歌と史的展開』笠間書院　一九九七年）で詳細に論じられている。一方で当歌と同じく、景物に触発され、「惜しめどもつひに散りぬる紅葉ゆゑ吹かぬ風にもものをこそ思へ」（躬恒集・一五五）のようにも詠まれる。

Ⅱ　曾禰好忠が「風にかたよる」「外山かたかけ秋風ぞ吹く」など「風」と「かた」とを一首中に繰り返し詠み込んだことは、木越隆「曾丹集の表現―集中歌の解釈をめぐって―」（「言語と文芸」78　一九七四年五月）に指摘がある。

Ⅲ　「枝若み風に片寄る青柳の」までが「いと」を導く序詞。

6

ふる里の花のさかりものへまかりはへる人に

わかくさにこまひきとめてふる里の花のさかりをみてもゆかなむ（6・全6）

〔校異〕　○まかりはへる―まかりける（群・丹）

〔整定本文〕　ふる里の花の盛り、ものへまかりはべる人に

若草に駒ひきとめてふる里の花の盛りを見てもゆかなむ

〔現代語訳〕　故里の花の盛りの折に、ある所へ行きますという人に

若草のあるこの場所に馬を引き止めて、ふる里の花の盛りを見てから行ってほしいものです。

〔語釈〕　**○ふる里**　平城京のあった奈良を指す場合もあるが、ここではなじみの土地。**○花の盛り**　桜の花の満開。『万葉集』では「梅の花いま盛りなり思ふどちかざしにしてな今盛りなり」（万葉集・巻五・八二〇）のように、梅花の盛りを詠む歌も多い。「我が宿の梅の盛りにくる人はおどろくばかり袖ぞ匂へる」（後拾遺集・春上・五六・藤原公任）とも詠まれるが、平安時代に入ると、多くは満開の桜を意味するようになる。「見れどあかぬ花の盛りに帰る雁なほふる里の春やこひしき」（拾遺集・春・五五・読人不知）。**○ものへまかりはべる**　どこかへ出掛けること。寺社詣でを意味する場合が多い。**○若草**　春になって芽を出した草。「駒のはむみつの若草おいぬらむ春もなかばになりにけらしも」（高遠集・三三一）とあるように、馬が好んで食んだ。**○駒**　馬。→〔補説〕Ⅰ。春に馬を詠じた

のは、「淀野なる美豆の御牧に放ち飼ふ駒いばへたり春めきぬらし」（恵慶集・百首・春・二一二）もある。駒と草との取り合わせは初期百首歌人たちが好んだ詠みぶり。→19番にも「駒」の用例あり。『重之女集』16番も駒と草を詠んだ春の歌。

〔補説〕 Ⅰ 『万葉集』ではウマとコマの双方が用いられていることなどについては、木村康平「万葉集のウマとコマ―表現に関して―」（『古代研究』10 一九七九年九月）が論じている。『古今集』については、岩井宏子「「馬なめて」と「駒なめて」―古今集の歌「駒なめて」を中心に」（『王朝文学の本質と変容 韻文編』和泉書院 二〇〇一年、後に『古今的表現の成立と展開』和泉書院 二〇〇八年所収）参照。また、『古今集』後については、鈴木健一「馬の和歌史を遡る―橘曙覧から江戸派、堂上、そして定家・貫之へ―」（『文学』岩波書店 二〇一四年1・2月号）が通史的に論じている。

Ⅱ 当該歌は、「春の日はゆきもやられず蛙鳴く佐保のわたりに駒をとどめて」（重之集・百首・春・二三八）を意識して詠まれたものか。

Ⅲ 春から秋にかけて放牧される馬は、「春駒」「野飼いの駒」として初期百首に好んで詠まれた歌材。→『重之女集』16番歌参照。

野飼ひせし駒の春よりあさりしにつきずもあるかな淀の真菰の（好忠集・百首・沓冠・四四八）
淀野なるみづの御牧に放ちかふ駒いばへたり春めきぬらし（恵慶集・百首・春・二一二）
夏草はむすぶばかりになりにけり野飼ひの駒やあくがれにけん（重之集・百首・春・二四二）
かくれ沼もかひなかりけり春駒のあさればぼ菰のねだに残らず（和泉式部集・百首・春・一七）

ほふりにまゐりはへりて

7

をくら山おほゐのかはもはるたちてかすみわたれはけぬるかりけり（7・全7）

〔校異〕 欠（群・丹）

〔整定本文〕 小倉山大井の川も春たちて霞わたればけぬるかりけり

〔現代語訳〕 弔いにまいりまして

小倉山にも大井川にも春がやってきて一面に霞んでいるようなので、生暖かいのですね。

〔語釈〕 **○はふり** 「ほふり」では意味不明のため、「親いみじく騒ぎて取り上げて、泣きののしりてはふりす」（大和物語・一四七段）に見える「はふりす」の名詞形「はふり」の誤写と解した。「はふりす」は、弔いを意味する。異文は見出せないが、『全釈』も語釈に「葬《はふ》り、とむらい」とする。**○小倉山大井の川** 「小倉山」「大井川」ともに山城国の歌枕。小倉山の西南の麓を大井川が流れる。一首に双方を詠み込んだものとしては、「大井なる所にて、人々酒たうべけるついでに／大井川うかべる舟のかがり火にをぐらの山も名のみなりけり」（後撰集・雑三・一二三一・在原業平）がある。**○けぬるかりけり** 生暖かいさまをいう。↓3番にも「けぬるくなれば」と見える。

〔補説〕 『全釈』は当該歌を「けだるいような生暖かな春の午下がり」と、穏やかな春景と見るが疑問。火葬の煙により小倉山や大井川一帯までも霞が立ったように見え、それにより「気温し」と詠じたものであろう。

8

ねのひにむかしをこふるこゝろ

ひきつれてかすかのゝへの子の日するけふは」むかしのはるそこひしき（8・全8）

〔校異〕 欠（群・丹・陽）

〔整定本文〕 子の日に、昔をこふる心

引きつれて春日の野辺の子の日する今日は昔の春ぞこひしき

〔現代語訳〕 子の日に、昔を恋しく思うという心を
皆を引き連れて春日の野辺に子の日の小松引きをする今日は、昔の春が恋しいことです。

〔語釈〕 **○子の日** 正月上の子日に野に出て小松を引く風習があった。→〔補説〕Ⅰ。**○引きつれて** 子の日の小松を「引く」と人々を「引き連れて」を掛ける。「子日する野辺に小松を引きつれてかへる山辺に鶯ぞ鳴く」（頼基集・一三）。→〔補説〕Ⅱ。**○昔の春** 当該歌の意味する「昔」が何時を意味するかは不明。出家以前を「昔」と言っているものか。あるいは、大勢引き連れて小松を引いた昔を懐かしんで詠じたものか。

〔補説〕 Ⅰ 子の日の行事については、北山円正「子の日の行事の変遷」（『神女大国文』17 二〇〇六年三月）、加藤静子執筆「若菜・子の日の小松」項『王朝文学文化歴史大事典』（第二版 笠間書院 二〇一一年）参照。
Ⅱ 平田喜信「「重之の子の僧の集」と「重之女集」―重之詠歌圏の成立と和泉式部―」（『小論』14 二〇〇〇年九月、後に『平安朝文学 表現の位相』新典社 二〇〇二年）に、「引き連れて今日は子の日の松にまたいま千歳をそのべにいでつる」（後拾遺集・春下・二五・和泉式部）が当該歌の影響を受けた可能性について指摘がある。

9

花のちるさかりなにことをかこのころはおもふと、はせたまへる御かへりことに
人はいさわれはあけくれ花さくらちるよりほかのものおもひもなし（9・全9）

〔校異〕 欠（群・丹・陽）

〔整定本文〕 花の散る盛り、「何事をかこのごろは思ふ」と、問はせたまへる御返りごとに
人はいさ我はあけくれ花桜散るよりほかのもの思ひもなし

〔現代語訳〕 花の散る盛り、「どのようなことをこの頃は考えていますか」と、問うてくださったお返事に

人はさあどうかわかりませんが、私は明けても暮れても花桜が散るより他の心配ごとはありません。

〔語釈〕 **○花の散る盛り** さかんと花が散っている様。「昔、人の家に酒飲み遊びけるに、桜の散る盛りにて、人々花を題にて歌よみしついでに／散るが上に散りもまがよふ桜花かくしてこそは春も過ぎしか」（貫之集・八一七）。**○御返りごと** お返事。貴人からの問い掛けに応じたもの。↓4・47・70番詞書に「返りごと」の用例あり。**○人はいさ** 人はさあどうだか分かりませんが。「人はいさ心もしらずふる里は花ぞ昔の香ににほひける」（古今集・春上・四二・紀貫之）。**○散るよりほかの** 桜が散ること以外の。「桜花見しそのほどは思ひやれ散るよりほかの嘆きやはせじ」（実国集・九）。**○もの思ひもなし** 思い悩むことなどない。「年ふればよはひは老いぬしかはあれど花をし見ればもの思ひもなし」（古今集・春上・五二・藤原良房）。

〔補説〕 集には当該歌の他、「「鶯の声は聞くや」と、問ひてはべる返りごとに」（4）、「頼む人の問ひはべらぬを恨みて」（32）、「さてはべるほどに、人のとひにまうで来たれば」（62）、「はらからの問ひまうで来ぬことを恨みはべりて」（63）、「頼む人の問はぬことを恨みやりはべるとて」（64）と、問われることを喜び、問われぬことを恨む詞書が散見する。出家僧を思いやる和歌の系譜については、序文〔補説〕Ⅰ参照。

10

よしの山にこもりはへりとてかたらふ人に
ふる里をかすみへたてゝよしの山はれぬくもゐにとほさかる覧（10・全10）

〔校異〕 欠（群・丹・陽）

〔整定本文〕 吉野山に籠りはべりとて、語らふ人に
ふる里を霞へだてて吉野山晴れぬ雲居に遠ざかるらん

〔現代語訳〕 吉野山に籠りますということで、語り合う人に

ふる里を霞が隔て、吉野山の晴れない雲居によって遠く感じるように、いっそう二人の仲も遠ざかってしまうのでしょう。

〔語釈〕 **○吉野山** 大和国の歌枕。→「吉野山」は、2・44番にも用例あり。**○籠りはべりとて** 籠りますということで。吉野で隠棲する決心を述べたもの。**○語らふ人** 長年親しく語り合った人。序文中に記された家集編纂を勧めた人物か。→序文〔語釈〕参照。**○ふる里** 馴染みの土地。ここでは吉野山に籠る以前に住んでいた地。→6番にも用例あり。**○霞へだてて** 霞が立ってふる里が見えないようにしてしまった様。霞は『万葉集』では「立つ」「たなびく」ものであったが、平安時代に入り、「隠す」「へだつ」の語も用いられるようになっていく。→〔補説〕。「みわたせば都は近くなりぬらん過ぎぬる山は霞へだてつ」（後拾遺集・羇旅・五三四・源道済）、「語らふ人の、日ごろ山寺籠りて、帰りて、いかがといひたるに／なぐさむる方もなかりつながめやる山も霞に隔てられつつ」（和泉式部続集・一七〇）。**○晴れぬ雲居** 雲があって見えない空。「みやこ人いかがと問はば山高み晴れぬ雲居にわぶとこたへよ」（古今集・雑下・九三七・小野貞樹）、「ふり吹雪雪間も見えぬ冬の日の晴れぬ雲居に雁ぞ鳴くなる」（好忠集・三三四）。**○遠ざかる** 二人の仲が遠くなることも意味する。

〔補説〕 霞については、政所賢二「「霞たつ」「霞たなびく」の表現について」（『解釈』29―2　一九八三年二月）、安田徳子「「かすみ」詠の変遷―和歌表現の展開と漢詩―」（聖徳学園岐阜教育大学「国語国文学」9　一九九〇年三月）、高野正美「「霞」の表現史」（『万葉への文学史　万葉からの文学史』笠間書院　二〇〇一年）がある。当該歌とは逆に、「ふる里は春めきにけり吉野山みかきの原を霞こめたり」（兼盛集・九〇）や、須磨に退去した光源氏が「ふる里を峰の霞はへだつれどながむる空はおなじ雲居か」（源氏物語・須磨・一八八）のように、霞により隔てられてはいても、見えない故里を懐かしむ歌も多い。

花のもとにてたひ人にわかれをしみはへりとて」

山さとにたひねのかすはつもるとも花のあたりはいそかさらなむ（11・全11）

〔校異〕 欠（群・丹・陽）

〔整定本文〕 花のもとにて、旅人に別れ惜しみはべりとて

山里に旅寝の数は積もるとも花のあたりはいそがざらなむ

〔現代語訳〕 花の下で、旅人に別れを惜しみますということで

山里で旅寝をする数は重なったとしても、花の咲くあたりは急がないでゆっくり賞美してください。

〔語釈〕 **○山里** 山中の里に近い場所。人が住むこともある。↓〔補説〕Ⅰ。**○旅寝** 当該歌では旅に出てその先で寝るという文字通りの意味だが、「この里に旅寝しぬべし桜花散りのまがひに家路忘れて」（古今集・春下・七二・読人不知）からも明らかなように、自邸以外で寝ることすべてを意味するのが本義。**○花のあたり** 花の咲いている周辺。↓『重之女集』9番歌にも「花のあたり」の用例あり。**○いそがざらなむ** 急いで通り過ぎないで、ゆっくりと花を楽しんでほしいの意。「陸奥は世をうき島もありといふを関こゆるぎのいそがざらなん」（小町集・七七）。「急ぐ」は、桜が短期に散る様子や「山に花見に急ぎ行くところ」（伊勢集・九五詞書）のように、急いで花見に行く折などに用いることが多い。

〔補説〕 Ⅰ 集中では「山里」という語が13・21・58番にも見える。三代集における山里については、小町谷照彦「藤原公任の詠歌についての一考察―古今的美学の展開として―」（『東京学芸大学紀要』第Ⅱ部門24 一九七三年二月、後に『古今和歌集と歌ことば表現』岩波書店 一九九四年所収）が詳細。さらに、深山や山に関する歌語全体を視野に入れて論じた、小島孝之「「山里」の系譜」（『国語と国文学』72―12 一九九五年一二月）、笹川博司『深山の思想 平安和歌論考』（和泉書院 一九九八年）、高橋知奈津「屏風歌にみる平安時代の「山里」」（『平安時代庭園の研究』17 国立文化財機構奈良文化財研究所 二〇一一年）もある。

Ⅱ　花を賞美するあまりに歩を進められないという歌は多い。「むべしこそかへりし空も霞みつつ花のあたりは立ちうかりけり」（実方集・二二五）。
Ⅲ　前歌からの続きとみると詠者自身は山中に居住しているものか。あるいは、旅人を途中まで送った折のものか。

あるところにてかへるかりといふたいをたまはりて
わかさとにいまなむゆくとおとつれてあまのはらよりかりかへるなり（12・全12）

〔校異〕欠（群・丹・陽）

〔整定本文〕ある所にて、「帰る雁」といふ題をたまはりて
我が里に今なむゆくとおとづれて天の原より雁帰るなり

〔現代語訳〕ある所で、「帰る雁」という題をいただいて
私の住む里に「今から帰っていく」と音沙汰をして、大空を雁が帰っていくようです。

〔語釈〕　**〇ある所にて**　貴人のもとで。→1番〔語釈〕参照。**〇帰る雁**　雁は、カモ目カモ科のうち、ハクチョウ類を除いた大形の鳥の総称で、北方から秋に渡来し、越冬して、春に戻っていく渡り鳥。「帰雁」は春を意識させる景物。『万葉集』から詠われている。→〔補説〕Ⅰ。**〇今なむゆく**　別れの挨拶。「今なむ」とも。「行く」と「帰る」で対になっている。「帰る雁、暁がたに鳴きけるを人よみける／今なむと別れに鳴くか雁がねは花を幣にて我は手向けむ」（安法法師集・三八）を意識したものか。**〇天の原**　空のこと。『万葉集』では古代神話を意識した神聖な語として用いられたが、平安時代に入ると空そのものを意味することが多い。→〔補説〕Ⅱ。**〇より**　上に名詞を下に動詞を伴い、動作の移動・経由する場所を表す格助詞。「木の間よりもりくる月の影見れば心づくしの秋は来にけり」（古今集・秋上・一八四）。→20番歌にも用例あり。

〔補説〕 Ⅰ 和歌中では多くの場合、雁の姿ではなく、鳴き声が詠まれることなどについて、漢詩文との関係から論じたのは、岩井宏子「『雁』の詩と『かり』の歌」（「国文目白」二〇〇〇年二月、後に『古今的表現の成立と展開』和泉書院 二〇〇八年所収）、楊昆鵬「「かへるかり」と「帰雁」―和漢聯句における和漢の融合」（「国語国文」76―2 二〇〇七年二月）。

Ⅱ 『能宣集』の「帰雁／天の原雲路をわくる雁が音はふる里たづね帰るなるべし」（能宣集・七八）は、「ある所の歌合」（能宣集・六七詞書）のもの。用語、歌内容ともに類似しており、同座の可能性もあるか。

Ⅲ 『重之集』三六番にも「天の原」が詠まれているが、当該歌は、語を対比的に用いており、「あるやむごとなき所に召せばまゐりたり、昔にならひてお前にいでたれば、何事もなくて帰さるるにつけて聞こゆ／天の原わたる千鳥の羽たゆみきしをかはとも見て帰へるかな」（重之集・一八三）に近い。

山さとのいへゐのあたりにきゝすのなくをきゝはへりて

かたをかのはゝそのはらのやとちかみきゝすのこゑもみゝなれにけり」（13・全13）

〔校異〕 欠（群・丹・陽）

〔整定本文〕 山里の家居のあたりに、雉の鳴くを聞きはべりて

片岡のははその原の宿近み雉の声も耳なれにけり

〔現代語訳〕 山里の住まいのあたりで、雉の鳴くのを聞きまして

緩やかな丘の、柞が生える原にある我が家は山に近いので、雉の鳴き声も耳慣れてしまったことです。

〔語釈〕 ○山里 里に近い山。→11番参照。 ○家居 住居のこと。ここは、山里の閑居をいう。「梓弓はる山近く家居してつぎて聞くらむ鶯の声」（万葉集・巻一〇・一八二九）。 ○雉 上代では「雉」をキギシと訓じた。平安時代

に入り、キギスともキジとも詠まれるようになった。「春の野にあさるきぎすの妻ごひにおのがありかを人に知れつつ」（拾遺集・春上・二一・大伴家持）、「春の野のしげき草葉の妻ごひに飛び立つきじのほろろとぞ鳴く」（古今集・雑体・一〇三三・平貞文）。→〔補説〕Ⅰ。**〇片岡**　なだらかな丘をいう一般名詞。ただし、「片岡の朝の原」と詠まれる地、奈良県北葛城郡を指すとの説もある。**〇ははその原**　柞《ははそ》の生えている原という意味の一般名詞。『新撰字鏡』では「ははそ」をナラとするが、クヌギなどを含んだブナ科の総称とする説もある。「山科のいはたの小野のははそ原見つつか君が山路越ゆらむ」（万葉集・巻九・一七三〇）。平安時代になると、「秋霧は今朝はな立ちそ佐保山のははその紅葉よそにても見む」（古今集・秋下・二六六・読人不知）に代表されるように「柞の紅葉」と詠まれ、歌枕となった。→〔補説〕Ⅱ。**〇宿近み**　詞書にある「家居」、つまり草庵が山の近くにあるのでの意。**〇耳なれにけり**　耳が慣れてしまった。本来珍しいはずの雉の鳴き声を繰り返し聞いていると詠う。「よの中のあき山にのみ聞こゆればいつしかの音も耳なれにけり」（元良親王集・一〇三）、「人伝てに寒しと聞きし風の音を我がうたた寝の耳なれにけり」（好忠集・二九〇）。→『重之女集』54番に「耳なれぬ風の音」の用例あり。

〔補説〕Ⅰ　『古今六帖』では項目題をキジとするが、キギスと詠じた歌も並ぶ。鷹を用いて捕獲することから、題詠では、「鷹狩」との連想で詠まれる場合も多く、「きぎす鳴く交野の原を過ぎゆけば木の葉もことに色づきにけり」（好忠集・二五七）で交野が詠まれたのも狩猟の地であったため。

Ⅱ　「柞の森」については、桜井治男「歌枕「柞の森」をめぐる諸問題」（『皇學館大学紀要』16　一九七八年三月）参照。

☆　以上の配列は現在のところ異説はない。13番の次に図版一一八（『古筆学大成　第一九巻』・CD―ROM版『新編私家集大成』解題）を位置づけるのは、これが春歌（藤詠は夏歌とも解せるが）二首と夏歌の詞書からなる一葉であったため。『全釈』も同じ。

あるところのおほせことにてきしのまつにふちのかゝれるをつかふまつれとはへれは
みわたせはまつのみとりのうちかさねこむらさきなるきしのふちなみ（ナシ・図版118—1・全14）

〔校異〕 ナシ

〔整定本文〕 ある所の仰せ言にて、「岸の松に藤のかかれるをつかふまつれ」とはべれば
見わたせば松の緑のうちかさね濃紫なる岸の藤波

〔現代語訳〕 ある所の仰せ言によって、「岸の松に藤がかかっているという歌を献上せよ」とありましたので
見渡すと緑の松に藤の花の蔓が絡みついて、その姿が水面に映り、濃い紫色となって立っている岸辺の波です。

〔語釈〕 **○ある所の仰せ言** 貴人のお申し付け。→1番〔語釈〕参照。**○岸の松に藤のかかれる** 岸辺に植えられた松に、咲いた藤が蔓を伸ばして絡みついている様。屏風の絵柄として典型的な景。『万葉集』には見えない詠みぶりで、貫之が多数詠んでいる。『枕草子』「めでたきもの」の段にも「色あひ深く、花房長く咲きたる藤の花、松にかかりたる」とある。→〔補説〕Ⅰ。**○見わたせば** 見渡すと。眺望詩の影響を受け生み出された語句。本来は、高い所から眺めて詠む折に用いられたが、後に間近なものを眺める場合も援用された。→『重之女集』4番〔補説〕参照。**○濃紫** 濃く黒味がかった紫色。「藤の花色深けれやかげ見れば池の水さへ濃紫なる」（貫之集・六二）。**○岸の藤波** 岸辺に生えている藤と、藤の花が水に映り藤色の波が立っている意を掛ける。「藤」はマメ科のつる性落葉樹。晩春から初夏に掛けて房状の花を付けることから、「藤波」で藤花そのものをも意味する。水辺で咲く姿が好まれ、波との掛詞として用いられることも多く、「水底に影をうつして濃紫そめてかけたる岸の藤波」（古今六帖・四二四〇）と、「岸の藤波」という歌句も生まれた。当該歌も、「岸」の縁で「波」を掛ける。

〔補説〕 Ⅰ 松に這いかかる姿が屏風の類型的な絵柄であったことについては、片桐洋一「松にかかれる藤浪の——古今集時代研究序説のうち——」（「文学・語学」20 一九六一年六月、後に『古今和歌集の研究』明治書院 一九九一年所収）

が論じている。

Ⅱ「松にかかれる藤波」は唐絵から影響を受けた大和絵屏風の類型的な図柄であったことから、同じく中国の眺望詩に淵源を持つ歌句「見渡せば」を用いたもの。

15

くれのはるを花山院のおほせことにて

はるくれは山もをくらになりにけりまたおもかけに花もみえつゝ（ナシ・図版118—2・全15）

〔校異〕ナシ

〔整定本文〕「暮れの春」を、花山院の仰せ言にて

春暮れば山もをぐらになりにけりまだ面影に花も見えつつ

〔現代語訳〕「暮れの春」を、花山院の仰せ言によって

春が暮れるとなると、山は小倉山でなくとも小暗くなったことです。まだ咲いていた頃の花の面影も繰り返し見えてはいるのですが。

〔語釈〕**○暮れの春**「暮春」の訓読語。春の終わり。三月のこと。→〔補説〕Ⅰ。**○花山院** 第六十五代花山天皇。名は師貞。法名は入覚。安和元年（九六八）一〇月二六日生。寛弘五年（一〇〇八）二月八日没、四一歳。安和二年（九六九）八月一三日立太子。永観二年（九八四）から寛和二年（九八六）の間在位。冷泉天皇第一皇子。母は藤原伊尹の女、女御懐子。藤原長能・藤原公任・藤原実方らの歌人たちと交流し、和歌を好んだ。→39番詞書にも「花山院」とあり。**○春暮れば** 春が終わりに近付くと。詞書の「暮れの春」を詠んだもの。→〔補説〕Ⅱ。**○をぐら**「を」は接頭語。薄暗いこと、ほの暗いこと。若葉が育ち、葉が繁り始め、ほの暗くなったこと。「小倉（山）」を掛ける。**○面影** 本来は目の前にないものが、あるかのように鮮明に見えるその様。幻影。→〔補説〕Ⅲ。

〔補説〕 Ⅰ 『好忠集』三六〇首和歌には、「暮れの春、三月上」（六二）とあり、『重之集』にも「暮れの春」（六八八三）もある。詞書）と見える。「三月、柳おほかる人の家／我が宿の柳のいとも春暮れば緑のいとになりにけるかな」（忠見集・八三）もある。

Ⅱ 「暮れば」は、「暮る」の未然形に接続助詞「ば」が付き、「〜するなら」「〜ならば」の意。「桜花にほふともなく春暮ればなどかなげきのしげりのみする」（後撰集・春中・五五・読人不知）、「春暮れば木がくれおほき夕月夜おぼつかなしも花かげにして」（後撰集・春中・六二・読人不知）。

Ⅲ 「いつの間に散り果てぬらむ桜花面影にのみ今は見えつつ」（躬恒集・三七八）を参考にしたものか。

Ⅳ 「咲かざらむものとはなしに桜花面影にのみまだき見ゆらん」（拾遺集・雑春・一〇三六・凡河内躬恒）は、中々咲かない桜だが、早くも咲いている桜が面影に見えると詠うものもある。

☆ 図版一一八末尾の詞書に時鳥とあり、冒頭に時鳥詠を掲げる一葉と一続きと考えてここに位置づけた。『全釈』も同様。

「あさほらけにほとゝきすのこゑをきゝはへりて」

16 まきのとをあけてこそきけほとときすまたさとなれぬけさのはつこゑ（17・全16）

〔校異〕 欠（群・丹・陽・素）。

〔整定本文〕 朝ぼらけに時鳥の声を聞きはべりて

槇の戸をあけてこそ聞け時鳥まだ里なれぬ今朝の初声

〔現代語訳〕 夜明けに時鳥の声を聞きまして

槙の戸を開け、夜が明けてから聞くことです。時鳥のまだ里になれない今朝の初声を。

〔語釈〕 **○時鳥** ホトトギス科の鳥。初夏に渡来し、秋に南方に帰る。夜間にも鳴く。『万葉集』の時代から夏の鳥としてその鳴き声がよく歌に詠まれた。→〔補説〕。**○槙の戸** 槙は杉や檜など上質の木材の総称。恋人の家の戸の意味で恋歌中によく用いられる。「里ごとにことにかりくる時鳥ねたきは槙の戸にもさはらず」(保憲女集・四二)。→『重之女集』33番歌参照。**○あけてこそ聞け** 夜のうちでなく、夜明けに戸を開けて聞くことだ、の意。「あけて」は戸を「開けて」と夜が「明けて」の掛詞。「あけてこそ見め」とは詠われるが、「あけてこそ聞け」は他に例を見出せない。**○まだ里なれぬ** まだ里に慣れない。夏になると時鳥は山奥から里に下りてくるものと詠まれる。「里なれぬ山時鳥こまうくは雲居ながらも声を聞かせよ」(道命集・五二)、「深山いでてまだ里なれぬ時鳥旅の空なる音をやなくらん」(金葉集二度本・夏・一〇四・藤原顕季)。

〔補説〕 時鳥については、渡辺秀夫『詩歌の森 日本語のイメージ』(大修館書店 一九九五年)、佐藤雅代「和歌に詠まれたほととぎす—ただひところゐのゆくかたもみん—」(「文芸研究」80 一九九八年九月)参照。

17

うの花を

うの花のさかりになれは山かつのかきねはよをもへたてさりける (18・全17)

〔校異〕 欠 (群・丹・陽・素)

〔整定本文〕 卯の花を

卯の花の盛りになれば山がつの垣根はよをもへだてざりける

〔現代語訳〕 卯の花を

真っ白な卯の花の盛りになったので、山がつの粗末な垣根は夜も、また世間との境をも隔ててはくれないのです。

〔語釈〕 **○卯の花の盛りになれば** 卯の花が満開になったので。「卯の花」はユキノシタ科の低木で初夏に白色の花をつける。ウツギの異名。白い卯の花により周囲が明るいとするのは、「卯の花の盛りをみれば山がつの垣ほわたりは暮れがたきかな」（重之女・95）に通じる。→〔補説〕Ⅰ。**○山がつ** 山に住む身分の低い人、卑賤の者という意味を含有する語。謙辞として、あるいは身分社会から自由になったことへの賛辞を込めて使われることもある。**○よ** 「夜」と「世」の掛詞。卯の花の白さと夜の闇を対比させる歌は、「卯の花の咲きやしぬらん夏のよの闇にたづねんしるくもあるかな」（道済集・一八三）など。「よをも隔てざりける」は、真っ白い花の白さで、夜でもあたりが白く、花も隠れず意味がないことと、出家の身でありながら、卯の花見物に人が山に入るので、世間との境界として垣根が機能していないことを詠う。→〔補説〕Ⅱ。

〔補説〕 Ⅰ 垣根に咲く卯の花を詠んだものは、白さを強調したものがほとんど。詠い出しは、「卯の花の盛りにのみや山里の垣根も白く人の見るらん」（中務集・六三）、「卯の花の盛りとなれば山里のかたいへかくるすまひをぞする」（恵慶集・二〇）、「卯の花の咲ける盛りは山がつの垣根はなれぬ月を見るかな」（帯刀陣歌合・三・大江嘉言）など類例が多い。卯の花の詠歌史については、高木和子「『古今六帖』による規範化の一様相―「卯の花」歌を例として」（「日本文芸研究」55―3 二〇〇三年一二月）が詳細に論じている。

Ⅱ 当該歌とは逆に、垣根の卯の花が何かを隔てると詠う「院の殿上にて四月二日庚申ありけるに、卯花隔垣根といふ題を／卯の花の繁き垣根となるままに隣に通ふ道ぞ絶えける」（長能集・一四六）もある。

18

つくしへくたりはへる人にあふき心さしはへりとて

なにはかたこきいつるふねにわかそふるあふきの風やてにもおふらん（19・全18）

〔校異〕 欠（群・丹・陽・素）

〔整定本文〕 筑紫へ下りはべる人に、扇心ざしはべりとて

難波潟こぎいづる舟に我がそふるあふぎの風や手にもおふらん

〔現代語訳〕 筑紫へ下ります人に、再会を願って扇を贈りますということで

難波潟を漕ぎ出す舟に私が添える扇の風は、手で起こす風なのであなたの思い通りになることでしょう。

〔語釈〕 **○筑紫** 筑前・筑後、さらに広くは九州北部をもいう。「筑紫へ行くに／天の原波のなるとを漕ぐ舟の都こひしきものとこそ思へ」（重之集・三六）とあるように、重之も正暦年間（九九〇～九九五）に筑紫へ下っており、詞書の「筑紫へ下りはべる人」は父か。**○扇** 「逢ふ」を連想させる扇は餞別の定番であった。「旅にまかりける人に、扇つかはすとて／そへてやる扇の風し心あらばわが思ふ人の手をな離れそ」（後撰集・離別・一三三〇・読人不知）。扇については、高田祐彦「物のある風景 扇」（『叢書 想像する平安文学』3 二〇〇一年五月）参照。**○心ざしはべり** 贈りますの意。「男の心変はるけしきなりければ、ただなりける時、この男の心ざせりける扇に書き付けてはべりける」（後撰集・恋五・九三四詞書）、「筑後守の下るに扇やるに加へたる／あふげどもつきせぬ風は君がため我が心ざす扇なりけり」（貫之集・七五四）。**○難波潟** 摂津国の歌枕。現在の大阪市上町台地を中心とする地域。古くから淀川河口に難波津と呼ばれる港が発達し、交通の要衝となった。「難波潟漕ぎづる船のはろはろに別れ来ぬれど忘れかねつも」（万葉集・巻一二・三一七一）。『土佐日記』でもここを通って淀川を上り、都へ入っている。↓〔補説〕。**○手にもおふらん** 「手にもおふ」は不審。「手に負へず」の対義語「手に負ふ」と解した。船旅ではしばしば風が障害となるのに対して、手で煽いで起こす扇の風は思い通りですと洒落たもの。歌意は、「物へ行く人に、

扇やるとて／君がゆく船路かそふる扇には心にかなふ風ぞ吹きける」（中務集・九八）に近い。あるいは、「手であおいでも追い風となるでしょうか」の意か。

〔補説〕筑紫への船路については、南出眞助「水運と津の発達―琵琶湖・淀川を中心として―」・田坂憲二「大宰府への道のり―『源氏物語』と『高遠集』から―」（平安文学と隣接諸学7『王朝文学と交通』竹林舎 二〇〇九年）が詳細。

ものへまかりはへる人にあふき心さしてはへるかへりことに」

18b（歌欠）

〔校異〕○ものへ―まつ（弘） 歌欠（針・群・丹・陽・素・弘）

〔整定本文〕ものへまかりはべる人に、扇こころざしてはべる返りごとに

〔現代語訳〕ある所に行きます人に、扇を贈りました返事に

〔補説〕この詞書を受ける歌は見出せない。18番歌に対する返歌の詞書とするには、重複する内容となっており不審。18番詞書の異伝の可能性もあるか。

☆ 18番自体、夏部にあることに疑念が残る。扇の縁によるものか。

☆ 詞書だけで終わるこの一葉に続くのは、歌から始まるもののはずだが、現在のところ見出せない。歌から始まり、初夏の詠である70番を含む一葉が連接する可能性を検討したが、69番と当該詞書とを一組とするには無理があり、採らなかった。

☆ 次に、すべて夏歌からなる一葉を置く。『全釈』も同様の配列。

19

むまきのむまのあやめのなかにたてるをみはへりて
なつくれとあれのみまさるこまなれはあやめのくさにのかふなりけり（14・全19）

〔校異〕 欠（群・丹・陽）

〔整定本文〕 む牧の馬の、菖蒲の中に立てるを見はべりて
なつくれどあれのみまさる駒なれば菖蒲の草にのがふなりけり

〔現代語訳〕 牧場の馬が菖蒲の中に立っているのを見まして
懐くという夏が来たけれど、気性がますます激しくなる馬なので、菖蒲の草の中に追いやって野放しに飼うのでした。

〔語釈〕 **○む牧** 「うまき」とも。馬を飼育するための牧場のこと。**○馬** 『古今集』では、詞書中ではウマ、歌中ではコマと使い分けられている。『後撰集』以降も歌中はコマが圧倒的だが、ウマとする例も見えるようになる。↓6番〔補説〕参照。**○なつくれど** 「夏来れど」に「懐く」を掛ける。「よそに見しおもあらの駒も草なれてなつくばかりに野はなりにけり」（好忠集・百首・夏・三八五）。**○あれのみまさる** 馬は春に繁殖期を迎え、夏には懐いて大人しくなるはずなのに、気性がますます荒々しくなるの意。「陸奥のをぶちの駒ものがふには荒れこそまされなつくものかは」（後撰集・雑四・一二五二・読人不知）。**○菖蒲の草** サトイモ科の多年草で水辺に生え、初夏に黄緑色で小さな棒状の花序をつける。邪気祓いに用いられた。「生ふれども駒もすさめぬ菖蒲草かりにも人の来ぬがわびしさ」（拾遺集・恋二・七六八・凡河内躬恒）とあるように、人間はその香を愛でたが、馬は嫌がった。↓48・65番にも用例あり。**○のがふ** 家畜を野で放牧する「野飼ふ」に、嫌がって遠ざけるの「却《のがふ》」を掛けた。「いとはるる我が身は春の駒なれやのがひがてらに放ち捨てつる」（古今集・雑体・一〇四五）、「夏草は結ぶばかりになりにけりのがひの駒やあくがれにけん」（後拾遺集・夏・一六八・源重之）。↓〔補説〕。

20

〔補説〕 平安時代の初期から中期に掛けて、「野飼ふ」に「却」が掛けられて和歌中で用いられたことについては、山内洋一郎「野飼ひの駒―古語「のがふ」の発掘と古本説話集と―」（「国語国文」41―7　一九七二年七月、後に『野飼ひの駒　語史論集』和泉書院　一九九六年所収）が詳細に論じている。

かみのやしろよりほとゝ《き》すのなきわたりはへるを

けふきけは山ほとゝきすみやなれてしめのうちよりなきわたるなり（15・全20）

〔校異〕 欠（群・丹・陽）　〇しめのうち―しめかうち（弘）

〔整定本文〕 神の社より、時鳥の鳴きわたりはべるを

今日聞けば山時鳥みやなれてしめの内より鳴きわたるなり

〔現代語訳〕 神の社を通って、時鳥が鳴きながら飛びわたっておりますのを

今日聞くと、山時鳥も神社に住み慣れて、見慣れた注連の内を通って鳴きながら飛びわたっていくようです。

〔語釈〕 **〇神の社**　神が住む社殿。『万葉集』では「ちはやぶる神の社」と五首（巻三・四〇四、巻四・五五八、巻一一・二六六〇、巻一一・二六六二、巻一七・四〇一二）に見える。**〇今日聞けば**　今日時鳥の声を聞くと。→〔補説〕。**〇みやなれて**　見慣れての意「見や慣れて」に、神社に慣れての意「宮慣れて」を掛ける。寺社と時鳥とが一緒に詠まれた早い例は、「奈良の石上寺にて時鳥の鳴くをよめる／石上ふるきみやこの時鳥声ばかりこそ昔なりけれ」（古今集・夏・一四四・素性法師）がある。夏になると神社で祭礼が行われることから、この時期に鳴き初める時鳥とあわせて詠まれるようになった。月次屏風では四月の神祭りの絵柄としても用いられ、「四月、神まつる所、時鳥鳴く／神まつるしるしありても時鳥今日初声を待ちでたるかな」（恵慶集・七）と見える。**〇しめの内**　注連縄が張り巡らされている内側。神域。「しめの内に同じいがきの都鳥なれにし友をたづねてぞとふ」（馬内侍集・一九九）。

○より　通って。↓12番歌にも用例あり。**○鳴きわたるなり**　鳴き続けながら飛び渡って行くようです。「わたる」は時間的にも空間的にも広がりを意味する語。社を通過していくのをその鳴き声から推測している。「時鳥我とはなしに卯の花のうき世の中に鳴きわたるらむ」（古今集・夏・一六四・凡河内躬恒）、「神まつる卯月にならば時鳥夕かけてやは鳴きてわたらぬ」（道命集・二五三）。

〔**補説**〕「今日聞けば井手の蛙もすだくなり苗代水をたれまかすらん」（重之集・百首・春・二二八）の詠い出しを、子僧ばかりでなく、重之女も「今日聞けば春たつ波の音すなり岩瀬のこほりいつかとけぬる」（重之女集・1）と倣っていることは、平田喜信「「重之の子の僧の集」と「重之女集」―重之詠歌圏の成立と和泉式部―」（「小論」14二〇〇〇年九月、後に『平安朝文学　表現の位相』新典社　二〇〇二年所収）が論じている。

山さとをはてにおきてよめとある所のおほせことにはへれは
こかくれてをそくいつれはありあけの月まちとほにみゆる山さと」（16・全21）

〔**校異**〕欠（群・丹・陽）

〔**整定本文**〕「山里を果てに置きてよめ」と、ある所の仰せ言にはべれば
木隠れて遅くいづれば有明の月待ちどほに見ゆる山里

〔**現代語訳**〕「山里を結句に置いて詠め」と、ある所から仰せ言がありましたので
木々の間に隠れて遅く出たので、有明の月が沈むのを待ち遠しそうに見ている山里です。

〔**語釈**〕**○山里**　山にある里に近い場所。↓11番〔補説〕参照。**○果てに置きて**　歌の末尾に「山里」の語を置いて詠めということ。↓〔補説〕。**○ある所の仰せ言**　貴人からのお申し付け。↓1番〔語釈〕参照。**○木隠れ**　木によって隠れてしまうこと。「葦引の山した水の木隠れてたぎつ心をせきぞかねつる」（古今集・恋一・四九一・読人不

知)。木々により月が隠れてしまうことを詠んだものとしては、「月入花灘暗／とくも入る月にも有るかな山のはのしげきに影のかくるとやいはん」(紀師匠曲水宴和歌・三)、「倉橋の山を高みか夜隠りに出で来る月の光ともしき」(万葉集・巻三・二九〇)などがある。**○遅くいづれば**　月の出が遅かったので。「遅くいづる月にもあるかな葦引の山のあなたも惜しむべらなり」(古今集・雑上・八七七・読人不知)。**○月待ちどほに**　月が沈むのを待ちきれない様子。西側にある山里を擬人化した。「かかりける雲はるるよにすむ月の待ちどほなりや秋の山辺に」(大斎院前の御集・三六六・馬)。

〔補説〕　ある語句を「置きて」詠むということは、「朱雀院の女郎花合の時に、女郎花といふ五文字を句の頭に置きてよめる／小倉山みね立ちならし鳴く鹿のへにけむ秋を知る人ぞなき」(古今集・物名・四三九・紀貫之)、「……古万葉集の中に沙弥満誓がよめる歌の中に、世の中を何にたとへんといへることをとりて、頭に置きてよめる歌十首／世の中を何にたとへん茜さす朝日さすまの萩の上の露」(順集・一一九)などと見える。

☆『全釈』はこの後に月の歌ばかりが載る一葉(57番～59番)を位置づけるが、夏歌とは限定できないので採らなかった。ここまでを夏部と見て、次に秋歌からなる一葉を置いた。次の一葉は、「仰せ言」により詠じられた和歌ばかりが載る。

22

おほみやのおほせことにてあきたつ日

秋風はまほなりねともをきのはの今日はことにもなひくめるかな(弘)　(23・全25)

〔校異〕　以下30番までの九首は、針切にはないので、弘賢本から補入した。○なりねとも―ならねとも(陽)

〔整定本文〕　大宮の仰せ言にて、秋立つ日

秋風はまほならねども荻の葉の今日はことにもなびくめるかな

〔現代語訳〕 大宮の仰せ言により、秋立つ日

秋風としては十分な様ではないけれど、荻の葉は立秋の今日、ことさらにも靡くようです。

〔語釈〕 **○大宮** 太皇太后宮や皇太后宮のこと。ここは昌子内親王か。52番にも「大宮」の用例あり。『重之集』にも「また、大宮の仰せ言にてよめりと御手本にかかれたれば／いつしかといそぐ心の先立ちて朝の原を今日越ゆるかな」（重之集・四五）とあり、同一人物か。→〔補説〕Ⅰ。**○仰せ言** お申し付け。→1番〔語釈〕参照。**○まほならねども** 秋風としてはまだ十分ではないけれど。整っていて完全なことをいう「真秀」に荻の「穂」の意を掛ける。「しなてるやにほの湖に漕ぐ舟のまほならねどもあひ見しものを」（源氏物語・早蕨・六九八・薫）のように、船の帆と掛けて用いられることの方が多い。**○荻** 湿地に群生するイネ科の多年草。秋に花穂を付け、屋根・草履・箒に用いられる。ここでは、秋風に靡く荻により秋の到来を感じている。→〔補説〕Ⅱ。**○なびく** 風によって荻が横に倒される様。荻は「そよ」「そよぐ」などと詠われることが多く、「秋風に吹かれてなびく荻の葉のそよそよさこそいふべかりけれ」（元良親王集・一一〇）とともに、「なびく」としては初期の例。

〔補説〕 Ⅰ 『全釈』、小松茂美（「重之子僧集 解題」『古筆学大成19 私家集（三）』講談社 一九九二年）は詮子をあてるが年代的に不審。重之は冷泉天皇の東宮時代に帯刀先生を務め、百首歌を奉っている。このことからすると、冷泉天皇の皇后で、天延元年（九七三）に皇太后、寛和二年（九八六）に太皇太后となった昌子内親王が適当であろう。冷泉天皇皇子の三条天皇の東宮時代に仕えた小大君の家集に、「これはみな人の扇にあなり、この御返りを、大宮の御」（小大君集・五四詞書）とある大宮とも同一人物か。鈴木栄子「「重之女集」と「重之の子僧の集」の考察」（「跡見学園国語科紀要」15 一九六七年三月）は、昌子内親王、円融天皇の皇后遵子の両説を挙げるが、遵子は56番詞書の「中宮」か。

Ⅱ 「葦辺にある荻の葉さやぎ秋風のふきくるなへに雁なきわたる」（万葉集・巻一〇・二一三四）が荻によって秋を

感じる早い例。『古今集』に荻詠は採られないが、貫之は「荻の葉のそよぐ音こそ秋風の人に知らるるはじめなりけれ」（貫之集・一〇〇）の他二首（三八五・五一二）、躬恒も「荻の葉のそよと告げずは秋風を今日から吹くとたれかいはまし」（躬恒集・七〇）の他にもう一首（四四八）詠んでいる。

歌語「荻」については、比良輝夫「「荻の葉」小考」（「語学文学」39　二〇〇一年三月）、新川雅朋「光源氏と軒端の荻の贈答歌」（「和歌文学研究」82　二〇〇一年六月）参照。

Ⅲ　23番歌との関係からすると、「仰せ言」とは単に何か言葉があっただけではなく、庭にあった荻を所望する内容のもので、それを献上する折に付けた歌か。

23

院のおほせことにてまたつかうまつる

なを《ほ》さりにほりうゑしものをわかやとのをきのはかせにあきをしるかな（弘）（24・全26）

〔校異〕　欠（針）　○またつかうまつる―つかうまつる（群・丹）

〔整定本文〕　院の仰せ言にて、またつかうまつる

なほざりに掘り植ゑしものを我が宿の荻の葉風に秋を知るかな

〔現代語訳〕　院の仰せ言により、また差し上げる

いい加減に掘り植えたというのに、我が家の荻の葉を揺らす風に秋の訪れを知ることです。

〔語釈〕　**○院**　退位した天皇、あるいは女院のこと。『全釈』は上東門院詮子とする。人間関係から推すと、冷泉院、あるいは花山院か。ただし、花山院は15・39番の詞書中に「花山院」と明示されている。前歌の「大宮」を昌子内親王とし、二首が連続した事情から、冷泉院であろう。**○またつかうまつる**　同一人物に再びさし上げるという意味ではなく、前歌とは異なる人物に再度荻を献上するという意。**○なほざりに**　適当に。「なほざりに折りつ

るものを梅花こきかに我や衣そめてむ」（後撰集・春上・一六・藤原冬嗣）。**○堀り植ゑしものを**　掘ってきて我が家に植えたけれどの意。「花の木も今は堀り植ゑじ春立てばうつろふ色に人ならひけり」（古今集・春下・九二・素性法師）。和泉式部の「風／堀り植ゑしかひもあるかな我が宿の荻葉の風ぞ秋も知らする」（和泉式部集・一四一）は当該歌を意識したものか。**○荻の葉風**　荻はイネ科の多年草。「葉風」は、草木の葉に吹く風。荻の葉がそよぐことで秋を感じると詠まれることが多く、「荻の上葉」「荻の上風」が常套句。「荻の葉風」は、「今宵より荻の葉風の音すらし秋のさかひに入りや立つらん」（元真集・一四五）とともに初期の例。

〔補説〕　子僧の庭にある荻が美しいと評判になり、譲ってほしいと前歌では大宮から、当歌では院から声が掛かったものと見た。

　　たなはたのまたの日ある所のおほせことにて

そてひちてけふはたなはたしかへる覧きのふのそらを思やりつゝ(弘)」（25・全27）

〔校異〕　欠（針）　○にて―に（丹）　○たなはたし―たなはた（群・丹・陽）

〔整定本文〕　七夕のまたの日、ある所の仰せ言にて

　袖ひちて今日は七夕帰るらむ昨日の空を思ひやりつつ

〔現代語訳〕　七夕の翌日、ある所から仰せ言があって

　袖を濡らして今日は彦星が帰ることでしょう。昨日の空での逢瀬を思い出し思い出ししながら。

〔語釈〕　**○七夕**　詞書では七夕祭りの意だが、歌中は、彦星のことか。ただし、「七夕」で彦星を意味するのは稀有。漢詩文の世界で渡河するのは織女星であり、当該歌もそれに倣ったものか。歌全体では、第三者の立場から七夕の思いを推量している。→〔補説〕Ｉ。**○ある所の仰せ言**　貴人からのご下命。→1番〔語釈〕参照。**○袖ひち**

て　別れを惜しんで流す涙で袖をびっしょり濡らして。「袖ひちてむすびし水のこほれるを春立つ今日の風やとくらむ」（古今集・春上・二・紀貫之）と初句同じ。同様の詠い出しを持つ、「いづれの年にかありけん、花山院に八月三日歌合せさせ給はんとありしかど、とまりにしに、歌どもはおのおの奉れと仰せられしかば、奉りし、七夕／袖ひちて我が手にむすぶ水の面にあまつ星あひのかげを見るかな」（長能集・七六）もある。どちらが先行するかは不明。あるいは同じ事情のもとでの詠か。歌境としては、「七日の夜の暁によめる／今はとてわかるる時は天の川わたらぬさきに袖ぞひちぬる」（古今集・秋上・一八二・源宗于）に近い。**○昨日の空**　七月七日の当夜。「今日」に対する「昨日」。同様の用い方は43番歌にも見える。「同じ月かたわきて前栽合せさせたまひけるを、雨いたく降りて止まりぬと、方人どももなかりければ、女御の御／天の川昨日の空のなごりにもみぎはいかなるものとかは知る」（斎宮女御集・二二七）。→〔補説〕Ⅲ。

〔補説〕　Ⅰ　七夕の翌日の詠は、「七月八日の朝／七夕の帰る朝の天の川舟もかよはぬ波も立たなん」（後撰集・秋上・二四八・藤原兼輔）、「同じ心を／朝戸あけてながめやすらん七夕はあかぬ別れの空をこひつつ」（後撰集・秋上・二四九・紀貫之）もある。

Ⅱ　「七夕」と「袖」については、岩井宏子「「七夕の涙」考」（「日本文学研究」31　二〇〇〇年二月、後に『古今的表現の成立と展開』和泉書院　二〇〇八年所収）参照。

Ⅲ　伊地知鐵男「昼と夜の変り目」（「汲古」創刊号　一九八二年五月）は、子、丑刻は前日、寅刻が日付変更時刻であると説く。これによれば、二星が逢瀬を持ったのは昨日、帰る朝は今日となる。

☆

『全釈』は、萩詠の載る一葉（55～57番）を次に置くが、秋詠ではない二首を含んでおり、全体に厭世的な詠みぶりであることなどから、連接させなかった。次にも弘本による補入を置いた。ただし、この一葉の所収歌も秋歌ではない。だが、末尾の詞書がその次の一葉の冒頭歌と一連のものと考えられるのでここに位置付けた。

25

おやのいみにこもりはへるにゆめにようみゑ《え》はへり

かねの声たつぬることにしての山ここにはみちのしるへなりける㊙（29・全31）

〔校異〕　欠（針・群・丹・陽）

〔整定本文〕　親の忌に籠りはべるに、夢によう見えはべり

鐘の声たづぬるごとに死出の山ここには道の標なりける

〔現代語訳〕　親の喪に寺に籠っておりましたら、夢にはっきり見えましたので

鐘の音をたずねるたびに夢の中で会えるのは、死出の山に近いここでは鐘の声が亡くなった親にとっては道標であったからですね。

〔語釈〕　**○親の忌**　親が亡くなり喪に服していること。→〔補説〕Ⅰ。**○鐘の声**　寺院にある鐘楼に掛けられ、定時に突かれる所謂梵鐘。→〔補説〕Ⅱ。**○たづぬるごとに**　親の法要のたびごとに山寺にやってくることをいう。**○死出の山**　冥途へ行くのに越える山。冥途そのものを指す場合もある。「死出の山ふもとを見てぞ帰りにしつらき人よりまづ越えじとて」（古今集・恋五・七八九・兵衛）。**○ここ**　親の忌のために籠っている場所。**○道の標**　行く先を案内して道端に立てる標。→〔補説〕Ⅲ。

〔補説〕　Ⅰ　「親」を重之とすると、没したとされる長保年間（九九九〜一〇〇四）に詠まれた歌ということになる。

Ⅱ　歌中の鐘については、劉小俊『古典和歌における鐘の研究』（風間書房　二〇〇六年）が詳細に論じている。

Ⅲ　参籠のために鐘の音のする寺を訪ねて来るのと、同じその鐘の音を親が辿って会いに来ると詠んだもの。

26

山のうへにさゝのいほのみゆるに

をちこちのたつきもしらぬ山のうへにたかしめお《を》けるさゝのいほそも㊙（30・全32）

〔校異〕　欠（針・群・丹・陽）

〔整定本文〕　山の上に、笹の庵の見ゆるに

をちこちのたづきもしらぬ山の上にたがしめおける笹の庵ぞも

〔現代語訳〕　山の上に、笹で葺いた庵が見えるので

あちらかこちらか方向も分からず、取り付きようもない山の上に、いったい誰が自分のものと占め置いた笹の庵なのでしょうか。

〔語釈〕　**○笹の庵**　笹で葺いた粗末な庵のこと。「笹の庵に菖蒲の草をふきそへてひまなく今日は人ぞこひしき」（道命法師集・七二）。**○をちこち**　遠いところと近いところ、あちらこちら。「をちこちのたづきも知らぬ山中におぼつかなくも呼子鳥かな」（古今集・春上・二九・読人不知）と十四音まで同じ。**○たづき**　「たつき」とも。手段・方法の意。否定の語を伴い「たづき知らず」で、見当も付かない。取り付きようもない意として用いられることが多い。**○しめおける**　「しめおく」は、占有する意。「しめ結ふ」の形で用いられる方が多い。「前斎宮の五十賀の御屛風、若菜／若菜おふる野をしめおかむ君がため千歳の春も我ぞつかへむ」（中務集・七）。

〔補説〕　詠者は、語釈に挙げた古今歌（春上・二九）と同じく、山中で迷っている様であるのに対し、迷うどころか山中に笹の庵を構えている人物のいることに驚いたもの。当該歌は山元から笹の庵を見上げて詠んでおり、悟りの深浅をも暗示しているか。

☆　次掲のごとく、「住吉」の語がある詞書と「住吉」の歌とを一連のものと考えた。『全釈』も同様。

すみよしのみやしろつくりあらためたるを見て」
みやはしらあらたまれともすみよしのまつのみとりはかはらさりけり㊙（31・全33）

〔校異〕 欠（針・群・丹・陽）

〔整定本文〕 住吉の御社、造り改めたるを見て

宮柱あらたまれども住吉の松の緑はかはらざりけり

〔現代語訳〕 住吉大社の御社殿を、造り改めたのを見て

宮柱は新しくなったけれども、住吉大社の松の緑は変わらなかったことです。

〔語釈〕 **○住吉** 摂津国の歌枕。現在の大阪市住吉区住吉二丁目の住吉大社。海に面し、白砂青松の風光明媚な場所にある。「すみのえ」との明確な区別は難しい。「音にのみ聞きわたりつる住吉の松の千歳を今日見つるかな」（拾遺集・雑上・四五六・読人不知）。**○宮柱** 当該歌では住吉社の柱のこと。皇居の柱なども言う。「宮柱ふとしき立てて我が国にいくよへぬらん住吉の神」（道済集・三一六）は筑紫の住吉神社を詠んだもの。**○松の緑はかはらざりけり** 社は改まったが、松は常緑で変わらないと詠んだもの。「松の葉の緑の袖は年経とも色変はるべき我ならなくに」（好忠集・四二四）。

〔補説〕 Ⅰ 住吉大社の遷宮は、天平勝宝元年（七四九）に初めて行われた記録が残る。次の遷宮が記録に見えるのは、延長六年（九二八）（『貞信公記抄』・『扶桑略記裡書』）。だが、神祇官より弘仁三年（八一二）に、住吉・香取・鹿島の三社は二十年ごとに式年遷宮を行うべきとの通達がなされたとあることから、すでに慣例となっていたものであろう。

Ⅱ 『住吉社と文学』（京都女子大学短期大学部「国語・国文専攻研究編」和泉書院 二〇〇八年）には、住吉社と関わる文学に関する六本の論文が載る。『住吉大社事典』（真弓常忠編 国書刊行会 二〇〇九年）もある。

Ⅲ「花山院御供に熊野にまゐりはべりける道に住吉にてよみはべりける／住吉の浦風いたく吹きぬらし岸打つ波の声しきるなり」（後拾遺集・雑四・一〇六四・兼経法師）という一首がある。当該歌も単なる住吉詣ではなく、花山院の熊野詣に供奉し、その途中で立ち寄った住吉で詠んだ可能性が高い。熊野は35、41番詞書にも見える。

かたらふ人にはかれ《わ》はへりて
もみちするあきのわかれの悲しきはしくる丶そてもいろつきぬへし㊗（32・全34）

〔校異〕 欠（針・群・丹・陽）

〔整定本文〕 語らふ人に別れはべりて
紅葉するあきの別れの悲しきは時雨るる袖も色づきぬべし

〔現代語訳〕 語り合う人と別れまして
紅葉する秋に、飽きられて別れるその悲しさに、時雨で濡れた袖も紅く色付いてしまいそうです。

〔語釈〕 **〇語らふ人** 親しく語り合う間柄の人。↓序文〔語釈〕参照。**〇あきの別れ** 秋の時期にする別れの意。「秋の別れ」で、秋という季節と別れると解して、九月尽日をさすこともある。秋が終わることは、とりわけ惜しむべきことであり、「もろともになきてとどめよきりぎりす秋の別れは惜しくやはあらぬ」（古今集・離別・三八五・藤原兼茂）や、「時しもあれ秋や人の別るべきあるを見るだにこひしきものを」（古今集・哀傷・八三九・壬生忠岑）などと詠まれている。当該歌は、「秋」に、人に飽きられる「飽き」を掛ける。「風よりは手向けに散らせもみぢ葉も秋のわかれは君にやはあらぬ」（中務集・八九）。**〇色づきぬべし** 時雨で紅葉することに、悲しみのあまり流す紅涙により袖が紅く染まってしまいそうだの意を掛ける。

〔補説〕 当該歌と同じく、時雨により紅葉が色付いたことと、涙で袖が色づいたことを掛けて詠じた歌には、「神無月時雨に濡るるもみぢ葉はただわび人の袂なりけり」（古今集・哀傷・八四〇・凡河内躬恒）などがある。

29

山川にもみちのなかるゝをみはへりて

やま河にみきはも見えすなかれゆくもみちの色になみはみえけり㊗（33・全35）

〔校異〕 欠（針・群・丹・陽）

〔整定本文〕 山川に紅葉の流るるを見はべりて

山川に水際も見えず流れゆく紅葉の色に波は見えけり

〔現代語訳〕 山川に紅葉が流れるのを見まして

山川に水際も見えないほどに流れていく多くの紅葉によって、本来は見えないはずの波が紅葉色に見えたことです。

〔語釈〕 **○山川** 山の中を流れる小川。「やまかは」と清音で読まれることもあるが、『和歌初学抄』は「浅きことにはやまがは」とある。「山川に風のかけたるしがらみは流れもあへぬ紅葉なりけり」（古今集・秋下・三〇三・春道列樹）→〔補説〕。**○水際** 川の水が岸に接するところ。「しぐるれば紅葉の色もわたる瀬の水際も深くなりまさるかな」（能宣集・四〇四）。**○波は見えけり** 波が紅葉の色に見えること。「紅葉ばのながれてとまるみなとには紅深き波や立つらむ」（古今集・秋下・二九三・素性法師）。

〔補説〕 当該歌と類似の詞書を持つ「山川より紅葉の流るるを見て／山川の水かさまさるもみぢ葉は水上にこそ雨と見ゆらめ」（安法法師集・三〇）、「山川に紅葉の流るるを／山川は浅くも見えずながれくる紅葉の色ぞ水をそむらし」（御所本能宣集・一二一）がある。能宣詠は、前歌の詞書に「殿上人あまた、大井に紅葉見に行く、供に行きて」（能宣集・一二〇詞書）とあって、貴族達の紅葉見物の供をし、実際に見て詠んだもの。当該歌も同種の場が想定できそうだ。一方、「山川に紅葉流る／水上に風や吹くらし山川の瀬瀬に紅葉の色ふかく見ゆ」（順集・一九六）は、「応和元年（九六一）昌子内親王御裳着屛風歌」のもの。『重之女集』50番や、和泉式部にも「落ちつもる紅葉の色に山川の浅きも深きもながれとぞ見る」（和泉式部集・百首・秋・五八）と、類想の歌がある。

30

永観元年

　か丶みの山のもみちの散をなかめたる所

としをへてちりつもれともか丶みやまもみちのいろはかはらさりけり(弘)」（34・全36）

〔校異〕　欠（針・群・丹・陽）

〔整定本文〕　鏡の山の紅葉の散るを眺めたる所

　永観元年

　年を経てちり積もれども鏡山紅葉の色はかはらざりけり

〔現代語訳〕　鏡山の紅葉の散るのを眺めている所

　永観元年

　年月を重ねて塵のように散り積もったけれども、鏡山の紅葉の色はつねと変わらないものでした。

〔語釈〕　**○鏡の山**　近江国の歌枕。滋賀県蒲生郡竜王町と野洲郡野洲町の境にある山とその南に位置する星ヶ峰の総称。「鏡」を掛けて詠む。「近江のや鏡の山をたてたればかねてぞ見ゆる君が千歳は」（古今集・神遊びの歌・一〇八六・大伴黒主）。**○所**　屛風などの絵柄の説明末尾に付される語。「〜形」とする場合もある。↓39・59番歌にも用例あり。**○年を経て**　長い年月を経たことをいう。言外に、鏡に映して老いを確認する意を添える。「鏡山いざ立ちよりて見てゆかむ年経ぬる身は老いやしぬると」（古今集・雑上・八九九・読人不知）。鏡山の名はないが、漢詩文の発想に学んだ「年を経て花の鏡となる水はちりかかるをや曇るといふらむ」（古今集・春上・四四・伊勢）と初句同じ。**〇ちり積もれども**　塵が積もるように紅葉は散り積もったけれど。「ちり」は「塵」と「散り」の掛詞。「万代をあきらけく見む鏡山千歳のほどは散りもくもらじ」（拾遺集・神楽歌・六一三・中務）。年が積もると白髪になるのとは異なり、「鏡山やまかきくもりしぐるれど紅葉あかくぞ秋は見えける」（後撰集・秋下・三九三・素性法師）と同じく、長時間にわたり塵のように積もった紅葉の色は変わらないことを詠ったもの。

〔補説〕　Ⅰ　当該歌には「永観元年」（九八三）の傍記がある。『順集』には、「永観元年、一条の藤大納言の家の寝殿の障子に、国国の名ある所を、絵にかけるに、つくる歌　夏、鏡の山」（順集・二六〇詞書）とあり、『元輔集』『能宣集』『兼澄集』にも同じ障子のための和歌が残る。いずれも名所と季節とが指定されていることからすると、当該歌は、別時のものであろうか。「絵に、鏡の山の紅葉したる形を、おとど／散りつもる紅葉の色や昔よりあかき鏡の山となりけむ」（一条摂政御集・五八）と絵柄、和歌共に似る。

Ⅱ　当該歌は、「鏡」に散り掛かるのと、老いを鏡に映すのと、二つの要素を含有する。歌語「鏡」については、岩井宏子「『古今集』における歌一首「年をへて花の鏡となる水は」考」（「甲南大学紀要」文学編76　一九九〇年三月、後に『古今的表現の成立と展開』和泉書院　二〇〇八年所収）が詳細に論じている。また、老いと鏡の関係についても、岩井が論じている。↓序文〔補説〕Ⅲ参照。

☆　ここまでを秋部とした。次の一葉は、詞書から冬部冒頭に位置づけられるべきものと判断した。

31　　ふゆのはしめに
もみちみて秋はくらしつかみなつきいまはしくれのそらをなかめむ（58・全37）

〔校異〕 針以外の他本にナシ。
〔整定本文〕 冬の初めに
紅葉見て秋は暮らしつ神無月今は時雨の空を眺めむ
〔現代語訳〕 冬の初めに
紅葉を見て秋は暮らしました。十月の今は時雨の空を眺めましょう。
〔語釈〕 **○紅葉見て秋は暮らしつ** 秋には紅葉を見て日中過ごしたの意。「紅葉見て山辺に今日は暮らしてむあればあれそを妹と寝る床」（実方集・三一二）。→〔補説〕Ⅰ。**○神無月** 陰暦十月。「かむなづき」「かみなしづき」とも。→33番歌にも用例あり。**○時雨** 秋から冬にかけて降る通り雨。「神無月降りみ降らずみさだめなき時雨ぞ冬のはじめなりける」（後撰集・冬・四四五・読人不知）と詠まれるように、時雨は葉を色づかせるもの。→〔補説〕Ⅱ。
〔補説〕 Ⅰ 『重之女集』の秋部末尾にある「紅葉見て秋は暮らしつ神無月今は時雨になぐさまぬかな」（重之女集・52）との関係が注目される。→解説213頁参照。以下33番まで時雨の歌。
Ⅱ 「時雨」は、「時雨降る秋の山辺をゆくときは心にもあらぬ袖ぞひちける」（是貞親王家歌合・一一）、「竜田川もみぢ葉流る神南備の三室の山に時雨降るらし」（古今集・秋下・二八四・読人不知）と秋に詠まれることもあるが、次第に冬に比重を移し、「神無月時雨降るらし佐保山のまさきのかづら色まさりゆく」（寛平御時后宮歌合・一二五）のように、十月と関連付けて詠まれることが多くなる。「時雨」については、佐々木優子「歌語「しぐれ」について―万葉集及び八代集における時雨の歌の考察」（「学習院大学国語国文学会誌」36 一九九三年三月）、岩波晶子「歌語「しぐれゆく」考」（「日本文学論叢」1 二〇〇一年三月）参照。

たのむ人のとひはへらぬをうらみて
あはれてふことのはもなくなりゆけはそてにいくたひしくれしぬらむ（59・全38）

〔校異〕 針以外の他本にナシ。

〔整定本文〕 頼む人の問ひはべらぬを恨みて
あはれてふことの葉もなくなりゆけば袖にいくたび時雨しぬらむ

〔現代語訳〕 頼みにしている人が問うてもくださらないのを恨んで
冬になり木の葉が散り落ちていくように、「ああいとしい」という言葉もなくなっていくので、涙が幾度時雨のように袖を濡らしただろうか。

〔語釈〕 **○恨みて** 恨んで。↓〔補説〕Ⅰ。**○あはれてふことの葉** 「あはれ」は、対象を傍らから見ながらも共感して発せられる語。「哀れてふ事」から「言の葉」へと導く常套句。「あはれてふことの葉ごとに置く露は昔をこふる涙なりけり」（古今集・雑下・九四〇・読人不知）、「あはれてふことの葉いかで見てしかなわび果つる身のなぐさめにせむ」（実方集・二四六）など類例は多い。歌境は、「あはれてふことだになくは何をかは恋の乱れのつかねをにせむ」（古今集・恋一・五〇二・読人不知）に通う。**○袖にいくたび時雨しぬらむ** 袖に何度時雨のように涙がこぼれただろう。時雨は葉を色づけるもの。ここも単に涙に濡れるだけでなく、紅涙により紅く染まった意を含めるか。↓〔補説〕Ⅱ。

〔補説〕 Ⅰ　64番詞書「頼む人の問はぬことを恨みやりはべるとて」と類似する。歌語「うらむ」については、鈴木宏子「〈うらみ〉考—『古今集』の歌ことば」（『歌ことばの歴史』笠間書院　一九九八年、後に『古今和歌集表現論』笠間書院　二〇〇〇年所収）が詳細に論じている。
Ⅱ　「我が袖にまだき時雨のふりぬるは君が心に秋やきぬらむ」（古今集・恋五・七六三・読人不知）や、後に百首歌をなした相模の長歌にも「秋立ちて　過ぎにし後は　神無月　時雨のみして　遠山を　雲居はるかに　眺めつつ　思ひいづれば　我が袖の　朽ち葉を何に　かきつめて　嵐の風に　まかせてむ……」（相模集・五九三）など、袖に時雨すると詠む歌は多い。

ものおもふころしくれのしはへるに

さらぬたにおもひはれまもなきものをうくもしくるゝかみなつき《あまつそら》かな（60・全39）

〔校異〕　針以外の他本にナシ。

〔整定本文〕　もの思ふ頃、時雨のしはべるに

さらぬだに思ひはれ間もなきものを憂くもしぐるる神無月かな

〔現代語訳〕　もの思いをする頃、時雨が降りました折に

そうでなくてももの思いが晴れる間もないのに、嫌なことに晴れ間もなく時雨が続く神無月です。

〔語釈〕　**○さらぬだに**　「さあらぬだに」と同じ。そうでなくてさえ、ただでさえの意。和歌中に詠まれたのは初期の例か。当歌では、「さ」で下の「思ひ晴れ間もなき」を指す。「さらぬだに岩間の水は漏るものを氷とけなば名こそながれめ」（下野集・四三）。「さらぬ」は、重之女も「岩垣ののどけき水も我がごとやさらぬがほなる物は思ひし」（重之女集・72）と詠む。**○憂くも**　嫌なことに。「白妙ににほふ垣根の卯花のうくもきてとふ人のなきかな」（後撰集・夏・一五四・読人不知）、「月影をうくも隠すか見てだにもなぐさめがたき夜半の心を」（和泉式部続集・六二二）。**○神無月**　陰暦十月。↓31番参照。

〔補説〕　「さらぬだに」は、初句に用いられることがほとんど。『堀河百首』でも六首が初句に置く。

☆当該一葉の末尾にある詞書「き丶りのかよひしみちの……」が、『古筆学大成　第一九巻』に「針切本重之子僧集」の断簡として新たに紹介され、CD―ROM版『新編私家集大成』解題に収められた図版一三二の三首のうちの一首目「ゆきかへり」詠のものと推量されたので、ここに位置付けた。

き丶りのかよひしみちのゆきふりてのちたえてみえはへらさりしに

ゆきかへりつまきひろひし山人のかけたにみえす冬こもりつ丶（ナシ・図版132―1・全ナシ）

〔校異〕　○き丶り―きこり（国）

〔整定本文〕　木こりの通ひし道の、雪降りて後、絶えて見えはべらざりしに

ゆきかへり爪木拾ひし山人の影だに見えず冬籠りつつ

〔現代語訳〕　木こりが通っていた道が、雪が降った後、その姿が全く見えませんでしたので

行き帰り小枝を拾っていた山人の姿さえも見えないことです。いまだに冬籠りを続けていて。

〔語釈〕　**○木こり**　山に入って木を切り出すことを生業としている人。「同じ絵に、樵夫、桜の下に休む心を」（嘉言集・一三詞書）。**○ゆきかへり**　行ったり来たりで、往復の意の「行き帰り」に「雪」を掛ける。「ゆきかへり空にのみしてふる事は我がゐる山の風はやみなり」（古今集・恋五・七八五・在原業平）。**○爪木**　薪にする小枝。「磯の上に爪木折り焚きながためとわがかづきこし沖つ白玉」（万葉集・巻七・一二〇三）、「すみわびぬ今は限りと山里に爪木こるべき宿もとめてむ」（後撰集・雑一・一〇八三・在原業平）。**○山人**　山中に住む人、山中で働く人。ここでは詞書の「木こり」と同意。

〔補説〕　『全釈』は、この「き丶りの……」の詞書を37番歌のものとし、CD―ROM版『新編私家集大成』解題は、当該歌が、66番歌の詞書「山てらにこもりて、ひとりこちはへる」に続く可能性を示唆している。

くまのまうてに山すけをこにくみたるをみはへりて
すかのねをむすふのかみのひろおまへにとく〳〵とのみいそかるゝかな（ナシ・図版132―2・全ナシ）

〔校異〕 針以外の他本にナシ。

〔整定本文〕 熊野詣でに、山菅を籠に組みたるを見はべりて
　菅の根を結ぶの神の広お前にとくとくとのみいそがるるかな

〔現代語訳〕 熊野詣での途次、山菅を籠に組んでいるのを見まして
　菅の根を結ぶように縁を結ぶ神のお前に、解くではなく、疾く疾くと急がれるばかりです。

〔語釈〕 **○熊野詣で** 熊野三山（本宮・新宮・那智）に参拝すること。「熊野」は紀伊国牟婁郡の歌枕。現在の紀伊半島南部、和歌山と三重県との境界一帯の地域。早くは、記紀の神武東征譚などにその名が見える。平安時代は修験の地として知られた。↓41番詞書にも用例あり。↓〔補説〕Ⅰ。**○山菅** 「菅」は、カヤツリグサ科の植物の総称で、「すげ」とも「すが」ともいう。「山菅」は、山に生えている菅。**○籠に組みたる** 菅を材料として籠を編むこと。**○結ぶの神** 本来は天地万物を生み出す産霊の神のこと。平安時代には縁結びの神として恋歌に用いられることも多かった。「君見れば結ぶの神ぞうらめしきつれなき人をなに作りけむ」（拾遺集・雑恋・一二六五・読人不知）。当該歌では、熊野へと急いでおり、菅根を「結ぶ」から「結ぶの神」を導き、「神の広前」へと導いたもの。**○広お前** 「ひろおまへ」の例は他にないが、「広前」をさらに敬い、「お」を挿入したものと解した。「広前」は神仏を敬っていう語、あるいは、神殿・宮殿の前庭。「広前にまさぬ心のほどよりはおほなほみなる神とこそ見れ」（実方集・五六）。**○とくとく** 大急ぎでの意。「疾く疾く」に、「結ぶ」の対義語「解く」を掛ける。「むかへの人蓑笠ありとて、とくとくといそげば」（檜垣嫗集・二〇番詞書）。

〔補説〕 Ⅰ　熊野詣では、花山院が御幸したのを機に盛んになった。花山院の熊野入山は正暦二年（九九一）末か

三年初めごろと推定されており（今井源衛『花山院の生涯』桜楓社　一九七六年改訂二刷）、当該歌と季節的には合致する。この折には、「花山院熊野にまゐりたまふに、送りに津の国まで、夕暮れに海人の渚におほかるを見て」（実方集・一六六詞書）とあるように、藤原実方が途中まで供奉したことが知られる。子僧も同道したものであろう。熊野詣での一般的な行程については、北條勝貴「伊勢・熊野への道」（平安文学と隣接諸学7『王朝文学と交通』竹林舎二〇〇九年）が詳細に論じている。

Ⅱ　熊野へ向かう折、早く到着したいと願う気持ちを、道中見た山菅の籠を用いて詠ったもの。

かへるとて人かひゝろひはへるをみて

いのりこしみちのしるしにみな人のてことにひろふかひもあるかな」（ナシ・図版132―3・全ナシ）

〔校異〕　針以外の他本にナシ。

〔整定本文〕　帰るとて人貝拾ひはべるを見て

祈り来し道のしるしにみな人の手ごとに拾ふかひもあるかな

〔現代語訳〕　帰るということで人が貝を拾っていますのを見て

祈りながらやって来た印として、みな人はその手その手に貝を拾うように、神のご霊験もあり、詣でた甲斐もあることですよ。

〔語釈〕　**○祈り来し道**　祈りながらやってきた道。熊野への往路。「祈りこし験と思へば住吉の神にぞいとど心かけつる」（賀陽院水閣歌合・二九・藤原良貞）。**○しるし**　やってきた「印」に、加護の意の神の「験」を掛けた。**○手ごと**　それぞれの人の手。「見てのみや人に語らむ桜花手ごとに折りて家づとにせむ」（古今集・春上・五五・素性法師）。**○かひ**　「貝」と「甲斐」の掛詞。「つらかりし人の心をみ熊野のうらべに拾ふかひのなきかな」（恵慶集・

百首・恋・一二五三）のように、「拾ふかひ」がないと詠むのが常。熊野は紀伊国にあり、「み熊野の浦」とも詠まれるように、熊野灘に面している。拾った貝は土産としたもの。「妹がため貝を拾ふとちぬの海に濡れにし袖は干せどかわかず」（万葉集・巻七・一一四五）。『土佐日記』にも海辺で貝を拾う記述がある。

〔補説〕 花山院の熊野詣でに供奉してきた一行が帰るにあたり、土産として貝拾いをしているのを、詠者は傍観している趣きがある。一行が熊野へ行き着いた後か、あるいは途中から帰る者達の様かは不明。

☆ 次の一葉は、霰、氷、雪と続き、冬歌ばかりであることからここに置いた。ただし、和歌から始まっており、前の一葉に直接続くものでないことは明白。

37

あられふる宮まかくれのあさこほりとくるほとこそひさしかりけれ（38・全40）

〔校異〕 欠（群・丹）

〔整定本文〕

霰降る深山隠れの朝氷とくるほどこそ久しかりけれ

〔現代語訳〕

霰が降る深い山の奥に隠れている朝氷は、解けるまでの時間が長いのですね。

〔語釈〕 **○霰降る深山隠れの** 霰。→〔補説〕。「深山」は奥深い山。「深山隠れ」で、まるで深い山奥に隠れているかのような様をいう。→『重之女集』96番参照。初・二句は、「霰降る深山隠れのさねかづら来る人見えでおいにけるかな」（順集・九九）と同じ。**○朝氷** 朝に張っている氷。源順が好んで屏風歌で用いた。「朝氷とくる間もなき君によりなどてそほつる袂なるらむ」（拾遺集・恋二・七二九・大中臣能宣）。→「氷」は1番歌にも用例あり。→「朝氷」については、『重之女集』100番参照。**○とくるほどこそ久しかりけれ**　なかなか解けず、解けるまでの時間が長いことをいう。「霜の上に降る初雪の朝氷とけむ頃こそ久しかりけれ」（寛平御時中宮歌合・二〇）。

〔補説〕　霰は、「霰降り板も風吹き寒き夜や畑野に今宵我が独り寝む」（万葉集・巻一〇・二三三八）のように男女の仲を詠う折に用いられることも多いが、「み山には霰降るらし外山なるまさきのかづら色付きにけり」（古今集・神遊歌・一〇七七・読人不知）に代表されるように荒涼とした冬の景物の代表として用いられることも多くなる。

月のひかりさむしといふたいをえはへりて

冬のよのこほりとみゆるつきのいろはみにしみてこそさえわたりけれ」（39・全41）

〔校異〕　欠（群・丹）　○え―み（弘）　○いろは―色そ（陽）

〔整定本文〕　「月の光寒し」といふ題を得はべりて

冬の夜の氷と見ゆる月の色は身にしみてこそ冴えわたりけれ

〔現代語訳〕　「月の光寒し」という題を得まして

冬の夜の氷のごとくに見える白々とした月光の色は、身に沁みとおり、冴えわたっていることです。

〔語釈〕　**○「月の光寒し」といふ題を得はべりて**　「月の光寒し」という題を得まして。歌会で引き当てた題か。他例は見出せない。「大空の月の光し寒ければ影見し水ぞまづ氷ける」（新撰万葉・一七七）。**○月の色**　「月色」の訓読語。本来色付きはしないものの、月光の冷たさがまるで色を染めるように、寒さが身に沁み込むと詠う。「蒼天の月色収むる人なく霜凝り雪降りて月を泛べず」（新撰万葉・四二七）↓67番にも「身にしむ月の色」の用例あり。**○身にしみて**　「身に沁む」は、しみじみと思うの意。「沁む」に色の縁語で「染む」を掛ける。「吹く風は色も見えねど冬来ればひとり寝る夜の身にぞしみける」（後撰集・冬・四四九・読人不知）。**○冴え**　身を切るように冷たいこと。「天の原空さへ冴えや渡るらむこほりと見ゆる冬のよの月」（拾遺集・冬・二四二・恵慶）。

〔**補説**〕　丹羽博之「月氷攷―影見し水ぞまづ氷りける」の展開―」（『古今和歌集連環』和泉書院　一九八九年）は、「冬の夜の月と氷」の連想や見立てが、漢詩文を受容した恵慶・源重之・清原元輔ら後撰集期の歌人達によって詠まれ始め、歌題としても定着をみる過程を詳細に論じている。

☆

次に『私家集大成』『新編国歌大観』に倣い、冬の詠を位置付けた。

39

冬の山にたひ、とこえかゝりたる所を花山院のおほせことにて

あさまたきこゆるやまちのとを《ほ》けれはゆきかゝりつゝ今日やくらさむ」㊙（40・全42）

〔**校異**〕　針切になし。弘賢本からの補入。

〔**整定本文**〕　冬の山に旅人越えかかりたる所を、花山院の仰せ言にて

朝まだき越ゆる山路の遠ければゆきかかりつつ今日や暮らさむ

〔**現代語訳**〕　冬の山を旅人が越えようとしている絵柄を、花山院の仰せ言によって

朝早く越えていく山路は行く先が遠いので、雪が降りかかり降りかかりする中を、なかなか山を越えられずに今日は一日を暮らすのだろうか。

〔**語釈**〕　**○所を**　屏風などの絵柄の説明末尾に付される語。「～のかたを」とする場合もある。↓「所」は30・59番にも用例あり。**○花山院**　第六十五代花山天皇。↓15番参照。**○朝まだき**　まだ朝になりきっていない頃。『万葉集』に用例はない。「朝まだき嵐の山の寒ければ紅葉の錦きぬ人ぞなき」（拾遺集・秋・二一〇・藤原公任）。↓『重之女集』57番歌にも用例あり。**○越ゆる山路の遠ければ**　越えていく山中の距離が長いことを言う。**○ゆきかかりつ**

つ　行く途中での意「行きかかる」に「雪掛かる」を掛ける。「つつ」は同じことが何度も繰り返しおこることを意味する。**〇今日や暮らさむ**　今日はこうして日中を過ごすのだろうか。「我が心春の山辺にあくがれてながながし日を今日も暮らしつ」（躬恒集・四七）。→『重之女集』13番参照。

〔補説〕　冬山を旅人が越えようとしている絵柄を詠むように花山院から下命されたもの。画中の人物の立場で詠んでいる。

42番歌を冬部末尾詠と考え、次の一葉をここに位置付けた。

☆

40

かひのこゑをきゝはへりて

山風に吹るゝかひのこゑなくはねさめのときをたれかつけまし（35・全43）

〔校異〕　欠（群・丹・陽・素）

〔整定本文〕　貝の声を聞きはべりて

山風に吹かるるかひの声なくは寝覚めの時をたれか告げまし

〔現代語訳〕　法螺貝の音を聞きまして

山風によって吹かれているかのように山峡に聞こえる法螺貝の音がなかったら、寝覚める時を誰が告げるだろうか、誰も告げてはくれないだろう。

〔語釈〕　**〇貝**　法螺貝。歌では、山の「峡」を掛ける。法螺貝は合図を告げる折に用いられた。「時は山寺わざの、貝四つ吹くほどになりにたり」（蜻蛉日記・中・天禄二年）、「月明きに貝吹く声を聞こしめして／かひの音にふけ行く空はたぐひつつ月みる程に明けぬべきかな」（夫木和歌抄・一三〇七四・花山院）。**〇吹かるる**　風が「吹く」に法螺貝を「吹く」を掛ける。**○寝覚めの時**　寝覚めるべき時刻。「寝覚め」の語は、目を覚ましたくないにもかかわらず、恋の物思いや老い故に、あるいは何かの物音や声によって目を覚まされた折に用いられるのが常。『重之女集』114番に「寝覚めの声」の用例あり。**○たれか告げまし**　いったい誰が教えてくれようか、他に誰も告げてはくれないの意。「鶯の谷より出づる声なくは春来ることをたれか告げまし」（寛平御時后宮歌合・一二）。→『重之女集』54番歌に用例あり。

〔補説〕　法螺貝の音を聞いて、まるで強風が山峡を吹き抜ける音のようだと詠んだもの。出家後に山に入り独居の寂しさを詠んだものか。

くまのまうてのみちにやとりてゆきにふりうつもれはへりて
かひかねにつもれるゆきはみしかともおのかうへとはおもはさりしを（36・全44）

〔校異〕　欠（群・丹・陽・素）

〔整定本文〕　熊野詣での道に宿りて、雪に降り埋もれはべりて
甲斐が嶺に積もれる雪は見しかどもおのが上とは思はざりしを

〔現代語訳〕　熊野参詣の途中で泊まって、雪に降りこめられまして
甲斐が嶺に積もっている雪は以前見たけれど、まさか自分の身の上に雪が降り積もり白髪となるとは思いもよらなかったものを。

〔語釈〕　**○熊野詣で**　熊野三山（熊野三所権現）に参拝すること。熊野は紀伊国の歌枕。→〔補説〕Ⅰ。**○甲斐が嶺**　甲斐国の歌枕。甲斐国（山梨県）の山一般をいうが、後に白根三山のみを意味するようになった。「甲斐が嶺をさやにも見しがけけれなくよこほりふせる小夜の中山」（古今集・東歌・甲斐歌・一〇九七）、「信濃なるいなにはあらず甲

斐が嶺に降り積む雪のとくるほどまで」（重之集・百首・冬・二九六）。**○見しかども**　過去に見たけれども。見たのは、父重之の東国下向に従った折か。**○おのが上**　自分自身の頭の上。積もった雪を白髪頭に見立てたもの。↓

〔補説〕Ⅱ。**○思はざりしを**　以前は思いはしなかったのに。「年ごとに春のながめはせしかども身さへふるとも思はざりしを」（拾遺集・雑春・一〇五七・読人不知）と同様に、今まで思いもよらなかったことに直面したことを詠う場合に用いられる。当該歌では、自身が雪深さを体験するとともに、白髪となったことの驚きを詠んだもの。

〔補説〕　Ⅰ　35番詞書にも「熊野詣で」とある。当該歌と同じ折か。あるいは、複数度熊野詣でをしたものか。Ⅱ　白髪を雪と寓するのは、序文中にも「冬は氷の鏡に向かひて雪の山を見るごとに、老いの涙をとどめがたければ」とある。

ゆきのうちに冬つきぬといふこゝろを

ゆきのうちにおほくの冬をすくしつゝわかみもいつ□こしのしら山」（37・全45）

〔校異〕　欠（群・丹・陽・素）　○いつ□―いつか（弘・国）

〔整定本文〕　雪の内に冬尽きぬといふ心を

雪の内におほくの冬を過ぐしつつ我が身もいつかこしの白山

〔現代語訳〕　雪に降りこめられている内に、冬が終わったという心を

雪に降り込められて何年も冬を過ごすことを繰り返し、我が身も早くも年を取り、越の白山のように白髪頭になってしまったことです。

〔語釈〕　**○雪の内に冬尽きぬ**　雪の中で、冬が終わること。「冬の果てつ方、雪のいみじう降る日、人やる」（和泉式部集・五二八詞書）。「年中冬尽といふ題を探りはべりて／おくるとていくかもあらじ年月をさそはで冬のひとりゆ

くらん」（隣女集・一三五四）など類題は後のものしか見出せない。**○いつか**　いつの間にこのようになったのかいぶかしむ気持ちをあらわす。ここでは、過去のある時点についての疑問を表す。**○こしの白山**　越前国の歌枕。福井・石川・富山・岐阜県にまたがる白山。雪とともに詠まれる。「君がゆくこしのしら山知らねども雪のまにまにあとはたづねむ」（古今集・離別・三九一・藤原兼輔）と同じく、「越」に「来し」を掛け、「雪」と同音の「行き」と対応させる。

〔補説〕「年ふればこしのしら山おいにけりおほくの冬の雪つもりつつ」（拾遺集・冬・二四九・壬生忠見）と語句的にも歌境的にも似通う。

☆以上を一応四季部とした。次に『全釈』は恋歌を置くが、この後の複数の切れの連接を考慮して、取り敢えず次の一葉をここに位置づけてみた。

ゐなかにはへるはらからをわかれて京□のぼる又のひつか《いひ》はす
かとてせしきのふなみたはつきにしをけふさへそてのぬれまさるかな（55・全60）

〔校異〕　針以外の他本にナシ。○京□→京に（校訂・あるいは「京へ」か）。

〔整定本文〕　田舎にはべるはらからを別れて、京にのぼる又の日いひつかはす
門出せし昨日涙はつきにしを今日さへ袖の濡れまさるかな

〔現代語訳〕　田舎におります兄弟と別れて、都に上る次の日に言い遣わす
門出した昨日、涙は尽きたのに、今日までも袖は涙で濡れまさることです。

〔語釈〕　**○はらからを別れて**　「はらから」は、兄弟姉妹のこと。本来、同腹のみを意味する語。→47・63番にも

用例あり。「はらからを」の「を」は格助詞。自動詞を伴い、人や場所と離れる場合に用いられた。「逢坂にて人を別れける時によめる」（古今集・離別・三七四詞書）。**○門出**　吉日に一旦邸から出て、出立に備えること。当該歌でも前日に門出をして兄弟と別れを惜しみ、出立は翌日にしたものであろう。**○今日さへ**　別れの涙にくれた昨日で涙は尽きたはずなのに今日までも。「逢ふことの昨日と思へば菖蒲草今日さへ袖にねをぞかけつる」（道命阿闍梨集・七八）。「昨日」と「今日」とを対比させるのは、24番歌にも見える。

〔補説〕　重之に複数の子があったことは、「おのが子どもの、京にも田舎にもあれば／人のよはつゆなりけりと知りぬれば親子の道に心おかなん」（重之集・一五三）などからも明らか。↓解説229頁参照。子僧ときょうだいとの贈答は47番まで続く。

44

わつらふいもうとをみてよしの山よ□いひつ□はす

あくるまのいのちもしらぬよのなかにあひみしことやかきりなる覧（56・全61）

〔校異〕　針以外の他本にナシ。○よしの山よ□いひつ□はす↓よしの山よりいひつかはす（校訂）

〔整定本文〕　わづらふ妹を見て、吉野山よりいひつかはす

あくる間の命も知らぬ世の中にあひみしことやかぎりなるらん

〔現代語訳〕　病気の妹に会って、のちに吉野山から言い遣わす

夜が明けるまでの命もあるかどうかもわからない世の中で、先日お会いしたことがこの世での最後となるのでしょうか。

〔語釈〕　**○妹**　子僧の妹。重之に娘がいたことは、「京より下るに、田子の浦にて、むすめ」（重之集・九三）からも確実である。↓〔補説〕。**○吉野山**　大和国の歌枕。↓2・10番にも用例あり。**○あくる間の命**　夜が明けるまで

の命。短い命の喩え。「明日知らぬ命なれども暮れぬ間の今日は人こそ哀れなりけれ」（貫之集・七六八）、「今宵さへあらばかくこそ思ほえめ今日暮れぬ間の命ともがな」（後拾遺集・恋二・七一一・和泉式部）。**〇命も知らぬ**　命があるかどうかわからない。「行く末の命も知らぬ別れ路は今日あふ坂やかぎりなるらん」（拾遺集・別・三二五・大中臣能宣）。**〇かぎり**　今生の別れ。「あふことはさらにも言はず命さへただこのたびやかぎりなるらん」（和泉式部続集・一三九二）。

〔補説〕『大和物語』五八段「黒塚」には、重之の娘たちに遣わした平兼盛詠「陸奥の安達の原の黒塚に鬼こもれりと聞くはまことか」が載るが、『拾遺集』では、「陸奥国名取の郡黒塚といふ所に、重之が妹あまたありと聞きて、いひつかはしける」（拾遺集・雑下・五五九詞書）とする。

　いまはかきりなりなといひはへりてかへし

いのちをはさらにもいはしかなしきはこれやかき□のわかれなる覧」（57・全62）

〔校異〕　針以外の他本にナシ。　〇かき□の→かきりの（校訂）

〔整定本文〕「今は限りなり」などいひはべりて、返し

　命をばさらにもいはじ悲しきはこれやかぎりの別れなるらん

〔現代語訳〕「これでお別れです」などと言いまして、返しの歌

　命がいつか尽きることなど改めて言いません。悲しいのはこれがこの世で最期の別れとなることです。

〔語釈〕　**〇今は限り**　もはやこれが最期。重態の妹を見舞って吉野山に戻った後、もうこれでお別れですと妹が別れの文を寄越したもの。「かりそめのゆきかひぢとぞ思ひこし今は限りの門出なりけり」（古今集・哀傷・八六二・在原滋春）。**〇さらにもいはじ**　改めて命のことなど言うことはしまい。**〇これやかぎり**　これが最期。「別れ路はこ

れやかぎりのたびならんさらにいくべき心地こそせね」（道命阿闍梨集・九〇）。

〔補説〕Ⅰ『全釈』もこの歌を44番への返歌として、重之女の作と推測する。現段階では、『子僧集』に他人詠と断定できるものはないことから、妹の手紙に対する子僧の返歌とも解せる。

Ⅱ　詞書は、「「今は限りなりな」と言ひはべりて返し」とも解せる。

☆　次の一葉もここに位置付ける確証はないが、前葉にある「はらから」の語が次にも見出せるのでここに置いた。『全釈』も同様に連接させている。

46

かくて月ころかさなりはへれは

おもひやる心のそらもかきくもりそてになみたの日をもふるかな（61・全63）

〔校異〕針以外の他本にナシ。

〔整定本文〕かくて月頃重なりはべれば

思ひやる心のそらもかき曇り袖に涙の日をもふるかな

〔現代語訳〕こうして数か月が過ぎましたので

あなたを思いやっている私の心の空までもかき曇って、袖に涙する日を過ごしていることです。

〔語釈〕**〇かくて**　こうして。さて。**〇重なり**　「重なる」は、積もる。この場合は、数ヶ月経たことをいう。「立ちかはり月重なりてあはねどもさね忘らえず面影にして」（万葉集・巻九・一七九四）。**〇思ひやる**　『万葉集』では自動詞で、気を晴らすの意だが、後には、「〜に思いを馳せる」、「〜を想像する」の意の他動詞として用いられる。「思ひやる心の空になりぬれば今朝はしぐると見ゆるなるらん」（蜻蛉日記・上巻・天暦八年九月）。**〇心のそら**　心が虚ろとなること、上の空の状態。「秋風は身をわけてしも吹かなくに人の心の空になるらむ」(古今集・恋五・七八七・紀友則)。**○袖に涙の**　袖に涙が雨のように降るの意。「君こふる我も久しくなりぬれば袖に涙もふりぬべらなり」(拾遺集・恋五・九六〇・読人不知)。**○日をもふる**　日を「経る」に涙が「降る」を掛ける。「春雨の日をふるままに我が宿の垣根の草は青みわたりぬ」(和泉式部集・百首・春・一三)。

〔補説〕　当該歌単独で見ると、恋歌と解することも可能である。また、44・45番で「あひみしことはかぎりなるらん」、「これやかぎりの別れなるらん」と状況が切迫していたのに、「月ごろ重なり」とあることも不審。だが、次詠も「はらから」への返歌であり、「重態を宣せられながら数ヶ月過ぎる例は多い。遠くはなれて、ハラハラしながら案ずる兄の気持がよく出ている」と解した『全釈』に従った。

山にこもりてはへるころ京よりはらからのなにかはいつるといひてはへる返ことに
いまはとていりし山ちをかへらすはこひしき人もみてやゝみなむ　(62・全64)

〔校異〕　針以外の他本にナシ。

〔整定本文〕　山に籠りてはべる頃、京よりはらからの、「何かはいづる」といひてはべる返りごとに
今はとて入りし山路をかへらずはこひしき人も見でややみなむ

〔現代語訳〕　山に籠っておりました頃、都から兄弟が、「どうして山を出てくるの」と言いました返事に
もうこれまでと思って入った山路を帰らなければ、恋しい人にも会わずに命が終わってしまうのだろうか。

〔語釈〕　**○はらから**　本来は同腹の兄弟姉妹。→43・63番詞書参照。**○何かはいづる**　どうして山を出てくるのか、その必要はないの意。「かは」は反語。「何かは」で、どうして～するのかの意。「蓮す葉の濁りにしまぬ心もてなにかは露を玉とあざむく」(古今集・夏・一六五・僧正遍昭)。『全釈』は「何かは言へる」として、「何か兄がいって

るらしいと感じた兄弟達から尋ねてよこしたもの」と注す。**〇今はとて**　ここでは、今はもうこれきりだと思って出家したことを言う。「今はとて入りなん後ぞ思ほゆる山路を深みとふ人もなし」（千載集・雑中・一〇五八・藤原公任）。**〇入りし山路**　山に入ったこと、つまり出家し、隠棲したこと。「人知れず入りし山路をあらたまの年もたづねて越えぞしにける」（御所本能宣集・八一）。**〇見でややみなむ**　「や」は疑問。会わないで命が終わりになってしまうのか。「するがなるうつの山辺のうつつにも夢にも人を見でややみなん」（忠岑集・五二）。

〔**補説**〕　43番以降、妹や「はらから」へ贈った和歌が続く。当該歌は、山を出て会いに行こうかと言いやったところ、そこまでしなくてもと、「はらから」に言われて詠んだもの。「山の法師の許へつかはしける／世を捨てて山にいる人山にてもなほうき時はいづちゆくらむ」（古今集・雑下・九五六・凡河内躬恒）と詠まれるように、出家の身にも辛いことはある。自ら決心して奥山に籠りながらも、家族への執着心を捨てきれない、子僧の心優しさが読み取れる一首。

　あやめにつけてひとのもとにはしめて

けふよりはよとのわたりにおりたちてあやめのくさのねをそたつぬる」（63・全65）

〔**校異**〕　針以外の他本にナシ。

〔**整定本文**〕　菖蒲に付けて、人のもとに、初めて

　今日よりはよどのわたりにおり立ちて菖蒲の草のねをぞたづぬる

〔**現代語訳**〕　菖蒲に付けて、人のもとに、初めて（遣わした歌）

　端午節である今日、これからは淀ではなく夜殿のあたりに下り立って、菖蒲の草の根ならぬ共寝の機会を探します。

〔語釈〕**○菖蒲**　サトイモ科の多年草。↓19・48・65番歌にも用例あり。**○今日よりは**　今日を契機に。菖蒲に付けて「今日」といったのは、端午の節句を意識しただけでなく、初めて手紙を遣わした今日の意をも掛ける。**○よど**　水の流れが淀んでいる「淀」に寝所の意の「夜殿」を掛ける。**○ね**　「根」と「寝」の掛詞。

〔補説〕Ⅰ　出家前の作か。あるいは、「法師の色好むを憎しとて／つねならぬ山の桜に心入れて山の桜をいひなはなちそ」（重之集・一四四）とあるように、法師となっても「色好む」ことはあったものか。↓解説233頁参照。

Ⅱ　これ以降、54番まで、題詠ではない恋の歌が続く。

☆

末尾が初めて文を遣わす折の歌であることから、恋愛がさらに発展した段階の歌を載せる一葉を次に置いた。

49

かたらふひとのさすかにむつましからぬをうらみつかはす

あふこともなくてやみぬるものならはなにをこのよのおもひいてにせん（52・全49）

〔校異〕針以外の他本にナシ。

〔整定本文〕語らふ人の、さすがに睦まじからぬを、恨みつかはす

逢ふこともなくてやみぬるものならば何をこのよの思ひいでにせん

〔現代語訳〕長年語り合っている人が、そうでありながらも心を許さないのを、恨んで遣わす

逢うこともないまま終わってしまうのならば、何を現世のこの夜の思い出にしましょうか。

〔語釈〕**○さすがに**　それはそうだが、しかしの意。先に提示された事柄から当然と予想されるのとは異なる事態が発生した場合に用いられる。「逢はじともいはざりける女の、さすがなりけるがもとに、いひやりける」（伊勢物語・二一五段）。**○逢ふこともなくて**　詞書に「語らふ」とあるので、一定期間交流はしているのだろうが、「逢ふ」

つまり逢瀬をもてずにいる様。「あふことのなくて月日は経にけれど心ばかりは明け暮れもせず」(貫之集・五八八)。**○やみぬる** 二人の仲が終わってしまうこと。「知る人もなくてやみぬる逢ふことをいかで涙の袖にもるらん」(元輔集・二三三)。**○何をこのよの思ひいでにせん** 何を現世でのこの夜の思い出としたらいいのか。「このよ」は、「この世」と「この夜」との掛詞。「あはれなり消えはてぬともうきならで何をこのよの思い出にせむ」(山田法師集・一九)と下二句同じ。「何を…せん」は55番にも用例あり。→〔補説〕。

〔補説〕『和泉式部日記』でも、帥宮が初めて女を来訪した夜、当初二人は物越しで語り合う。そして、宮は「はかもなき夢をだに見で明かしては何をか後のよ語りにせん」(和泉式部日記・七)と詠い、逢瀬を持つに至る。この帥宮歌の下句が当該歌と類似している。次の50番の詞書も、強引に女の家を訪れた男が、直接の対面を拒否されたとあり、順序は逆となるが、『和泉式部日記』初会の状況と類似する。宮は、49・50番を意識して当該歌を詠じたものか。これについては、渦巻恵「『和泉式部日記』成立試論―「源重之女集」「子僧集」との関連をめぐって―」(「日本語と日本文学」46　二〇〇八年二月)で述べた。

さらはものへたて〻きこえむとはへれは
せきのとにあらましものをなか〳〵になにあふさかをいそきこえけむ(53・全50)

〔校異〕 針以外の他本にナシ。

〔整定本文〕「さらば、物隔てて聞えむ」とはべれば
関のとにあらましものをなかなかになにあふ坂を急ぎ越えけむ

〔現代語訳〕「それならば、物を隔ててお話ししましょう」と言うので
関所の外ではなく戸の外《そと》にいたままだったら良かったのに。なまじっか逢うという名を持つ逢坂の関をどうし

て急いで越えてしまったのでしょうか。

〔語釈〕 **○関のと**　逢坂の関の「外《と》」に「戸」の意を掛ける。戸で戸外を意味し、逢瀬など持たなければ良かったという後悔の念を表す。「関のとぞおどろかれける君がため心とどめぬ時のなければ」（公忠集・三二）。→〔補説〕Ⅰ。**○あらましものを**　〜であったらよかったのに。「形見こそ今はあたなれこれなくは忘るる時もあらましものを」（古今集・恋四・七四六・読人不知）。**○なかなかに**　かえって、中途半端に。「思ひたえわびにしものをなかなかになにか苦しくあひみそめけむ」（万葉集・巻四・七五〇）、「東路の佐夜の中山なかなかになにしか人を思ひそめけむ」（古今集・恋二・五九四・紀友則）。**○なに**　「何」と「名に」の掛詞。**○あふ坂**　逢坂。「相坂」とも。近江国の歌枕。現在の京都府と滋賀県との境に位置している山。この山に関が置かれていて、東国へ向かう際に必ず通るべき交通の要所であった。「逢ふ」で掛詞として用いられる。**○急ぎ越えけむ**　逢坂の関を急いで越える意に、二人の逢瀬を急いだことを含ませる。「何せんに急ぎつらん逢坂の関あけてこそ駒も引きけれ」（古今六帖・一八一一）。

〔補説〕　Ⅰ　「関のと」は、掛詞として用いられることもあり、「戸」か「外」か、判別が難しい歌が多い。「節分の朝、逢坂の戸のもとに鶯の鳴くを聞きて、親ののたまへりし／逢坂の関のとになく鶯の春の越えけんことは知らずや」（為信集・二八）、「関のとに尾花あし毛の見ゆるかなほさかの駒をひくにやあるらん」（堀河百首・七八一・隆源）。中世になると、「開く」「（錠を）鎖す」「出づ」といった縁語を用いて「関所の戸」の意で詠まれることが多い。

Ⅱ　逢瀬を急いだところ、その後なかなか逢瀬を持てず、物を隔てて逢うという関係になってしまったことを後悔する意を詠じたもの。

51

わすれしとちきりたる人のつらきさまをみはへりて

なにせんにわすれしとのみちきりけむうきにはたへぬよにこそありけれ」（54・全51）

〔校異〕　針以外の他本にナシ。

〔整定本文〕　「忘れじ」と契りたる人のつらきさまを見はべりて

　何せんに忘れじとのみ契りけむ憂きにはたへぬよにこそありけれ

〔現代語訳〕　「あなたを忘れまい」と約束した人が、つれない様であるのを見まして

　いったいどうして忘れないとだけ約束したのでしょうか。その辛さに耐えられない、この世の二人の仲なのに。

〔語釈〕　**○何せんに**　何で、いったいどうしての意。相手をなじる気持ち。「何せんに急ぎきつらん逢坂の関あけてこそ駒も引きけれ」（古今六帖・一八二）。**○忘れじとのみ契りけむ**　忘れないとだけ約束したのでしょう。「忘れじ」とだけ約束したので、辛ささえも忘れることができないの意。「忘れじよゆめと契りしことの葉はうつつにつらき心なりけり」（拾遺集・恋四・九二一・読人不知）と同趣。↓63番に「忘れじ」の用例あり。**○憂きにはたへぬ**　「たへぬ」は、「絶えぬ」と「耐えぬ」の掛詞。辛さが絶えず、忘れられないので耐えられないの意。「思ひわびさても命はあるものをうきにたへぬは涙なりけり」（千載集・恋三・八一八・道因法師）。**○よにこそありけれ**　「よ」に二人の仲の意と、憂き「世」の意を掛ける。「ゆゆしくも思ほゆるかな人ごとに疎まれにけるよにこそありけれ」（元良親王集・一三七）。

〔補説〕　「忘れじ」と誓うのは恋人たちの常。「忘れじの行く末まではかたければ今日をかぎりの命ともがな」（新古今集・恋三・一一四九・儀同三司母）など類例は多い。当該歌は、忘れないと誓ったせいで、皮肉なことに冷たくなった恋人を忘れられないと詠ったもの。鈴木宏子「〈忘る〉〈忘れず〉考―『古今集』恋歌の表現」（『国語と国文学』一九九一年一二月、後に『古今和歌集表現論』笠間書院　二〇〇〇年所収）参照。

☆恋歌の載る一葉を続けて置く。次の冒頭にある一首は代詠だが、実際の恋歌中に入り込んだものと考えた。

大宮よりこひの心あ覧うたよみてまゐらせよとおほせことはへしかは

なみたかはしからみかくるせをみれはそてのうらこそとまりなりけれ（49・全46）

〔校異〕　針以外の他本にナシ。○はへしかは→はへりしかは（校訂）。

〔整定本文〕　大宮より、「恋の心あらん歌詠みてまゐらせよ」と仰せ言はべりしかば

涙川しがらみかくる瀬を見れば袖のうらこそとまりなりけれ

〔現代語訳〕　大宮から、「恋の心が込められている歌を詠んで献上しなさい」とお言葉がありましたので

涙川の、流れをとめるために柵を掛けた瀬を見ると、袖の浦こそが行き着く先であるように、私の涙も袖の裏で止まるのでした。

〔語釈〕　**○大宮**　太皇太后宮や皇太后宮の敬称。冷泉天皇の皇后であった昌子内親王か。→22番詞書にも用例あり。**○恋の心あらん**　恋心があるということ。「恋の心」と詠む例は『金葉集』以後に急増する。→〔補説〕Ⅰ。**○涙川**　涙の流れる様を川に喩えた歌語。**○しがらみ**　川の流れを堰きとめるために、杭を打ち、木や竹をわたした柵。「飛鳥川しがらみわたしせかませばすすめる水ものどにかあらまし」（万葉集・巻二・一九七）。→〔補説〕Ⅱ。**○袖のうら**　「袖の浦」は出羽国の歌枕。現在の山形県酒田市宮野浦。「袖の裏」を掛ける。「うら」を掛詞として用いた先例は、「ながれては行くかたもなし涙川我が身のうらや限りなるらむ」（後撰集・恋二・六四二・藤原千兼）がある。**○とまり**　舟の停泊地のこと。転じて物事の行き着く先もいう。→〔補説〕Ⅲ。

〔補説〕　Ⅰ　恋題の史的展開については、西村亨『新考　王朝恋詞の研究』（桜楓社　一九八一年）、有吉保「恋題歌の展開と変質」（「短歌」30―11　一九八三年一一月）、佐藤明浩「題の拡充と題詠の深化―恋題を中心に院政期から新

古今前後まで」(『和歌文学の世界』15　笠間書院　一九九二年)などに詳しい。

Ⅱ「涙川いづるみなかみはやければせきぞかねつる袖のしがらみ」(拾遺集・恋四・八七六・紀貫之)をはじめとして、「しがらみに袖をからめどせき止めずこぼるるものは涙なりけり」(伊勢集・一二七)、「大井川せきてしがらみかけてのみ思ふ心をとどめかねつも」(躬恒集・二二二)など用語の似通う歌は多い。

Ⅲ「とまり」は、「年ごとに紅葉ばながす竜田河みなとや秋のとまりなるらむ」(古今集・秋下・三一一・紀貫之)など貫之が好んだ歌句であることは、加藤幸一「紀貫之の表現―「行く春のふる里」「秋のとまり」「春のみなと」を中心にして―」(「奥羽大学文学部紀要」4　一九九二年一二月)が論じている。

たのむ人のうちたえてはへしかは

心みにわれかきたえてほとふれはつらき月日のかすもつもりぬ(50・全47)

〔校異〕 針以外の他本にナシ。 ○はへしかは→はへりしかは(校訂)。

〔整定本文〕 頼む人のうち絶えてはべりしかば

こころみに我かきたえてほどふればつらき月日の数も積もりぬ

〔現代語訳〕 頼みにする人から音信が途絶えてしまいましたので

ためしに私の方から便りをまったくしないでいたら、あなたのつれなさも月日の数も積もっただけでした。

〔語釈〕 **○頼む人** 頼みにしている人。交際していた女性か。**○こころみに** 様子を見極めるために、試しに。「死ぬる命いきもやするとこころみに玉の緒ばかりあはむといはなむ」(古今集・恋二・五六八・藤原興風)。**○かきたえて** すっかり絶えるの意。接頭語「かき」に「書き」を掛ける。「かきたえて幾夜経ぬらむさきがにのいと短くも思ふべきかな」(斎宮女御集・一一九)。**○つらき月日** 「辛き」に「木」を掛け、「積もる」を導く。「月日」に

「木」の縁語「火」を掛ける。「こむといひし月日を過ぐす姨捨の山のはつらきものにぞありける」（後撰集・恋一・五四二・読人不知）。

〔補説〕 頼みにしていた人からまったく音信がないので、こちらからも便りをしなければ心配してくれるかと思ったら、逆効果だったと詠んだもの。「山彦は君にぞあるらしこころみに我とひやめばおとづれもせず」（古今六帖・九九四）と類想。

かたらふ人のものへまかりにたるをなかめはへりて
ぬはたまのゆめちをたのむかひもなくねさめかちにもあかしつるかな」（51・全48）

〔校異〕 針以外の他本にナシ。

〔整定本文〕 語らふ人のものへまかりにたるを、ながめはべりて
ぬばたまの夢路を頼むかひもなく寝覚めがちにも明かしつるかな

〔現代語訳〕 親しく交際している人がある所へ行ったので、物思いにふけりまして
夢の中だけでも逢いたいと、夢の通い路を頼みにした甲斐もなく、物思いのために眠れずに何度も目を覚ましてはそのまま夜を明かしてしまったことです。

〔語釈〕 **○語らふ人** 親しく語り合っている人。↓序文〔語釈〕参照。**○ながめはべりて** 傍観するしかないことをいったものか。異文はないが、「なげきはべりて」の誤写か。**○ぬばたまの** 枕詞。「ぬばたま」は、植物であるヒオウギの種子。黒色であることから、黒いものや、「夜」「闇」や、夜に関連する「月」「夢」「寝」などを導く。「夢短クシテ眠リテハ頻リニ覚ム、宵長クシテ起キテハ暫行ク」（白氏文集・巻六六・三三七八）、「我が背子がかくこふれこそぬばたまの夢に見えつついねらえずけれ」（万葉集・巻四・六三九）。**○夢路** 夢の中で往来する道。平安時

代に入ってから用いられた。「思ひやるさかひはるかになりやするまどふ夢路に逢ふ人のなき」（古今集・恋一・五二四・読人不知）。**〇寝覚めがち**　何度も目を覚ますこと。「とけてすらぬるほどもなき五月雨を寝覚めがちにて明かす頃かな」（好忠集・一三三）などもあるように、曾禰好忠が好んだ歌句。「秋の夜の寝覚めがちなる山里は枕つどへに鹿のみぞなく」（恵慶集・百首・秋・二三四）。

〔補説〕　寝られないので夢路が頼みにできないのは、「秋のよをまどろまずのみあかす身は夢路とだにぞ頼まざりける」（後撰集・秋中・二九六・読人不知）などの先例もある。

☆

次の一葉については、萩詠があるためか、従来は秋部に位置づけられてきた。だが、その萩詠以外は、季節を感じさせるものではなく、無常観や仏教的色彩が読み取れるため秋部から除き、次に置いた。

55

月をなかめはへりて

月かけのくもかくれぬるものならはなにをうきよのなくさめにせん（26・全28）

〔校異〕　〇なにを―なにと（弘）

〔整定本文〕　月を眺めはべりて

月影の雲隠れぬるものならば何をうきよのなぐさめにせん

〔現代語訳〕　月を眺めまして

もし月の光が雲にまったく隠れてしまったならば、何を辛いこの世の慰めにしたらいいのだろうか。

〔語釈〕　**〇月影**　月光、あるいは月そのもの、月の姿。月を見るのは忌むこととする一方、平安時代になると、月の美が様々に表現され、「めに後れてはべりける頃、月を見はべりて／ながむるに物思ふことのなぐさむは月はうきよの外よりやゆく」（拾遺集・雑上・四三四・大江為基）や当歌のように、月を憂き世の慰めとする考えも一般的なものとなる。**○雲隠れ**　雲に隠れること。古代的自然観では、雲は霊的な現象と捉えられていた。月は信仰の対象であるばかりでなく、「秋のよの月かも君は雲隠りしましく見ねばここだこひしき」（万葉集・巻一〇・二二九九）のように、恋しい人を雲に隠れた月にたとえた歌は『万葉集』から見える。**○なぐさめにせん**　慰めにしたらいいのだろう。「夢をだにいかで形見に見てしかなあはで寝るよの慰めにせん」（拾遺集・恋三・八〇八・読人不知）。

〔補説〕　Ⅰ『全釈』は、「月のくまなき夜、よみはべりける／心すむ秋の月だになかりせば何をうき世のなぐさめにせむ」（風雅集・秋中・六〇九・選子内親王）を『大斎院御集』により右近の作とした上で、当該歌と「下句が同一であり、殆ど同じテーマの詠である」と指摘する。

Ⅱ　下句の「何を〜せん」は、「片糸をこなたかなたによりかけてあはずは何を玉の緒にせむ」（古今集・恋一・四八三・読人不知）など、多数ある。49番歌にも「何をこの世の思ひいでにせん」とあり、よく用いられた歌句。

はきの花ひことにいろまさるといふたいを中宮にて

かりそめのよをかさねつゝおくつゆにこさのみまさるあきはきの花（27・全29）

〔校異〕　○つゆに—露の（にイ）（群）、露の（丹）

〔整定本文〕「萩の花、日ごとに色まさる」といふ題を、中宮にて

かりそめのよを重ねつつ置く露にこさのみまさる秋萩の花

〔現代語訳〕「萩の花、日ごとに色増さる」という題を、中宮の御前で、

かりそめの世に夜を重ねることを繰り返して、置く露によって濃さだけが増す秋萩の花。

〔語釈〕　**○萩**　マメ科ハギ属の総称。『万葉集』では最もよく詠まれた植物。秋の花の代表で、「このころのあかと

きつゆに我が宿の萩の下葉は色付きにけり」（万葉集・巻一〇・二一八二）のように、「色づき」は、下葉の紅葉を詠う場合が多い。**○色まさる**　以前よりも色が深く、美しく変化すること。「風寒み我が狩衣うつ時ぞ萩の下葉は色まさりける」（貫之集・一八）、「春日野の野辺の秋萩しもゆきの年ふるごとに色まさりけり」（能宣集・一二三）。**○中宮**　天皇の后。→〔補説〕。**○かりそめのよ**　この世を仮と捉えるのは、仏教的な思想に基づく。「刈り」との掛詞で「朝露のおくての山田かりそめにうき世の中を思ひぬるかな」（古今集・哀傷・八四二・紀貫之）と詠む例はあるが、「かりそめのよ」とするのは初期の例。「よ」は「夜」と「世」の掛詞。**○こさのみ**　花の色の濃さばかり。『私家集大成』『全釈』は「うさのみ」と校訂する。

〔補説〕　花山院と親しく、藤原公任の子を養育した円融天皇中宮遵子であろう。15・39番詞書に見える花山院に中宮はおらず、父重之の仕えた冷泉院には中宮昌子内親王がいる。ただし昌子内親王では年代的に早すぎ、22番詞書の「大宮」と考えられるため、採らない。『全釈』は、後一条天皇中宮藤原威子を、鈴木栄子（「「重之女集」と「重之の子僧の集」の考察」「跡見学園国語科紀要」15　一九六七年三月）は、一条天皇中宮藤原彰子の可能性を示唆する。だが、両者とも子僧や重之との交流の痕跡は辿れない。

57

たいしらす

のりのうみにうかへるふねのこふをへてめくるうきよにあひにけるかな」（28・全30）

〔校異〕　○うきよ—うきゝ（群・丹・陽・素）

〔整定本文〕　題知らず

法の海に浮かべる舟のごふを経てめぐるうきよにあひにけるかな

〔現代語訳〕　題知らず

仏の教えを湛えた広大な海に浮かぶ舟で、長い年月の業を背負い、輪廻するつらい運命に出遭ってしまったことです。

〔語釈〕 **○法の海**　仏の教えである仏法が深遠で慈悲の心の広大なことを海に見立てた仏教語。「法」に「乗り」を掛け、「舟」を導く。「屏風に、法師の舟に乗りて漕ぎ出でたる所／わたつ海はあまの舟こそありと聞けのりたがへても漕ぎいでたるかな」（拾遺集・雑下・五三〇・道綱母）、「説経すとて、そなたの岸になん心はよせたる、といひたりしに／はるかなる岸をこそ見れあま舟にのりにいでずはこぎいでざらまし」（和泉式部続集・一七四）。**○浮かべる舟**　「浮き舟」、「浮きたる舟」と同じく水に漂っている舟の意から、「心からうきたる舟にのりそめてひと日もなみに濡れぬ日ぞなき」（後撰集・恋三・小野小町）のように、不安定で頼りないものを喩える。↓〔補説〕。**○ごふ**　仏教語。未来に苦楽の結果を受ける原因となる善悪一切の人間の行い「業」と、長い時間を意味する「劫」の掛詞。「亀山のごふをうつして行く水にこぎくる船はいく世へぬらん」（貫之集・一六四）、「ごふつくす御手洗河の亀なればのりの浮き木にあはぬなりけり」（拾遺集・哀傷・一三三七・選子内親王）。**○めぐるうきよ**　仏教語の「輪廻」を訓読し、人は世を「めぐる」ものと解されていた。「おろかなる心の闇にまどひつつうき世にめぐる我が身つらしな」（増基法師集・一六）。針切の当該箇所は「うきゝ」とも読め、弘本以外は「うきゝ」とする。「浮き木にあひにけるかな」とすると、救いを得たこととなるが、「めぐる浮き木」では意味が通じないので採らない。「浮き木」については、後藤祥子「浮木にのって天の河にゆく話―平安和歌史の視座から―」（『国文目白』22　一九八三年三月、後に『源氏物語の史的空間』東京大学出版会　一九八六年）、佐藤佳代子「「浮木」考」（『解釈』43―2　一九九七年二月）参照。

〔補説〕　「浮き舟」については、渡辺秀夫『詩歌の森』（大修館書店　一九九五年）参照。

☆

57番は仏教と関わりがあり、舟を詠じている。次の一葉は、冒頭歌が出家を思う心境であること、さらに59番から三首が舟を詠んでいることなどからここに位置づけた。

山のはにいつる月をなかめはへりて
山さとにいりぬるつきもなになれやわれはうきよのそむかれぬかな（20・全22）

〔校異〕　欠（群・丹・陽）

〔整定本文〕　山の端に出づる月をながめはべりて
山里に入りぬる月も何なれや我はうきよのそむかれぬかな

〔現代語訳〕　山の端に出た月をながめまして
山里に入ってしまった月も出たり入ったりを繰り返すのは、いったい何なのだろうか。私は辛いこのうき世を捨てることができないのです。

〔語釈〕　**○山の端**　山側の空との境界部分。ここでは東方の山の端。**○山里**　山の中でも里に近いところ。ここでは西方の山里。『古今集』では貴族の住む都とは一線を画した場所として詠まれている。当該歌もこの影響下にある。「山里」については11番〔補説〕参照。→〔補説〕。**○何なれや**　何なのかと疑問を呈する慣用句。山里に入ったはずの月なのにという気持ち。「草枕ゆふてばかりは何なれや露も涙もおきかへりつつ」（後撰集・羇旅・一三六六・読人不知）。→『重之女集』80番歌にも用例あり。**○うきよ**　「浮世」に「憂き」を掛ける。「山里はうきよもあらじと思ひしをいとふも知らでたづねきにけり」（重之集・一二四）。**○そむかれぬ**　出家することができない。「惜しからで悲しきものは身なりけりうき世そむかん方を知らねば」（後撰集・雑二・一一八九・読人不知）、「えこそなほうき世と思へどそむかれぬおのが心のうしろめたさに」（和泉式部集・二九八）。僧になる前のものか、あるいは出家後も山里に隠棲できないことをいうのか。

〔補説〕　山と月は、「ながむれば山より出でて行く月も世にすみわびて山にこそ入れ」（源氏物語・早蕨・六九七・中の君）、「山の端に入りぬる月の我ならばうきよの中にまたは出でじを」（後拾遺集・雑一・八五七・源為善）などと詠まれる。当該歌では、山からの出入りを繰り返す月に対し、山に入ることができない自分自身を詠う。

屏風のゑにもかりふねのいつるみなとにたつのむれゐたるになみのさわくをなかめたる所

けふはよしかりにもいてしたまもくさたつのは風になみさわくなり（21・全23）

〔校異〕 欠（群・丹・陽）

〔整定本文〕 屏風の絵に、藻刈り舟の出づる湊に鶴の群れゐたるに、波の騒ぐをながめたる所

今日はよしかりにも出でじ玉藻草鶴の羽風に波さわぐなり

〔現代語訳〕 屏風の絵に、藻刈舟が出ている湊に鶴が群れていて、波が立ち騒いでいるのを眺めている絵柄を

今日はもう良い、かりそめにも美しい藻を刈りには出まい。鶴が立てる羽風に波が立ち騒いでいるので。

〔語釈〕 **○藻刈り舟** 「藻」は水生植物の総称。歌中の「玉藻草」と同じ。「藻刈り舟」は、藻を刈るために出す舟。藻を刈るのは沿岸で、鶴の生息している岸辺に近いことから両者を詠んだ歌は他にも見える。「藻刈り舟沖漕ぎくらし妹が島かたみの浦に鶴かける見ゆ」（万葉集・巻七・一一九九）、「藻刈り舟今ぞなぎさにきよすなる水際の鶴の声さわぐなり」（拾遺集・雑上・四六五・読人不知）。**○所** 屏風などの絵柄の説明末尾に置かれる語。「〜のかた」とする場合もある。↓30・39番詞書にも用例あり。**○玉藻草** 藻に美称「玉」をつけ、さらに「草」を付した。「玉藻」の例は多数見えるが、「玉藻草」は他に用例がない。**○鶴** 和歌中ではタヅと詠むのが一般的。ツル科の鳥の総称。**○羽風** 鶴が羽を動かすことでおこる風。「難波潟鶴の羽風に花散らば道や惑はむあさりするあま」（能宣集・四六五）。

〔補説〕 当該歌と同じく、鶴により波が騒ぐことを詠ったものとしては、「鶴の立つ沢辺に波や騒ぐらん葦の水際はのどけからぬは」（古今六帖・四三四九）や、雁の羽風を詠んだ「うち群れてとわたる雁の羽風にもあまの川波さ

わぐらんかも」（好忠集・二二六）もある。

60

いさり火をみはへりて

なみまよりほのかにみゆるいさり火にこかれやすらんあまのつりふね」（22・全24）

〔校異〕　欠（群・丹・陽）

〔整定本文〕　いさり火を見はべりて

波間よりほのかにみゆるいさり火にこがれやすらんあまの釣り舟

〔現代語訳〕　漁火を見まして

波間からかすかに見える漁火に胸を焦がして思わず漕いでしまうのだろうか、海人の釣り舟は。

〔語釈〕　**○いさり火**　「いざりひ」・「いざりび」・「いさりび」とも。漁をする折に、魚をおびき寄せるために焚く火。火に「思ひ」の「ひ」を掛けて恋の歌に用いられることが多い。「しかのあまの釣しともせる漁火のほのかに妹を見むよしもがも」（万葉集・巻一二・三一七〇）。当該歌でも「いさり火」が「ほ（火）」「焦がれ」を導く。**○こがれ**　「焦がれ」と「漕がれ」の掛詞。「人知れぬこひや何なり藻刈り舟こがれわたれどかひしなければ」（御所本躬恒集・三三八）。**○あまの釣り舟**　漁師が釣りするのに用いる舟。「わたの原やそ島かけて漕ぎ出でぬと人にはつげよあまの釣り舟」（古今集・羇旅・四〇七・小野篁）。

〔補説〕　「漁り火」「ほのか」とあれば、「忍びてあひわたりはべりける人に／いさり火のよるはほのかにかくしつつありへばこひの下に消ぬべし」（後撰集・恋二・六八一・藤原忠国）のように、恋歌の手法。当該歌は、さらに「焦がれ」の語まで用いながら、あえて叙景歌として詠んだものか。

☆ 次の一葉もここに位置づけるべき根拠は特にないが、以下、山中での和歌の載る三葉を一続きと見て、一括して置いた。

61

ふかき山にて風のおとの心ほ□□ことなといひはへりて

山風のはけしきことをなけきつ、なみたにのみもひをくらすかな（41・全52）

〔校異〕 欠（群・丹・陽）　○心ほ□□―心ほそき（弘）

〔整定本文〕 深き山にて、風の音の心細きことなどいひはべりて

山風のはげしきことをなげきつつ涙にのみもひをくらすかな

〔現代語訳〕 深い山で、風の音が心細いことなど言いまして

山風が激しいことを繰り返し嘆いて、涙を流すばかりで一日過ごしていることです。

〔語釈〕 **○心細きことなどいひはべりて** 誰かに対して、心細さを訴えたもの。「山のすまひ、心細き折節の」（安法法師集・序）。**○山風** 山から吹く風もいうが、ここでは山で吹く風。「大荒木のおほくの枝もなびくまでたえずはげしき冬の山風」（好忠集・三五八）。**○なげき** 「嘆き」に「投げ木」を掛ける。**○ひをくらす** 昼の時間を過ごすの意の「日を暮らす」の「日」に「火」を掛ける。

〔補説〕 Ⅰ 深刻な心細さを詠みながらも、「投げ木」「火」を縁語として用いた。

Ⅱ 当該歌から68番まで、山中に入った後に、親しかった人に寂しさを訴えた詠。

Ⅲ 当時出家者が増加したことから、周囲の人々との贈答も増えたという。→序文〔補説〕Ⅰ参照。

62

さてはへるほとに人のとひにまうてきたれは
とふ人はわれにてしりぬおく山におほろけにてやわれもいりにし（42・全53）

〔校異〕○さてはへるほとに人のとひにまうてきたれは―はらからのとひまうてこぬ事をうらみて（陽）、欠（群・丹）

〔整定本文〕さてはべるほどに、人のとひにまうで来たれば
とふ人は我にて知りぬ奥山におぼろけにてや我も入りにし

〔現代語訳〕そうしておりましたところ、人が様子を見にやって来たので
訪れた人のお気持ちは私自身の体験で知っています。このような奥山に中途半端な気持ちで私も入ったでしょうか、そうではありません。

〔語釈〕**○我にて知りぬ**　自身の経験から分かったの意。「春はなほ我にて知りぬ花盛り心のどけき人はあらじな」（拾遺集・春・四三・壬生忠岑）。**○おぼろけにて**　中途半端な気持ちで。「逢ふことは片割れ月の雲隠れおぼろけにやは人のこひしき」（拾遺集・恋三・七八四・読人不知）。

〔補説〕Ⅰ　前歌で子僧が寂しさを訴えたのを受けて、わざわざ来訪してくれた人がいた。山へ分け入る大変さを自分も体験して身に沁みたことを詠って労うとともに、遁世の決心が固いことを述べた。恵慶法師にも「なく声は我にて知りぬきりぎりすうき世背きて野辺にまじらば」（恵慶集・九五）がある。
Ⅱ　陽本では、63番歌の詞書とほぼ同文を当該歌に付し、次歌を欠く。

☆詞書と歌とを一組とするのにやや疑義もあるが、一連の山中詠とみてここに置いた。この連接は『全釈』も同様。

63

はらからのとひまうてこぬことをうらみはへりて」

わすれしやなひくゝさはにつけつゝもつゆのいのちのあ覧かきりは（43・全54）

〔**校異**〕欠（群・丹）陽本は歌を欠き、類似の詞書を62番歌に付す。

〔**整定本文**〕はらからの問ひまうで来ぬことを恨みはべりて」

忘れじやなびく草葉につけつつも露の命のあらんかぎりは

〔**現代語訳**〕兄弟が訪ねてやって来ないのを恨みまして

忘れまいよ。風になびくはかない草葉にかこつけながらも、草に置く露のようにはかない命がある限りは。

〔**語釈**〕**○はらから** 本来は同腹の兄弟姉妹のこと。↓43・47番にも「忘れじ」の用例あり。**○忘れじや** 忘れるだろうか、いや決して忘れないと強い決意を詠ったもの。↓51番にも用例あり。「忘れじよゆめと契りしことの葉はうつつにつらき心なりけり」（拾遺集・恋四・九二二・読人不知）。**○なびく** 風によって横に倒れ伏したように揺れる状態。「秋風になびく草葉の露よりも消えにし人を何にたとへん」（拾遺集・哀傷・一二八六・村上天皇）、「山おろしの風に草葉のなびくをもよるをもなどか吹くといふらん」（忠岑集・一三七）のように、激しい寒風によって靡くと詠まれることが多い。**○草葉につけつつも** 草葉に露が置いているように、はかないものにすがってでもの意。風に靡く「草葉」ははかないものの象徴。「かりにかと思ひし人の絶えにしを草葉につけて忍ぶ頃かな」（好忠集・一〇四）。**○露の命** 露のようにはかない命。漢語「露命」の訓読語。「ありさりて後もあはむと思へこそ露の命もつぎつつわたれ」（万葉集・巻一七・三九五五）。

〔**補説**〕「はらから」は問うてはくれないが、自分の方は命のある限り忘れはしないと詠う。

64

たのむ人のとはぬことをうらみやりはへ□とて

とふことのはもつゆはかりみえぬよになにゝかゝれるいのちなるらむ（44・全55）

〔校異〕欠（群・丹）　○はへ□―はへり（弘）↓はへる（校訂）

〔整定本文〕頼む人の問はぬことを恨みやりはべるとて

とふことの葉もつゆばかり見えぬよに何にかかれる命なるらむ

〔現代語訳〕頼みにする人が問わないことを恨んでそれをいいやりますということで

安否を問う言葉も少しも見えないこの世の中で、いったい何を頼りにしてよりかかればいい命なのでしょう。

〔語釈〕**○恨みやり**　恨んでその気持ちをいい遣ること。「人のもとに文やる男を、恨みやりてはべりける返事に、あらがひ侍りければよめる」（後拾遺集・雑二・九二六詞書）。**○ことの葉**　「問ふこと」から「言の葉」へとつなげ、「葉」から「露」を導いた。「慰むることの葉にだにかからずは今も消ぬべき露の命を」（後撰集・恋六・一〇三一・読人不知）。**○つゆ**　下に打消しの語を伴って「全く～ない」の意となる副詞「つゆ」に「露」を掛ける。**○何にかかれる命**　命は露命（↓63番）でもあることから、露ならば葉にかかるのだが、命は何にかかれば（何を頼りにすれば）いいのかの意。「夏草に置く露よりもはかなきは君にかかれる命なりけり」（うつほ物語・菊の宴・五三八）、「君をのみこひつるあまの玉の緒はさをにかかれる命なりけり」（保憲女集・一四三）。

〔補説〕32番詞書「頼む人の問ひはべらぬを恨みて」と類似する。

65

ふかき山にこもりはへりて五月五日

わかことや人もみぬまのあやめくさゝつきをよそにきゝわたる覧（45・全56）

〔校異〕　○を─の（群・丹）　○き丶─きえ（群・丹）

〔整定本文〕　深き山に籠りはべりて、五月五日

我がごとや人もみぬまの菖蒲草さつきをよそに聞きわたるらん

〔現代語訳〕　深山に籠っておりまして、五月五日

まるで私のようなものです、人も見ない水沼に生えた菖蒲草は。五月の節句をよそ事として聞き続けているのでしょう。

〔語釈〕　**○五月五日**　端午節。菖蒲を邪気祓いのために、冠に飾ったり軒や車に掛けたりする風習があった。**○みぬま**　「見ぬ間」に山奥の「水沼」を掛ける。「いはせ山谷の下水うちしのび人のみぬまは流れてぞふる」（後撰集・恋一・五五七・読人不知）、「五月五日女のもとに行きて、またの昼つ方／今日こそは君をみぬまの菖蒲草よどのをこふるほどのはかなさ」（兼澄集・五五）。**○菖蒲草**　アヤメ科の多年草。水辺に群生するので、「水沼の」から導かれた。↓19・48・65番歌にも用例あり。

〔補説〕　我が身を山奥にある水沼の菖蒲草に喩えた。菖蒲は節句の折には様々なものに用いられるのに、誰も目を向けない山奥の菖蒲草は、まるで誰からも知られない自身の境遇と似ていると詠ったもの。

☆　当該の一葉末尾にある詞書と次の一葉冒頭歌を一続きとするのにやや疑義はあるが、いずれも山中詠とみて続けて置いた。『全釈』も連接は同様。

66

山てらにこもりてひとりこちはへる」

なつふかくゝさしけりゆくわかやとにたれかきわけてとはむとすらむ（46・全57）

〔校異〕　○こもりて―こもりはへりて（弘）　○ひとりこち―ひとり待ち（丹）　○わかやとに―わかやとは（群・丹）

〔整定本文〕　山寺に籠りて、独りごちはべる

夏深く草繁りゆく我が宿にたれ掻き分けてとはむとすらむ

〔現代語訳〕　山寺に籠って、独り言をいいました

夏が深まり、草もうっそうと繁っていく我が宿に、いったい誰が草をかき分けて訪おうとするでしょうか、誰も訪いはしないことです。

〔語釈〕　○独りごち　独り言をつぶやくこと。『和泉式部集』（正・続）の詞書に五例見える。↓序文に用例あり。

○夏深く　「深く」は掛詞で、「夏深く」から「深く草繁りゆく」と続く。

〔補説〕　Ｉ　草が繁っていて訪れがないことを嘆く歌は、「夏草の中を露けみ掻き分けてかる人なしに繁る野辺かな」（金葉集二・夏・一四二・壬生忠見）と多い。当該歌は、「かりにても思へばこそは夏草のしげれる中を分けつつもくれ」（好忠集・一四〇）を反転させた詠いぶり。「庭のままゆるゆる生ふる夏草を分けてばかりにこむ人もがな」（和泉式部集・百首・夏・二三）もある。

Ⅱ　来訪者を期待しながら、それが適わない孤独感の表明は、前歌と同様の心境。

67

よふかきつきをなかめはへりて

むらさきにたなひくゝものたえまよりみにしむつきのいろをみるかな（47・全58）

〔校異〕　○はへりて—てよめる（群・丹）

〔整定本文〕　夜深き月をながめはべりて

紫にたなびく雲の絶え間よりみにしむ月の色をみるかな

〔現代語訳〕　深夜の月を眺めまして

紫色にたなびく雲の絶え間から、身に沁みるような月の姿を見ることです。

〔語釈〕　○紫にたなびく雲　紫色に棚引いている雲。「紫雲」の訓読語から派生した語句。瑞祥を意味する。↓〔補説〕Ⅰ。「紫のたなびく雲を標にて位の山の峰を尋ねん」（元輔集・一一五）の一、二句と類似。通常は藤花など雲が紫色に見える要因となる物を詠み込む。○しむ　身に「沁む」に、色が「染む」を掛ける。「紫」と「色」「染む」は縁語。○月の色　「色」は単に色彩の意味のみではなく、ここでは様子や趣をも言う。「月色」の訓読語。紫雲の紫と月光の白を対比的に用いた。「紫の雲の中よりさし出づる月の光ぞのどけかりける」（栄花物語・御賀・二四七・藤原頼宗）。↓38番歌にも用例あり。

〔補説〕　Ⅰ　紫雲が聖衆来迎の雲を意味するものとなったのは、後のこと。紫雲については、森田直美「「紫の雲」考—それは何時「聖衆来迎の雲」となったのか—」（「和歌文学研究」97　二〇〇八年一二月、後に『平安朝文学における色彩表現の研究』風間書房　二〇一一年所収）に詳しい。紫雲を月との関わりで詠じた例としては、「紫の雲とぞ見ゆる月影に水のおも照らす岸の秋萩」（兼盛集・七八）などがある。「春は曙。やうやう白くなりゆく山際、少し明かりて紫だちたる雲の細くたなびきたる」（枕草子・一段）が夜明け前の東空を語るのとは対照的に、当該歌は深夜の月を詠じている。

Ⅱ　『百人一首』にも採られた「秋風にたなびく雲の絶え間よりもれいづる月の影のさやけさ」（新古今集・秋上・四一三・藤原顕輔）と用語、心境とも通う。

おほつかなきみちのしるへする人のわかる、ところにて

みちしはのつゆうちはらひしるへする人をいつれのよにかわすれん」（48・全59）

〔校異〕　欠（群・丹）　弘賢本はこの歌を最終詠とし、奥書を付す。

〔整定本文〕　おぼつかなき道の標する人の別るる所にて

道芝の露うちはらひ標する人をいづれのよにか忘れん

〔現代語訳〕　不案内な道を導いてくれた人と別れる場所で

道端の草の露をちょっと払って道案内をしてくれた人を、いつの世にも忘れることがありましょうか、決して忘れません。

〔語釈〕　○道芝　道端に生えている雑草の意。『万葉集』では「立ちかはり古き都となりぬれば道の芝草ながく生ひにけり」（万葉集・巻六・一〇四八）とあるように、「道の芝草」と詠まれた。平安時代に入ると、「道芝も今日ははるばるあをみ原おりゐる雲雀かくろへぬべみ」（好忠集・八三）や、『古今六帖』（一二二五）・『うつほ物語』（九）・『小大君集』（三二）に「道芝」として見えた後、「消えかへりあるかなきかの我が身かな恨みてかへる道芝の露」（小大君集・六二）と、「道芝の露」の形で用いられるようになった。『高遠集』（二二）、『和泉式部集』（二四・八九三）にもみえる。『狭衣物語』では姫君の一人が「道芝の露」と呼ばれる。

〔補説〕　Ⅰ　「道」は、教養や道理など観念的な意味をも表す。「標」は、そのような道理、条理へ導くことも意味する。途方にくれる難路の案内をしてくれた人に対して、物理的な道だけではなく、「道」を知らしめてくれたことにも感謝していると讃えたもの。

Ⅱ　弘賢本は当該歌の後に「右一冊以近衛応円満院禅閤基凞真跡本書写畢　文化八年七月十六日源弘賢」の奥書を置く。

☆次の一葉は和歌を冒頭に置く。現在知られているいずれの和歌にも詞書があることからすると、詞書で終わる一葉に連接するはずであるが、該当するものを見出すことはできない。

69

むらさきのいろゆるさる丶みなりせはけさはいそきもかへらさらまし（64・全66）

〔校異〕　針以外の他本にナシ。

〔整定本文〕

紫の色許さるる身なりせばけさはいそぎも帰らざらまし

〔現代語訳〕

紫の禁色を許される高い身分であったならば、今朝は袈裟を着て急いで帰らずともよかったのに。

〔語釈〕　○紫の色　紫色の法衣。紫衣は、勅許により高位・高徳の僧が着ることができた。○許さるる　禁色を着ることを許されるの意。→〔補説〕。○けさ　「今朝」に「袈裟」を掛ける。「陸奥守実方がこの大徳の袈裟扇こひたりしを、まだやらざりしもよほしにおこせたりし返りごとに／朝ぼらけけさもあらしの涼しさに扇の風も忘られにけり」（高遠集・一一〇）。

〔補説〕　「禁色」については、新山春道「王朝の服飾・容飾と色彩―禁色をめぐる諸相―」（平安文学と隣接諸学9『王朝文学と服飾・容飾』竹林舎　二〇一〇年）に詳しい。

70

やとのむめすこしとこひたるひとのかへりことにむめの花ちりにしやとのさひしきにうきみたつぬる人もありけり」（65・全67）

〔校異〕　針以外の他本にナシ。

〔整定本文〕「宿の梅少し」とこひたる人の返りごとに
梅の花散りにし宿の寂しきにうきみたづぬる人もありけり

〔現代語訳〕「お宅の梅の実を少しください」と所望した人への返事に
梅の花が散ってしまった寂しい我が家に、憂き身ならぬ、梅の実を尋ねて所望してくださる人もあったのですね。

〔語釈〕**○寂しきに** 寂しきところに。「に」は、場所を表す格助詞。「八重葎繁れる宿の寂しきに人こそ見えね秋は来にけり」(拾遺集・秋・一四〇・恵慶法師)。**○うきみ** 「憂き身」に梅の「実」を掛ける。『万葉集』では、「妹が家に咲きたる花の梅の花みにしなりなばかもかくもせむ」(万葉集・巻三・三九九)など実を詠んだものが見えるものの、平安時代に入ってからは稀。「梅花咲きての後のみなればやすき物とのみ人のいふらむ」(古今集・誹諧歌・一〇六六・読人不知)、「散りぬともまたも咲きなん梅の花うきみのみこそかくてやみぬれ」(行尊大僧正集・七一)。

〔補説〕「人の梅こひたる、やるとて／知らじかし花なる人の心にはかかるなげきのみになれりとも」(相如集・二六)も梅の実を乞われている。

解説

源重之女・源重之子僧　詠草とその人生

一、『重之女集』について

『重之女集』の伝本

『重之女集』の伝本は、宮内庁書陵部蔵の甲本（五〇一・一四六）、乙本（五〇一・五三）の二本とされてきたが、近年、時雨亭文庫蔵本の二本が『平安私家集一』（朝日新聞社　一九九三年　田中登解題、以下、冷泉家本と称す）、『承空本私家集　中』（朝日新聞社　二〇〇六年　新藤協三解題、以下、承空本と称す）に収められた。四本は歌の配列も同じで、同一祖本から発生したものであることは疑いない。

冷泉家本は、虫損が甚だしいために読めない部分が多くあるものの、十一世紀後半の書写とされ、諸伝本の中で最も古いものとされる。歌数は一一五首で、承空本、甲本と同数。ただし、本文自体は、集の末尾歌を欠く一一四首からなる乙本の方に近い（校異一覧表参照）。

例えば、集の序文を見ると、冷泉家本と乙本に「時鳥の声を」とある部分が、承空本、甲本には「時鳥の」となっており、「めづらしきことは」も、承空本、甲本では「めづらしきこと」となっていて、以下、和歌の部分もほぼ同様に、冷泉家本・乙本と、承空本・甲本の二系統に分かれるようである。

ただし、二六番結句は、乙本のみ「思ひやらるる」、他本は「思ひこそやれ」とあるなど、冷泉家本は部分的に承空本や甲本と共通する本文も持っている。これらを勘案すると、冷泉家本を現存の諸伝本の中ではもっとも古い本として位置づけることができよう。また、一〇三番の冷泉家本傍書には、乙本の独自本文に拠る校合が書き込まれている点で注目されるが、一二番では傍書として他の三本にない本文が見られることから、現在見出されていない伝本があったことも考えうる。八九番の第三句は、冷泉家本のみ「思ふらん」とあり、乙・承・甲の本文「人はみん」が傍書されている。ちなみに『玉葉集』には「思ふらん」とある。

承空本は「永仁五年二月十七日於西山房書写了　承空」の奥書をもつ。甲本の奥書では、「房」を「而」と誤写していることなどから、承空本のほうが古いと考えられる。また、五番、一〇六番の四句目には、冷泉家本・乙本が「いづこ」とあるのに対し、承空本・甲本が「いづく」と古めかしい表現が用いられている点も特徴の一つであろう。

甲本は、『新編国歌大観』『私家集大成』の底本。承空本は、『新編私家集大成』の底本となっている。冷泉家本は虫損が多く、乙本は歌を一首欠き、誤写に拠ると思われる単独異文があるため、本書では、底本として承空本を用い、他の三本を用いて校合した。

重之女百首の特色

『重之女集』は、序文と四季・恋部に配されるおよそ百首の歌に、その他の歌をわずかに加えた小歌集である。『堀河百首』以前に成立した百首歌は「初期百首」と称され、重之女百首もその一つに位置付けられている。

そもそも、歌を百首という枠組みにおいて詠むという試みは、革新的な歌人、曽禰好忠によって天徳末年（九六一）ごろに生み出されたものであった。好忠百首は、序文・四季歌・恋歌に加え、沓冠歌・物名歌を合わせて百首にするという構成であり、田園山村などから幅広く歌材を摂取し、古語俗語を多用するという特徴を持つ。さらに、沈淪訴嘆を盛り込むという新奇な試みに触発されて、源順や恵慶法師は、形式のみならず、好忠特有の和歌表現をも踏襲し、応和する百首歌を詠んだ。恵慶百首序文によると「また、あるふやわらはのあざな聖寂といふ人、同じ百ちの歌を同じ心に詠み……これをまた、ある山伏苔の衣に身をやつし、松のもとに老いを送る心にも、さすがに物のあはれわすれがたく、世中のはかなきありさまも、これにつけて言はまほしければ」と、この形式が周辺歌人に流行していったことがわかる。また、その伝播の土壌となったのが河原院文化圏であることについてもすでにさまざまに論じられてきている。

さて、『和歌現在書目録序』（続群書類従第十七輯）には、

百首歌者帯刀長献素懐於春宮之闕、乙侍従致丹祈於東国之杜、是其始也。

ももちのうたは帯刀長春の宮にことばの花をつくし、乙侍従はこねの山に身のうれへをひらきてよりいできたりて、いまに跡となれり。

と、百首歌の創始として源重之と相模の名が挙げられている。重之百首には、

帯刀の長、源重之、三十日の日を賜りて、歌百詠みて奉らん、時は賜んと仰せられければ、奉る。

という詠歌事情が示されていて、東宮の帯刀の長であった康保年間（九六四〜九六七）に、東宮の命によって献じられたものであったことがわかる。好忠の生み出した百首歌の反響の大きさが窺えよう。ただし、重之百首の構成は、公に献ずるものであったためか、勅撰集の部立を意識し、四季歌各二十首、恋・恨各十首に祝歌を加えるという整理されたものであった。以後の百首歌の構成はこれに倣うこととなった。

他に現存する「初期百首」は、

海人手古良集　藤原師氏自撰家集。天禄元年（九七〇）以前。
賀茂保憲女集　正暦四年（九九三）頃。ただし、歌数は二百首を越える。
重之女百首　保憲女集とほぼ同じ頃に成立したか。
和泉式部百首　重之女百首の影響を受けて成立。
千穎百首　序文によると永祚二年（九九〇）成立、または長保以降か。
相模初事歌群　寛弘末年（一〇一二）以前か。
相模百首　万寿元年（一〇二四）頃。

であり、安和元年（九六八）から天禄三年（九七二）の間に成立した好忠の三百六十首歌を加え、和歌を一定の数の枠組の中に入れて独自な世界を構築する手法が確立していく過程を垣間見ることができる。

さて、重之女百首は、重之百首の構成に倣いつつ、さらに単純化した春夏秋冬恋各二十首という部立てとなっている。しかしながら、他の初期百首同様に、創始である好忠百首からの影響をさまざまに見出すことができる。例えば、序文に「春は花に心をあくがらし、夏は時鳥の声を寝覚めて聞く。秋は紅葉の深き山に心をいれ、冬は」とあるのは、好忠百首序文の「春はちりぼふ花を惜しみかね、秋は落つる木の葉に心をたぐへ、夏はうはひもささで風に向ひ、冬は寂しき宿に埋れゐて」を承けての表現であろうし、「古めきたる重之がむすめ」や「恋の路も閉ぢられたる」と不遇意識が綴られており、訴嘆の色濃い好忠百首に倣ったものと考えられる。

さらに、

春日野にむら消え残る雪よりも今いつまでにふべきわが身ぞ　（好忠集・一一五）

の上三句を用いた

春日野にむら消え残る雪よりも若菜つまむといふ人ぞなき　（重之女集・九二）

や、

片岡の雪間にきざす若草のはつかに見えし人ぞこひしき　（好忠集・二二）

さかしらの思ひをつけて白妙の雪間にきざす草をこそ思へ　（重之女集・八）

鴛鴦のみなるる音はつれなきをした苦しとは知るらめや人　（好忠集・五五七）

鴛鴦のみなれし水も凍りつつ世をやうきたるすまひをやせん　（重之女集・六二）

などには、好忠からの直接的な影響が窺える。その他、「見渡せば」（四）、「若駒」「小草」（一六）、「時鳥の初音」（二二）、「扇の風」（二六）、「夏の暮れ」（二八）、「常夏に匂う撫子」（二九）、「ぬるい秋風」（三〇）、「四方」（四一・五三）、「冬の風の音」（五四）、「垣根の雪」（六三）などといった表現の摂取が見出せる。

重之女百首、和泉式部百首の関係

初期百首のなかで、重之女百首と最も関わりの深いのは和泉式部百首である。すでに詳細に論じられているが[1]、例えば、春部の末尾部から夏部の冒頭部にかけては、次のような歌材、用語の一致が認められる。

重之女百首

若駒の綱引くはるになりにけり春果てがたの庭の小草も　（一六・駒）

春深みところもよかず咲きにけり井手ならねども山吹の花　（一七・山吹）

いは高くなどて咲きけん岩躑躅なべての花にまさるともなし　（一八・岩躑躅）

住吉の岸ならねども藤波は咲くべきほどに咲くにぞありける　（一九・藤）

形見とて深くそめてし花の色を薄き衣にぬぎやかふらん　（二〇・花色衣）
寝覚めつつ声待ちわびぬ時鳥初音はここにまづも鳴かなん　（二一・時鳥）

和泉式部百首

かくれぬもかひなかりけり春駒のあさればこものねだに残らず　（一七・駒）
河辺なるところはさらにおほかるを井手にしもさく山吹の花　（一八・山吹）
岩躑躅をりもてぞみるせこがきし紅ぞめの衣ににたれば　（一九・岩躑躅）
花はみな散りはてぬめり春ふかき藤だにちるないましばしみん　（二〇・藤）
桜色にそめし衣をぬぎかけて山時鳥けふよりぞまつ　（二一・花色衣）
待たねども物おもふ人はおのづから山時鳥まづぞ聞きつる　（二二・時鳥）

さらに、次のような類似表現も指摘されている。

忘らるることこそなけれつれづれと春はいづくもながめのみして　（重之女集・五）
はるのひをうらうらつたふあまはしぞあなつれづれと思ひしもせじ　（和泉式部集・六）
たれならんわれよりほかは知らぬかなあはれと見ゆる秋の夜の月　（重之女集・三八）
たのめたる人もなけれど秋の夜は月見でぬべき心ちこそせね　（和泉式部集・五六）
もみぢ葉の流れうづまく山川の浅きところやいづこなるらん　（重之女集・五〇）
おちつもる紅葉の色に山川の浅きも深き流れとぞみる　（和泉式部集・五八）

両百首の成立の先後については明確な根拠がないものの、おそらくは重之女百首が先行して成立したものであろう。(2)→解説217頁参照。

重之女の歌を通覧すると、一般的な常識にとらわれずに四季折り折りに目に留まる小さな草花に素朴な美しさを見出し、和歌の伝統にとらわれずにありのままの美しさを自由に詠う歌が多いことが注目される。(3) 一六番歌の「はる」、一八番歌の「いは」の同語反復や、一七番歌の「井手ならねども」、一九番歌の「住吉の岸ならねども」という表現の重複から、考を練らずに一気に詠んだものと思われ、和泉式部は重之女歌を踏まえた上で、さらに工夫を重ねて詠んでいると考えられる。

重之女と和泉式部には、百首以外にも次のような影響関係が見出せる。(4)

思ひ知る人だにあらば語らばやかかりて春の暮れはありきや　（重之女集・一〇八）

「思ひ知る」という表現は『拾遺集』にも二例詠まれるものの「思ひ知る人だにあらば」と、思いを共有できる人を希求する表現が、次の和泉式部歌に見出せることは注目に値する。

たぐひなくうき身なりけり思ひ知る人だにあらばとひこそはせめ

（後拾遺集・恋四・八〇〇・和泉式部／和泉式部集六九二番では、「だに」が「よに」）

すなわち、両者の密接な表現の共有は百首歌にとどまらないと言えよう。

『重之女集』末尾歌、

長からぬ命待つ間のほどばかり憂きことしげく嘆かずもがな　（重之女集・一一五）

と、『和泉式部続集』末尾歌、

ありはてぬ命待つ間のほどばかりいとかく物を思はずもがな　（和泉式部続集・六四七）

がともに、古今歌と『大和物語』の歌、

ありはてぬ命待つ間のほどばかり憂きことしげく思はずもがな

（古今集・雑下・九六五・平貞文／大和物語・一四二段・故御息所の御姉）

をもとに詠まれたものであることについて、平田喜信氏は、

古今歌が大和で女歌として転用され、女歌の典型的なものとして当時の女性達に愛好されたと推測され、和泉の歌のみに見出される「物をおもはずもがな」という表現も、重之女集の巻末歌を意識しながら、歌群の末尾にあえてこの作のバリエーションとなる一首を付置しようと決意した和泉による意識的変改部分とは考えられないだろうか。

と、和泉式部が百首製作以降も、重之女を強く意識していたと指摘する。(5)

『重之女集』は、小歌集であるが、和泉式部が百首の形式のみならず細かい表現や構成までを学んでいる点は、注目に値しよう。

重之女、子僧歌と『和泉式部日記』

さらに、重之女からの影響は『和泉式部日記』にも認められる。(6)

次に挙げるのは、初めて和泉式部のもとを訪れた宮が、いささか強引に契りを結ぶ場面である（本文は、清水文雄校注『和泉式部日記』岩波文庫に拠る）。

「かくて明かすべきにや」とて、

はかもなき夢をだに見で明かしては何をかのちのよがたりにせん

とのたまへば、

夜とともにぬるとは袖を思ふ身ものどかに夢を見る宵ぞなき

まいて」と聞ゆ。「かろぐ〵しき御歩きすべき身にてもあらず。なさけなきやうにはおぼすとも、まことにものおそろしきまでこそおぼゆれ」とて、やをらすべり入り給ひぬ。いとわりなきことどもをのたまひ契りて、明けぬれば帰り給ひぬ。すなはち、「今のほどもいかゞ。あやしうこそ」とて、

恋といへば世の常のとや思ふらん今朝の心はたぐひだになし

御かへり

世の常のことともさらに思ほえずはじめて物を思ふあしたは

と聞えても、あやしかりける身のありさまかな、故宮のさばかりのたまはせしものを、とかなしくて、思ひ乱るゝほどに、例の童来たり。御文やあらんと思ふほどに、さもあらぬを心うしと思ふほども、すきぐ〵しや。

ここで詠まれた傍線部の「恋といへば」の歌が、実は次の重之女歌に酷似している。

いへば世の常のこととや人はみむ我はたぐひもあらじと思ふを　（重之女集・八九）

なお、重之女の歌の三句目が冷泉家本と『玉葉集』では「思ふらん」となっている。『日記』のこの部分の本文の異同は管見の範囲では見出せない。

この重之女歌と日記中の「恋といへば」の二首は「いへば」「世の常」「とや」「たぐひだになし」「たぐひもあらじ」ときわめて似た表現が用いられているばかりではない。それぞれの歌の内容についても、重之女歌は「口に出して言ってしまえば世の常のことと人は思うでしょう。私の恋心はほかと比べようもなく思うのに」という意であり、一方日記歌は「恋という言葉で言ってしまえば世の常のことと人は思うでしょう。今朝の気持ちは人と比べようもなく思うのに」と全く同じ調子で詠まれているのである。

また、先に引用した当該歌の一つ前の宮の歌によく似た歌が、『子僧集』にも見出せる。

はかもなき夢をだに見で明かしては何をかのちのよがたりにせん

（日記歌）

逢ふこともなくてやみぬるものならば何をこのよの思ひ出でにせん

（子僧集・四九）

先の重之女歌と宮歌ほど表現はぴたりと一致してはいないものの、ともに「何を…せん」と共通の表現を持ち、この逢瀬をのがしたら、何を思い出にしたらよいのか、と嘆く歌である。

『日記』の本文を振り返ると、『子僧集』の歌に似た歌「はかもなき」を宮が詠み、和泉式部が返しをし、逢瀬があり、翌朝宮から、今度は重之女の歌にきわめてよく似た「恋といへば」という歌が送られてきたということになる。つまり、宮は子僧の類似歌の次に重之女の表現に習った歌を詠んでいるということになる。このクライマックス部分に並んで見出せるこうした現象は偶然の一致とは思われない。

和泉式部百首については、次の歌の『子僧集』の歌との類似も指摘されている(7)。

引きつれて春日の野辺の子の日する今日は昔の春ぞこひしき

（子僧集・八）

引きつれて今日は子の日のまつにまた今千とせをそのべに出でつる

（和泉式部集・三）

『重之女集』が、先行する女性百首として和泉式部に影響を与えたことは間違いないだろう。さらに『子僧集』と『和泉式部集』、『和泉式部日記』の関係性についても詳しい検証が必要であると思う。

『重之集』には、重之が子らに和歌の指導をしている様子が窺える。百首歌が世間に流布する中、父重之に次いで詠み出したと思われる子供たちの詠草が、このように和泉式部に享受され、さらに後世に残ったことは、大変興味深く思われる。

（以上・渦巻）

『重之女集』の構成意識(8)

『重之女集』の構成は次のようになっている。

序文

百首歌〈現存九十首〉

（春十九首　夏十五首　秋十八首　冬十九首　恋十九首）

その他　二十五首

月次詠（一月〜十月の年中行事）　十一首

題詠（服する日・別）　三首

贈歌（ある少将世を背き給ふと聞きて）　一首

詞書のない歌　十首

家集冒頭に置かれた序文は、以下のとおりである。

昔よりいまに、歌といふもの多かれば、これを、歌の数にはあらねど、四季の歌とこそいふべかめれ、①春は花に心をあくがらし、②夏は時鳥の声を寝覚めて聞く、秋は紅葉の深き山に心をいれ、冬は、古めきたる重之がむすめの言ひおきたることなれば、世にめづらしきことあらしのみ寒くなりつつ、恋の路も閉ぢられたるにやあらむ。逢はで思ふなるべし。

まず注目したいのは、傍線を付した①②の部分である。これらとよく似た表現が、次に傍線を付したように百首歌中に見出せる。

春の日は花に心をあくがれてもの思ふ人と見えぬべきかな

（重之女集・春・一一）

寝覚めつつ声待ちわびぬ時鳥初音はここにまづも鳴かなん

（重之女集・夏・二一）

このことから両者が無関係でないことが分かる。秋については、序文中と類似する語句を歌中に見出すことはできない。だが、ア「紅葉の深き山に心をいれ」と呼応するかのように、秋部には複数の紅葉詠がある。また、冬では、イ「寒く」に対応する語が、

朝まだき今朝の霜だに寒ければ雪つもりなむ明日をこそ思へ

（重之女集・冬・五七）

と見出せる。恋部に該当する、ウ「逢はで思ふ」については、「逢はで」を詠み込んだ和歌が、

なぐさめむ方こそなけれあひみてもあはでも嘆く恋の苦しさ

（重之女集・恋・七九）

と見えるばかりでなく、すでに久保木寿子氏[9]・近藤みゆき氏[10]により、恋部全体が「逢はで思ふ」という概念のもとに詠まれたという指摘もある。

このように、序文と百首歌中の和歌表現との類似は看過できない。例えば、『賀茂保憲女集』の序文と和歌でも類似の語句が用いられていることはすでに指摘されている。このため、序文も詠作も同一人によるものという見方もできる。しかしながら、序文中には「重之がむすめの言ひおきたることとなれば」ともあり、これを素直に読めば、別人により序文が付されたと見ることも可能であろう。

序文に続く九十首は、所謂初期百首の一つと位置づけられ、重之百首の流れを汲む。これらは「重之女百首」と通称され、曾禰好忠、源順、恵慶らから受けた影響について、あるいは、後続の和泉式部や相模の百首歌に与えた影響については、詳細な研究が先学諸氏[11]により積み重ねられてきた。現存は九十首であるものの、本来は、四季歌と恋歌からなる五部立仕立てで、各部二十首ずつが配された百首歌であり、伝存過程で欠損を生じたものと見られてもきた。だが、現行の各部は、先に示したとおり、いずれも定数を満たしてはいない。おそらく百首歌として構

想し詠み始めたものの、結局完成はみなかったものと考えられる。

次に、重之女百首歌各季の冒頭に置かれている和歌に注目してみよう。まず、夏部、秋部を見てみると、

形見とて深くそめてし花の色を薄き衣にぬぎやかふらん　（重之女集・夏・二〇）

今日までは夏とか聞きしうちつけにつげつげにこそ風も聞こゆれ　（重之女集・秋・三五）

とある。傍線を付したように、前の季節を意識しながら季の冒頭に置かれるべく詠まれている。

これに対し、次に挙げた春と冬の冒頭歌は、

今日聞けば春たつ波の音すなり岩瀬のこほりいつかとけぬる　（重之女集・春・一）

四方山の木木のもみぢ葉散り果てて冬はあらはになりにけるかな　（重之女集・冬・五三）

とあって、一見すると、夏、秋部ほど前の季節を意識してはいないようでもある。だが、一番歌の「氷」という語に留意してみると、冬部には、次のように「氷」、「凍る」という語を含む四首が見出せる。

鴛鴦のみなれし水も凍りつつよをやうきたるすまひをやせん　（重之女集・六二）

山川のいは間を分くとささらめく水も凍ればおとづれぬかな　（重之女集・六四）

岩隠る水もや冬は凍るらん磯辺わたりにながめてしかな　（重之女集・六八）

冬はかく風の音さへあれたれば氷も宿を閉ぢてけるかな　（重之女集・六九）

氷詠が初期百首歌人たちに好まれたことはすでに指摘があり、掲出の四首も、冬が氷に閉じられた世界であると詠んでいる。

冬部冒頭歌の「紅葉」についても同様のことが言えそうだ。秋部には、

道遠み人目もみえぬ山路を紅葉はさてや入らんとすらむ　（重之女集・四一）

落ちつもる紅葉のせきはおほかれどとまらざりけり山川の水　（重之女集・四六）
もみぢ葉の流れうづまく山川の浅きところやいづこなるらん　（重之女集・五〇）
紅葉見て秋は暮らしつ神無月いまは時雨になぐさまぬかな　（重之女集・五二）

と四首の紅葉詠があった。これを受け、冬部冒頭歌は、秋に美しかった紅葉は散り果てたと詠っている。このように、四季部の冒頭歌は、いずれも直前の季節、さらには直前の季節で主として詠われた世界を意識して詠まれているのである。

ところで、他の季を意識した詠は、冒頭歌ばかりではなく、次のように、冬部の末尾にも見える。

雪はまだふりかくせども春近く告げつる今朝の鳥の声かな　（重之女集・七一）

この一首では、次に訪れる季節「春」を詠み込んでいる。そして、これに呼応するかのように、春部には、

鶯のまだものうげになくなるは今朝も木末に雪や降るらん　（重之女集・六）

と、春になったにもかかわらず、いまだ雪の中で鳴く鶯の詠がある。

このように、序文と和歌との対応、各季冒頭歌、冬部末尾歌の有り様などから編纂の意図のあったことが窺え、当初は百首歌として構想して詠み出だされたものであったとみて良いであろう。しかしながら、何らかの事情が生じて完成を見ることはなかったに違いない。

百首歌に続いては、二十五首の和歌が置かれている。最初の十一首は、正月から十月までの月次詠（ただし正月のみ二首）、さらに題詠らしき詞書が付された三首と贈歌一首。そして末尾に詞書を持たない歌十首がある。最後の十首について、その季節に注目すると、春歌五首、夏歌二首で、最後尾の三首中一首（重之女・一一三）は恋歌とも読みうるが、一括して雑歌とすることもできそうだ。いずれにしろ、配列意識は窺える。特に、春歌である五首の

内、次の三首はいずれも、

花知らぬ雲吹き散らす風荒みしづ心なき春の夕暮れ　（重之女集・一〇七）

思ひ知る人だにあらば語らばやかかりて春の暮れはありきや　（重之女集・一〇八）

身のうきをつねは知らぬにあらねどもなぐさめがたき春の夕暮れ　（重之女集・一〇九）

と、「春の（夕）暮れ」の語が用いられており、この家集全体に構成の意図があったことは明白であろう。

『重之女集』の成立(12)

では、重之女が百首歌を詠んだのはいつ頃のことであろうか。その手がかりを、百首歌の内部に求めてみよう。手始めに秋部冒頭にある、

今日までは夏とか聞きしうちつけにつげつげにこそ風も聞こゆれ　（重之女集・三五）

に注目してみたい。秋の歌でありながら「今日までは夏」というのは、理解に苦しむ。本来夏部の末尾に置かれたものが何らかの事情で秋部冒頭に移動してしまったかとも考えうるが、安易に伝存中の過失を想定することは憚られる。しかも「今日までは夏とか聞きし」は、秋と言ってしまっても良いのだが今日までは夏とも言えるのだというような言い回しとなっており、やはり秋の詠とする方がしぜんである。そこで、これをいわゆる二元的四季感の矛盾(13)に着目した詠と解してみたい。つまり、暦の上では七月を迎えたが、いまだ立秋とはなっていないことを背景に詠じたと解したい。とすれば、ふさわしいのは、七月初旬。ただし、七日となると七夕で、当百首でも、二番目には、七夕詠が置かれている。そこで、七月五日までに立秋を迎えていない年、つまり遅くても七月六日が立秋の年の詠と仮定したい。試しに、重之女が生存していたと思しい十世紀半ばから該当する年を立秋の日とともに挙げ

てみよう[14]。重之女百首成立の上限を、父重之の百首歌成立の下限、康保四年[15]（九六七）として、これ以後、長保元[16]年（九九九）にかけての間とする。さらに、七月一日が立秋である天延元年と正暦三年は、暦日と節気が一致していることから除外すると、以下のようになる。

立秋

安和元年（九六八）　七月五日
貞元元年（九七六）　七月三日
永観二年（九八四）　七月二日
永延元年（九八七）　七月五日
長徳元年（九九五）　七月四日

次に、秋部末尾の、

紅葉見て秋は暮らしつ神無月いまは時雨になぐさまぬかな　（重之女集・五二）

についても考えてみたい。当歌も秋部にありながら、「神無月」とあり、疑義があるからだ。これも同じく暦日と節気のずれと考え、十月二日から五日までに立冬を迎える年を探してみた。

立冬

天延元年（九七三）　十月四日
天元四年（九八一）　十月二日
*永観二年（九八四）　十月五日
正暦三年（九九二）　十月三日

するのは、前掲と重なるのは＊印を付した永観二年のみとなる。もちろん、百首歌は、実生活に即して詠まれるものではない。だが、『古今集』巻頭歌を挙げるまでもなく、平安時代には、二元的四季感が生活の場で様々に意識されていたことも確かである。しかも、重之女の百首詠出が推測される時期に、同様の年は他に見出せなかった。とすれば、このような有り様を面白いと感じ、詠作に取り入れたとも考えられるのではないだろうか。いや、むしろ、そうとでも考えなければ、前掲二首、秋部の冒頭歌と末尾歌を理解することは難しい。

では、重之女が永観二年（九八四）頃に百首を詠じていたとすると、いわゆる初期百首やそれに連なる作品との関係はどのようなものとなるだろう。好忠・順・恵慶らの百首はすでに成立していた。[17] 父重之が百首を詠出したと推定される頃からは、二十年ほどが経過する。正確な生年は分からないものの、如上のように想定すると、重之女が父と同年代に、同じく百首詠作を試みたこととなる。

仮りに、重之女百首の成立を永観二年（九八四）頃として、家集が編纂された時期はいつかということになる。和泉式部百首に先行することは確かであろう。さらに、和泉式部百首には、正暦四年（九九三）五月五日「帯刀陣歌合」からの影響が窺える。そのため、成立はこれ以後、長保二年（一〇〇〇）よりも前までの間と考えられる。和泉式部は百首歌を詠出するにあたり、重之女百首を見ていたはずで、それも百首歌単独ではなく、現在の重之女集に近いもの、つまりある程度家集として纏められたものを目にしていたと仮定したい。とすれば、この正暦四年が『重之女集』成立の目安ともなりそうだ。

ところで、重之女百首と『重之女集』成立までの間に若干の時間差を考えたのは、先にも触れたように百首歌の序文が重之女自身によって付されたものではないと推測するからである。というのは、『子僧集』の詠草に付された序文の「春は花に心をあくがらし、夏は時鳥の声を寝覚めに聞き、秋は紅葉の深き山に心を入れ、冬は」の部分が、『重之女集』の序文の一部とほぼ一致する。この一致は二人が兄妹であることから当然だと見るわけにはいかない。というのは、『重之女集』の序文中に「重之がむすめの言ひおきたることなれば」とあるからだ。平田氏は、ここに重之女の「自己認識」を見る。これを受けた渦巻恵は、[18] 好忠集百首の「名を好忠集」、千穎百首の「名千穎」、『賀茂保憲女集』の「賀茂氏なる女」など序中に名が掲げられていることから、それらの影響を受けた可能性を指摘し、さらに、『重之女集』の序自体が書写過程で誤写された可能性も示唆した。

だが、「言ひおきたること」というくだりを素直に読めば、重之女が「言い遺したこと」となり、序の作者は本人でない方がふさわしいことになる。さらに、「四季の歌とこそいふべかめれ」や、「恋の路も閉ぢられたるにやあらむ。逢はで思ふなるべし」という、『子僧集』の序文にはみられなかった、もって回った物言い方も気になる。これも、重之女本人でないからこそとも読みうる。

先に、序文と百首中の和歌との表現に共通性が見出せることを述べた。このことは、一見、本人以外が序を記したと考えると矛盾するようでもある。だが、百首歌が残されていれば、本人でなくともその表現を利用して序を付すことは可能となる。

また、「歌の数にはあらねど」「古めきたる」「世にめづらしきことあらじ」という謙辞も、重之女本人によるものとも読めそうだ。だが、もう一人、同様に書き得る人物がいる。すなわち、「重之がむすめ」の残した百首を熟知しており、その価値を認めて歌集に纏めようとしながらも、賞賛ではなく謙遜の意を込めて、百首歌の表現を利用しつつ序文を綴るにふさわしい立場の人物である。それは、同文を有する序を持つ集の作者、重之女の兄弟である重之子僧だ。

父である重之は母から歌の手ほどきを受け、それを自身の子女にも施した。このような家族の有り様からしても、子僧が妹の遺した歌稿を纏めようとしたのはごくしぜんの成り行きであっただろう。そして、だからこそ、彼は、自己の家集を纏めるに際しても、妹のために記した序の一部を借用したに違いない。

（以上・武田）

注

（1）平田喜信氏「和泉式部百首の成立」（「大妻国文」1　一九七〇年三月、後に『平安中期和歌考論』新典社　一九九三年所収）、久保木寿子氏「和泉式部百首恋歌群の考察」（「国文学研究」69　一九七九年一〇月）、小松登美氏「和泉式部百首歌群小考」（「跡見学園短期大学紀要」22　一九八六年三月、後に『和泉式部の研究—日記・家集を中心に』笠間叢書　一九九五年所収）など。

（2）久保木寿子氏『和泉式部百首全釈』（風間書房　二〇〇四年）、武田早苗「重之女百首試論—編纂意識を中心に—」（「和歌文学研究」97　二〇〇八年一二月）など。

（3）渦巻恵「重之女集の歌風について」（「小山工業高等専門学校研究紀要」19　一九八七年三月）。

（4）渦巻恵「初期百首伝播の様相—女百首を中心に—」（『古筆と和歌』笠間書院　二〇〇八年）。

（5）平田喜信氏「『もの思へば』『もの思ふ』考—和泉式部集の連作・定数歌における自己表現」（『王朝和歌と史的展開』笠間書院　一九九八年）。

（6）渦巻恵「『和泉式部日記』成立試論—「源重之女集」「子僧集」との関連をめぐって—」（「日本語と日本文学」46　二〇〇八年二月）。

（7）注（5）に同じ。

（8）この節は、注（2）武田早苗論文と重複する部分が多い。

（9）注（1）注（2）久保木寿子氏論文に同じ。

（10）近藤みゆき氏「逢恋・不逢恋から思へ—題詠恋歌の女たち—」（「国文学〈特集恋歌—古典世界の—〉」学燈社　一九九六年一〇月、後に『古代後期和歌文学の研究』風間書房　二〇〇五年所収）。

（11）代表的な論文としては、滝澤貞夫氏「曾禰好忠集私見」（「言語と文芸」一九六八年六月、後に『王朝和歌と歌語』笠

間書院　二〇〇〇年所収）、武内はる恵氏「初期百首と相模走湯百首」（「人間文化研究年報」6　一九八三年三月）、久保木寿子氏①「初期百首と私家集―好忠百首を中心に―」（『王朝私家集の成立と展開』風間書房　一九九二年）②「初期定数歌の歌ことば―その生成と展開」（『平安文学論究』17　風間書房　二〇〇三年）、金子英世氏①「『源順百首』の特質と初期百首の展開」（「三田国文」19　一九九三年一二月）②「『千穎集』の位置―初期百首との関係を中心に」（「和歌文学研究」64　一九九七年一一月）、柏木由夫氏①「『相模集』六十五首歌群について（上）―先行歌との関連と百首歌との比較」（「大妻国文」26　一九九五年三月、後に『平安時代後期和歌論』風間書房　二〇〇〇年所収）②「『相模集』六十五首歌群について（下）―初期百首との比較から相模百首との関連および東国体験の意味」（「大妻国文」27　一九九六年三月、後に『平安時代後期和歌論』風間書房　二〇〇〇年所収）、井上由紀氏「『相模集』「初事歌群」の一考察―三つの初期百首歌からの影響について」（「筑紫語文」6　一九九七年一一月）、松本真奈美氏「始発期の初期定数歌―好忠集百首から毎月集へ」（「尚絅女学院短期大学研究報告」46　一九九九年一二月）、近藤みゆき氏「古今風の継承と革新―初期定数歌論」（『古今和歌集研究集成3』風間書房　二〇〇四年、後に『古代後期和歌文学の研究』風間書房　二〇〇五年所収）などがある。

（12）　注（1）に同じ。

（13）　代表的なものとして田中新一氏『平安朝に見る二元的四季感』（風間書房　一九九〇年）がある。

（14）　『古代中世暦』（日外アソシエーツ　二〇〇六年）。

（15）　松本真奈美氏「重之百首と毎月集」（「国語と国文学」69―10　一九九二年一〇月）。

（16）　後述するように、重之女百首の成立を和泉式部百首の成立以前とみたため。

（17）　久保木寿子氏『和泉式部百首全釈』（風間書房　二〇〇四年）が初期百首、初期定数歌の成立年時について先行研究を踏まえ、纏めている。近藤みゆき氏「『恵慶百首』試論―*N-gram* 分析によって見た「返し」の特徴と、成立時期の確定―」（『古筆と和歌』笠間書院　二〇〇八年、後に『王朝和歌研究の方法』笠間書院　二〇一五年所収）にも言及がある。

（18）　渦巻恵「「重之の子の僧の集」の性格」（「埼玉短期大学研究紀要」10　二〇〇一年三月）。

二、重之子僧の詠草について

『子僧集』について

『子僧集』は、現在完本としては伝わらないものの、伝藤原行成筆の「針切」と称される断簡と、その写しと思われる伝本によって、原態をある程度復元することが可能になった。

「針切」は、『古筆名葉集』（文化五年）に「針切　四半。カナ文字、細キ故ニ云」とあるように、針のように繊細で流動的な書風である。名筆ゆえに、もともとは冊子本であったものが、早くから分断分蔵されたようである。そのうちの一葉に「こなたはしけゆきかこのそうのしふなり　仁与」と散らし書きされた識語があることにより、針切の一部が、重之子僧の家集であることが判明したわけである。ただし、書写者の名前と思われる「仁与」については明らかではない。

さて、識語の「こなた」と対になるものは、十一世紀前半に活躍した歌人、相模の集である。『相模集』は、一面六行から八行。一首二行書きで、行間は広くゆったりとしている。『子僧集』は、『相模集』と同筆とされ、一面九行から十一行で、行間を詰めて書かれている。列帖装の前半に『相模集』を書写し、残りの紙面に『子僧集』を写したためであろう。書写年代は、料紙や筆の運びから、院政期までさかのぼる可能性があるとされている。

昭和二十九年（一九五四）、針切の断簡二十二葉、五十五首の写真版が、小松茂美[1]、鈴木一雄[2]の両氏によって『子僧集』として紹介され、「針切本　重之の子の僧の集　釈文と校異[3]」として、断簡の前後のつながりなどから配列が整理され、詠草がある程度の構成意識をもったものであることが示されて、歌番号が付けられた。『新編国歌大観』『新編私家集大成』は同書に倣う。

近年になって『古筆学大成　第一九巻』（小松茂美氏　講談社　一九九二年）に「針切本重之子僧集」として断簡二葉、五首が新たに紹介されたため、全部で二十四葉、六十首になった。さらに、針切の写しとされる屋代弘賢本により十首を加えることができるため、現在のところ、子僧の歌は七十首となる。

鈴木氏の解説によると、伝本は次のように整理される。

1　中村家旧蔵本針切

十二葉。二十八首の歌と序文、「こなたは」の識語を持つ一冊。原家から中村家に移り、戦後分割された。ただし、うち二葉、六首は相模の歌。針切が冊子として存在した最後のものであるが、改装、錯簡のために配列は原態をとどめるものではない。

2　屋代弘賢文化八年奥書本

奥書に「右一冊以近衛応円満院禅閤基凞真跡本書写畢　文化八年七月十六日　源弘賢」とあるため、近衛基凞自筆本の写しであることがわかる。序文と四十八首の十八葉分が知られ、そのうち十首は現存断簡に見られない歌である。「重之むすめの集」という表題が付され、「こなたは」の識語を持たない。

3　荒木素白転写本

序文と四十二首の十六葉。「こなたは」の識語を持たない。基凞本と歌順が著しく異なり、中村本と一致する。

4　続群書類従本（巻四四九所収）

十四首。序と「こなたは」の識語を持たない。題は「源重之のむすめの集」。歌順は基凞本と同じ。

5　丹鶴叢書本（第一帙所収。弘化四年〈一八四七〉の刊行）

続群書類従本と同じで、校異は三箇所のみ。続群書類従本の写しと推測される。

以上から、鈴木氏は次のような系統図を示された。

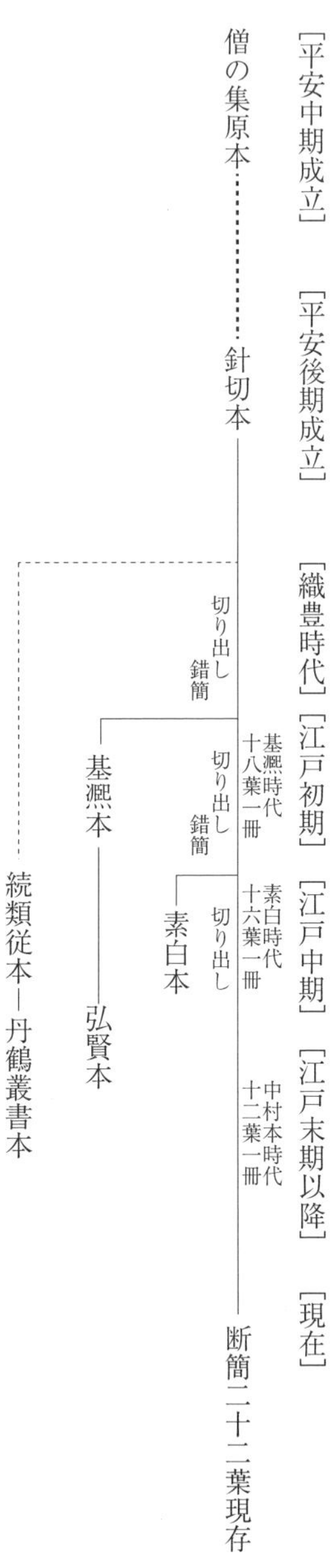

また、目加田さくを氏は、陽明文庫蔵「重之集」(三四五・一四)(以下、陽本と略す)が『子僧集』であることを新たに見出し、その特徴を次のようにまとめている。[4]

1 「こなたはしけゆきかこのそうのしふ也　仁与」を有しない。

2 「本云　重之集也　或しけゆきかむすめのしふ也ト」の端書をもつ。

3 他本にない歌を持つ。

4 歌数三十一首。

さらに、他本にない九首について、相模歌と思われる六首を除く次の三首が、子僧の歌である可能性を指摘する。

だいしらず

風はやみあらいそかくるなみのまもわがものおもひのやむときぞなき

我はまつよな〳〵みゆるゆめのうちにこひしき人にあふよしもがな

君をいかでおもはむ人にわすらせてとはぬはつらきものとしらせむ（『全釈』整定本文に拠る）

一首目の「風はやみ」歌について、目加田氏は、針切の相模歌が詞書を持たない題詠であるのに対し、この歌が詞書を有すること、「谷深み」（二）、「山深み」（四）、「枝若み」（五）と、集にミ語法が用いられること、『重之集』に子の致親が詠んだ「浦近みぬるかとすれば白波のよる音にこそ夢さめにけれ」（重之集・一二八）という歌があることから、僧の歌とし、僧が致親である可能性を示して、「荒磯に舟浮かぶらんふな人もいとかくばかり物は思はじ」（重之女集・八六）との類似を指摘する。

ミ語法は後撰集歌人に多く用いられた語法で、この歌が相模でなく子僧の歌である可能性が高いようにも思うが、相模にも「枝寒み」（二一）、「風寒み」（三六二、三七六、ただし権現の返しとされる百首）、「夜を寒み」（四八一）と、ミ語法の歌が見出せる。また、針切からの転写本とされる初雁文庫本『源重之女集』（旧西下経一蔵）では、初句が「風はやき」となっているので、ミ語法が用いられていることをもって子僧の歌とするには根拠に乏しい。(5)

陽本では「風はやみ」に続けて、針切の相模歌が二首並び、さらに先に挙げた二首目「我はまつ」の三句目途中までが同じ紙面に書かれている。その裏面には「我はまつ」の続きと「君をいかで」の歌が書写されている。同じ紙面の表裏に相模歌と子僧の歌が混在したと考えるより、やはりこれらはすべて相模歌であると考える方が自然であろう。

三首目の「君をいかで」歌は、『源氏物語』若菜巻の葵上の言「とはぬはつらきものにやあらむ」の引歌として挙げられている（『源氏釈』『奥入』など）。とすれば、この歌は、紫式部より後代の歌人、相模のものではなく、式部の親世代に相当する子僧の歌と考えるべきであるということになる。ただし、諸注が「忘れねといひしにかなふ君なれどとはぬはつらきものにぞありける」（後撰集・恋五・九二八・本院のくら、古今六帖にも）も同時に引歌として併せて挙げるように、「君をいかで」の歌を明らかに踏まえているというわけではなさそうである。『古今六帖』には、

こともつきほどはなけれどかたときもとはぬはつらきものにざりける　（二八八七）

わが宿にきゐるうぐひす羽弱みとはぬはつらきものにぞありける　（四四〇四）

という歌もあり、「とはぬはつらき」という表現は恋歌に常套的に使われていた可能性もあろう。よって、この歌を『源氏物語』の引歌と認定し、それを根拠に針切の歌が相模歌でなく子僧のものであるとは言いきれないだろう。すなわち陽本のうち「他本にない歌」として挙げられた歌は、子僧の歌でなく相模の歌であろう。

しかしながら、陽本もまた、集の復元の上で貴重な資料であることは言うまでもない。例えば、陽本では、57番歌「法の海に」に続けて64番歌「とふことの」の詞書が書かれている。針切では「法の海に」の歌で紙面が終わるが、「とふことの」の詞書の前には63番歌「忘れじや」の歌が書かれているため、歌順が異なる。また、62番歌「とふ人は」の詞書が、針切では歌の次の行、すなわち次の歌の詞書として書写されている。陽本においても、相模の歌と子僧の歌が混じって写されていること、おおむね針切の歌順と重なることから、陽本は針切の写しであると思われるが、このような独自性を持つ点は注目されよう。

配列について

『子僧集』と同筆である針切の『相模集』は、春八首、夏九首、秋九首、冬九首、雑三十首の計六十五首である。最後に「これはまことにいはけなかりしうゐごとにかきつけて、人に見せむこそあさましけれ」とあることや、詞

注

書を持たないこと、『相模集』の他の百首歌と用語や表現が類似することなどから、百首に数は足りないものの、百首歌作成を目ざしたものとして位置付けられている(6)。

『子僧集』は、詞書を持つ点で百首歌の範疇から外れるが、他の初期定数歌同様に序文を持ち、また、その序文が重之女百首のそれと近似することから、やはり百首歌に準ずる編纂をしたものと考えられる。

『子僧集』もまた、百首歌に連なるものとして、『相模集』のそれとひとまとめに書写、享受され、二つの集が一冊に組み合わせられたのは、ともに百首歌の形式に倣う集として認知されたためであろう。

当時の百首歌、三百六十首歌が家集から独立して伝えられたことについては、すでに指摘されている。例えば、徳川美術館蔵『伝行成筆本重之集』は百首歌だけを写したものであり、『巻子本切好忠集』は三百六十首歌を写したものと想定されている(7)。

百首歌や三百六十首歌が、詠み出されて間もなく河原院周辺歌人に伝播し、学ばれたこともすでに多く論じられている。早い段階で百首歌のみの写本が生まれた可能性は高い。

さて、一般的な百首歌の構成は、おおむね四季、雑から成る。そこで、断簡の前後のつながりを考慮しつつ、歌を順番に並べると、集をある程度復元することができよう。鈴木一雄「針切本　重之の子の僧の集　釈文と校異」や『全釈』に準拠しつつ、「墨美」刊行後に追加された針切二葉を新たに配し、一部に私見を加えて注釈の中にその根拠を記した。断簡をつなげてもとの集の全体像を探るには、現段階では限界があるため、ひとまずの案とする。

（以上・渦巻）

（1）小松茂美氏「「針切れ」と相沢本「重之の子集」について」（『墨美』書道出版社　一九五四年）。
（2）鈴木一雄氏「針切本重之の子の僧の集について」（『墨美』書道出版社　一九五四年）。
（3）鈴木一雄氏「針切本　重之の子の僧の集　釈文と校異」（『墨美』書道出版社　一九五四年）。
（4）目加田さくを氏「重之の子僧の集考」（『平安文学研究』67　一九八二年六月）、同『全釈』。
（5）久保木哲夫氏「針切相模集といわゆる「初事歌群」について—私家集と歌群との関係」（『王朝文学　資料と論考』笠間書院　一九九二年、後に『うたと文献学』笠間書院　二〇一三年所収）。
（6）満田（近藤）みゆき氏「もう一つの百首歌—『流布本相模集』初事歌群を中心に—」「平安文学研究」68　一九八二年一二月）、久保木哲夫氏注（5）論文、柏木由夫氏①「『相模集』六十五首歌群について（上）先行歌との関連と百首歌との比較」（「大妻国文」26　一九九五年三月、後に『平安時代後期和歌論』風間書房　二〇〇〇年所収）②「『相模集』六十五首歌群について（下）初期百首歌との比較から相模集百首との関係および東国体験の意味」（「大妻国文」27　一九九六年三月、後に『平安時代後期和歌論』風間書房　二〇〇〇年所収）。
（7）目崎徳衛氏「重之集の成立とその資料的価値」（「日本歴史」139号　一九六〇年一月、後に『平安文化史論』桜楓社　一九六八年所収）、久保木哲夫氏注（5）論文。

三、重之女・子僧とその周辺（1）

源重之とその家族

本書で注釈を加えた詠草の歌人の実名はともに不明である。しかしながら、源重之の子女であると推察できることから、『重之女集』『重之子僧集』と呼び習わされてきた。そこで、解説においても、最初に父、重之について簡単に触れておきたい。

源重之は、『拾遺集』（2）以下の勅撰集に六十五首入集し、三十六歌仙の一人にも数えられる歌人である。所謂、初期百首歌を詠じており、『重之集』を遺した。官途には恵まれなかったため、史料は乏しく、その生涯は、『三十六人歌仙伝』(3)によるところが大である。以下、これに従いながら簡単にその生涯を辿ってみたい。

生年は未詳。康保四年(九六七)一〇月左近衛権将監、同月左近将監、安和元年(九六八)十一月従五位下となった。翌年正月相模権介を経て、天延三年(九七五)正月左馬助、貞元元年(九七六)相模権守となり任国に下向している。長保年間(九九九〜一〇〇四)に陸奥で没し、この時、七〇歳前後と目される。

重之の父は、従五位下三河守源兼信。兼信は清和天皇皇子、貞元親王の息子である。ただし兼信が陸奥に土着したことから、重之は伯父で参議源兼忠の猶子となっている。

重之の母についてその出自はまったく分からないが、『拾遺集』に次の歌が見える。

源重之が母の近江の郷に侍りけるに、むまごの東より、よる上りていそぐ事侍りて、えこのたび会はで上りぬることといひて侍りければ、おばの女のよみ侍りける

親の親と思はましかばとひてまし我が子の子にはあらぬなるべし　(拾遺集・雑下・五四五)

この一首は、孫がわざわざ近くまで来ながら、忙しいと言って立ち寄らないのを痛烈に批判したもの。「おば」はこの場合、祖母の意で、詞書冒頭の「重之が母」と同一人物であろう。祖母である重之母が、孫、つまり重之の子に詠みかけたもので、重之の母は歌が詠めたことが分かる。重之の父兼信や、祖父貞元親王の詠作は残っていないのに対して、一首ではあるものの、母の歌が『拾遺集』に入集していることからすると、重之の歌人としてのそれは、母の薫陶を受けたからであろう。そして、重之もまた、母から受けた教育を自身の子女にも施したに違いない。子女への教育については、すでに平田喜信氏(4)により論じられている。

前掲の和歌では、「親」「子」という語が繰り返し用いられていた。この詠みぶりは、後年、和泉式部が娘である

小式部内侍の葬送の折に、孫を見て詠んだ次の歌とよく似ている。

若君、御送りにおはする頃

この身こそこの代はりには恋しけれ親恋しくは親を見てまし　（和泉式部集・四七九）

祖母が孫に対して詠むという状況、そして「親」「子」を繰り返す詠みぶりからして、和泉式部が重之母の詠を意識したものと見てよいであろう。というのは、和泉式部は、この重之一家に関心を寄せていたに違いないからだ。たとえば、重之女に倣って和泉式部も百首歌を詠んでいる。だが、それればかりでなく、和泉式部と重之一家とは、わりと近しいところにいた。和泉式部の父大江雅致と、母介内侍が仕えていた昌子内親王は、冷泉天皇皇后である。その冷泉帝の東宮時代に帯刀長を勤めたのが重之だ。重之は帯刀長であった折に、所謂「重之百首」を奉っている。また、息子である重之子僧も冷泉院、花山院、昌子内親王の周囲にあったことは、家集の詞書からも窺える（詳細については後述）。そうであるならば、和泉式部が、父や母などのツテを頼って重之やその子女の詠草を入手することもわりと容易なことであったに違いない。

ところで、『重之集』には、

おのが子どもの、京にも田舎にもあれば

人のよはつゆなりけりと知りぬれば親子の道に心おかなん　（重之集・一五三）

という一首が見える。ここから重之が複数の子女をもっていたことが判明する。さらに、

京より下るに、田子の浦にて、むすめ

いそぎゆくたびの心やかよふらんたたぬ日ぞなき田子の浦波　（重之集・九三）

という一首も残る。父の代から陸奥に縁のあった重之が娘を伴って下向し、その折、作歌を促したものだ。そして

この人物こそ、その名を被せて呼ばれる女性歌人、「重之女」であろう。彼女も当時の女性たちの例にもれず、その生涯はほとんど辿れない。にもかかわらず、その存在が現代まで語り継がれているのは、『重之女集』と通称される小さな家集が遺っているからだ。しかも、和泉式部百首に多大な影響を与えたことが判明している彼女の百首歌は、女性百首歌の嚆矢と位置づけられる。これによって、その名が和歌史に刻まれたのである。

重之の子にはもう一人、歌を詠む人物がいた。重之女の兄弟、詞書を字義通りに解すれば兄であろうと思しく、後に出家したことから「重之子僧」と通称する。現在は『重之子僧集』と称されているものの、詠草は家集の体を成してはいない。その筆跡から「針切」と名付けられた古筆の断簡が、現時点で二四葉存する。断簡の有り様から、元は家集として纏められていたものと推察されて、『重之子僧集』の名で総称される。その断簡の一葉に次のような詠歌が見える。

田舎にはべるはらからを別れて、京にのぼる又の日いひつかはす
門出せし昨日涙はつきにしを今日さへ袖の濡れまさるかな
（子僧集・四三）

わづらふ妹を見て、吉野山よりいひつかはす
あくるまの命も知らぬ世の中にあひみしことやかぎりなるらん
（子僧集・四四）

確証はないが、詞書中の「田舎にはべるはらから」と「わづらふ妹」とは同一人物とする見方が優勢である。特に後者については、「重之女」であろうと推測される。

多数いた子女の中には不幸な目にあった者もいたらしい。『安法法師集』に残る次の詠草が、その事情を詳細に伝えている。

相模守重之の子、陸奥の国に母君のもとにありけるが、人に殺されたりければ、母のかなしびの歌どもよ

めるを見ていひやる

ここに恋ひかしこに偲ぶよよながら夢路ならではいかがあひみむ　（安法法師集・二五）

先立てばふぢの衣をたちかさね死出の山路はつゆけかるらん　（安法法師集・二六）

『重之集』にも次の五首が見出せる。

陸奥の国にて、子のかくれたるに

我がためと思ひおきけん墨染めはおのがけぶりの色にぞありける　（重之集・二一〇）

言の葉にいひおくこともなかりけり忍ぶ草にはねをのみぞなく　（重之集・二一一）

なよ竹のおのがこのよを知らずしておほし立てつと思ひけるかな　（重之集・二一二）

さもこそは人におとれる我ならめおのが子にさへおくれぬるかな　（重之集・二一三）

嘆きてもいひても今はかひなきに蓮の上の玉とだになれ　（重之集・二一四）

これらも『安法法師集』のものと、同じ折であろう。事情が事情なだけに、周囲でも大きな話題となったらしく、『能宣集』、『恵慶集』にも、同じ事情とおぼしい折の和歌が見える。

重之が陸奥国にとまりはべりけるに、子の失せはべりけるこひて、歌どもよみて侍りしを見て、書き付けはべし

都路におくれし人は死出の山君より先に越えむとや見し　（能宣集・三二〇）

重之、子におくれて、悲しぶと聞きて、つかはす

契りあらばまたはこのよにむまるとも面がはりしてみも忘れなむ　（恵慶集・一三八）

この事件については、重之の相模権守任官以後の貞元元年（九七六）とする説（5）や、「永延以後（6）」ともあるが、その根

拠は明らかにされていない。だが、詞書からすると、重之が在京の折であり、歌中の「おほし立てつ」からすれば、亡くなった「子」は乳児ではなく、ある程度の年齢に達していたものと推測できる。

『尊卑分脈』では、重之に五名の子女があったとし、一部の過誤を訂正すると、下記のようになる。

重之
├有数
├為清――（致親）
├為業
├致親
└女子

このうち、致親（金葉集作者致親については237頁参照）については、括弧で示したように重之の孫、すなわち為清の息という伝もあるが、『全釈』[7]にも指摘があるように重之の息とするのが適当であろう。煩雑だが、『重之集』からその証左を辿っておきたい。次のような贈答がある。

二月ばかり、陸奥国に、臨時の祭に、雪に濡れ困じたる、徒なる男、小鶴の池を過ぐるほどに、「ここはいづこぞ」と問へば、「小鶴の池の堤」と言へば、「心やりによめ」と言へば、致親

千歳経るこづるの池しかはらねば親のよはひを思ひこそやれ　（重之集・一四五）

翁

千歳をばひなにてのみや過ぐすらんこづるの池と聞きて久しき　（重之集・一四六）

詞書の「翁」は重之で、陸奥で致親と同席していた折の詠歌と解釈できる。致親は「よめ」と作歌を促され、「小鶴の池」からの連想ではあるものの、「親のよはひ」と詠じている。

また、『重之集』では子らに和歌指導をしている場があり、そこにも致親の名が見える。

波の声に夢覚むといふ題を、為清と致親とによませて、翁ことはる

春　為清

夢にだにこひしき人を見るべきに波の声にぞ驚かれぬる　（重之集・一二七）

致親

浦近みぬるかとすれば白波のよる音にこそ夢覚めにけれ　（重之集・一二八）

これを悪しとて、翁

恋しさは夢にのみこそ慰さむれつらきは波の声にざりける　（重之集・一二九）

為清と致親とに歌を詠ませ、「翁」がそれに評を加えている。両者は同等に扱われていることからしても、系図にあったように二人は兄弟であろう。また、次のような贈答も見える。

世の中のはかなきを見て、子に会ひ、致親に、雪降る日

沖つ瀬にたえずうづまく淡雪のうきよつくすとみるやいつまで　（重之集・一五六）

返し、致親

雲居よりうづまきおつるたきつ瀬のゆきとみえつつ千代をこそふれ　（重之集・一五七）

重之が子と会って歌を詠みかけたとあり、それに対し致親が返歌している。これらからしても、致親は重之の息であることは明らかとなる。複数の男子がいたものの、この致親が子僧と目される。

また、『重之集』では、「法師」とのみ記される人物に関連した和歌が二度見える。

法師の色好むを憎しとて

つねならぬ山の桜に心いれて山の桜をいひなはなちそ　（重之集・一四四）

法師の事好むが、歌の返しを心遅くすれば

くちなしや君が園にはしげるらん色めくなるをいらへせじとや　（重之集・一九三）

又、法師に

ゆくさきをおもふ涙のしるべにて蓮の池をたえぬばかりぞ　（重之集・一九四）

又

花をのみ春の宮にて折りしかば思ひいで《(ママ)》て鶯ぞなく　（重之集・一九五）

いにしへのこひしき人もみえぬには花のゆかりにあひみつるかな　（重之集・一九六）

『重之集』の詞書には人名の記されている場合も多い。その中で、単に「法師」とあるのはこの二箇所のみで、「色好む」「事好む」と似通った形容がなされるだけでなく、一九三番の歌中にも「色めく」とある。また、「憎しとて」「心遅くすれば」など、重之が優位に立った物言いをしている。さらに、一九四番歌から一九六番歌には、昔の思い出が詠まれてもいる。以上から、重之とこの相手はかなり近しい間柄だと推測できよう。とすれば、僧となった子、「子僧」である確率は高い。在俗時に作歌指導をし、出家後も和歌を愛した「子僧」を、父である重之は、揶揄しながらも温かい目で見守っていたに違いない。

重之子僧と『子僧集』

重之子僧はどのような人々と関わりがあったのだろうか。真っ先に挙げられるのは、詞書にその名が明記される「花山院」である。父重之などから推して、子僧は、花山院とほぼ同世代とみることができそうだ。詞書の記載を信ずれば、『子僧集』が編まれた折には花山天皇はすでに退位していた。あるいは、子僧の出家も花山院に従ったものと見てもよいのかもしれない。そこで、人名に注意しながら、家集の詞書を辿ってみたい。

花山院＝第六五代天皇。冷泉天皇第一皇子、母は藤原伊尹女・女御懐子。安和元年（九六八）生まれ。寛弘五年（一〇〇八）二月八日、四一歳で崩御。在位は永観二年（九八四）から寛和二年（九八六）。東宮時代から和歌を好み、藤原実方・藤原道信・藤原公任・藤原長能・戒秀（清少納言の兄）・道命阿闍梨ら歌人との交流が知られる。『花山院御集』が残る。

「暮れの春」を花山院の仰せ言にて（子僧集・一五）

冬の山に旅人越えかかりたる所を、花山院の仰せ言にて（子僧集・三九）

詞書にあるように、仰せ言により和歌を奉っていることからすれば、子僧が和歌に熱心な花山院周辺に歌人として近侍していたものと推測される。また、花山院と明記されてはいないが、

熊野詣でに、山菅を籠に組みたるを見はべりて（子僧集・三五）

熊野詣での道に宿りて、雪に降り埋もれはべりて（子僧集・四一）

とあるのは、花山院の熊野詣に供奉した折のものであろう。

冷泉院＝第六三代天皇。村上天皇第二皇子、母は藤原師輔女中宮安子。天暦四年（九五〇）五月二四日生まれ。寛弘八年（一〇一一）一〇月二四日、六二歳で崩御。康保四年（九六七）に践祚し、安和二年（九六九）に退位。詩歌に関心が高く、東宮の折、帯刀先生であった源重之の百首歌を召す。藤原仲文・壬生忠見らにも詠歌を命じた。天延二年（九七四）三月には詩宴を催した。『冷泉院御集』が残る。

院の仰せ言にて、またつかうまつる（子僧集・二二）

冷泉院と明記されたものはないが、この詞書中の「院」を冷泉院と解した。父重之が帯刀長として仕えた縁に連なるものであろう。冷泉院を「院」と記したため、前に挙げたように花山院については、「花山院」と記して区別したと推測される。

昌子内親王＝冷泉天皇皇后。朱雀天皇第一皇女。母は熙子女王。天暦四年（九五〇）生まれ。長保元年（九九九）十二月一日橘道貞の三条宅で薨去。五十歳。康保四年（九六七）皇后。天延元年（九七三）皇太后、寛和二年（九八六）太皇太后。

大宮の仰せ言にて、秋立つ日（子僧集・二一二）

大宮より、「恋の心あらん歌詠みてまゐらせよ」と仰せ言はべしかば（子僧集・五二）

これらの「大宮」を、昌子内親王と比定した。大宮は、皇太后・太皇太后などに用いられた敬称である。年代を勘案すると、昌子以前に「大宮」と呼ばれ得る人物はいない。後には、藤原詮子、藤原遵子、さらに下れば藤原彰子の可能性もある。だが、子僧の活躍時期、人間関係、さらには、詮子が院号を賜っていることなどからすれば、やはり最も有力なのは昌子内親王ということになる。藤原遵子については、後述するように「中宮」と推測できるし、上東門院彰子ではやや下り過ぎであろう。また、「大宮の仰せ言」という詞書は、前掲の「院の仰せ言」（子僧集・二二三）の直前に位置していることも、依頼をした両者が近しい関係にあったと判断した理由である。

藤原遵子＝藤原頼忠女。天暦元年（九五七）生まれ。寛仁元年（一〇一七）六月一日没、六一歳。天元元年（九七八）円融天皇に入内、同五年に立后。公任の姉。『後拾遺集』『詞花集』に計三首入集。

「萩の花、日ごとに色増さる」といふ題を、中宮にて（子僧集・五六）

詞書中の「中宮」は、直接には場所を意味している。だが、当然ながらそこにはそう呼ばれるべき人物がいるはずで、それを藤原遵子と推測した。冷泉天皇中宮は昌子内親王のみであり、前述したように、「大宮」に該当する。これを昌子内親王が中宮であった折とすると、年代的にやや早過ぎる。次の円融天皇の中宮は、藤原媓子・藤原遵子で、前者は、天元二年（九七九）に亡くなっている。一条天皇后の藤原定子・藤原彰子の可能性もあるものの、人間関係からすると、花山院とも親しく、藤原公任の姉で、公任の子を養育し、四条中宮と呼ばれた遵子である蓋然性がもっとも高い。

以上のごとく、子僧は父重之の縁で、冷泉院、そして花山院周辺に侍っていたと推測できる。この他にも、

花の散る盛り、「何事をかこのごろは思ふ」と、問はせたまへる御返りごとに　（子僧集・九）

ある所にて、帰る雁といふ題をたまはりて　（子僧集・一二）

ある所の仰せ言にて、「岸の松に藤のかかれるをつかふまつれ」とはべれば　（子僧集・一四）

「山里を果てに置きてよめ」と、ある所の仰せ言にはべれば　（子僧集・二一）

七夕のまたの日、ある所の仰せ言にて　（子僧集・二四）

など、貴人から歌を所望されている。

『子僧集』自体の成立は皆目分からない。しかしながら、父重之没後の詠らしきものも所収しており、成立は十一世紀初頭と推量できる。

（以上・武田）

付、子僧と致親

子僧については、重之の息子であること、出家僧で歌詠みであったこと以外は不明である。集に、花山院や大宮の仰せで歌を献じたとあるので、歌人としてある程度の評価を得ていたと思われる。他には、病気の妹がおり、親しく交流していたこと、吉野山に籠り、熊野詣に行くなど修行の日々を過しながら詠草を編んだことなどが知られる。最近では、集が藤原道綱母の創作であったとする仮説も提示された(8)。

さて、子僧が重之の息子、致親である可能性が高いことについては、前に述べた通りである。→解説232頁参照。ただし、致親に関しては異伝もある。

『尊卑分脈』の清和源氏「致親」は、重之の息子でなく、重之の子、為清の子としてあり、「金葉作者」と注記がある。『金葉和歌集』に入集するのは、次の歌。

　大井河にまかりて紅葉をよめる　　平致親

大井河紅葉をわたる筏士は棹に錦をかけてこそ見れ　（初度本　冬・三八五、二度本　冬・二六二）

作者名は初度本、二度本とも「平致親」だが、「源致親」とする『金葉和歌集』写本があり、『八代集抄』は「源致親」とする。勅撰作者部類にも「五位典薬允。左馬允源為清男」とある。

また、『範永集』には、

　典薬允源致親

海人小舟もの思ふことは慰めつ浮子引く人に逢ひぬと思へば　（一七六）

　和へ送る

なみならぬ人は引くとも慰まじ風間を待たむ海人の釣り舟　（一七七）

　同じき致親がもとに送りける、津の国に住みけるに

よそにてはおぼつかなしや津の国の生田の森に身をやなさまし　（一七八）

の歌が見出せる。

典薬允源致親は、長暦二年（一〇三八）二月十九日、安楽寺の雑物を剥奪した罪で隠岐国に配流されている。『扶桑略記』には「中納言太宰帥藤原実成依二安楽寺愁状一停レ任。并解二中納言職一。太政大臣公季朝臣息也。世言二閑院

帥一是也。典薬允源致親配二流隠岐国一。依二同愁一也。」とある（『百錬抄』にも）。長元九年（一〇三六）に、大宰権帥であった藤原実成が大宰府で曲水の宴の折に安楽寺僧と乱闘事件を起こし、寺側の愁訴によって除名処分を受け、それに連座したことに拠る配流であった。千葉義孝氏は、『範永集』一七四、一七五番の贈答歌をその折のものとし、「おそらく致親が隠岐国へ配流されて行く途上において、罪人としての心の歎きを歌に託して送って来たものであろう。……二人の間柄は、お互いの心の淋しさを慰め合うまでに親しいものであったことが知られる。」と考察する。(9) 確かに一七六、一七七番の贈答には、不遇を嘆く致親に対して、しばらく待って時が来ればまた運命が好転することもあろう、と慰める範永の思いやりが感じ取れる。「典薬允」とは、医薬を掌る典薬寮の三等官のこと。致親は長暦の頃には出家しておらず、大宰府の藤原実成に仕えていて、事件により隠岐に配流されたということになる。とすると、子僧をこの致親と同一人物であると考えることにはいささか無理があろう。

『子僧集』の序文には「世を背きて、さるべきところどころ籠り、行ふ念誦のひまひまに、独りごち、またあひ語らふ人の言ひ勧むることにつけても、過ぎにし方を思ひ出で、行く末を思ひやりつつ、年月の変はる折々……」と、出家した後、数年にわたって詠み集めた歌を集と成したとある。また、

親の忌に籠り侍るに、夢によう見え侍り

鐘の声たづぬるごとに死出の山ここには道の標なりける　（子僧集・二五）

と、親の重之の忌の折に詠まれた歌が見出せる。重之が陸奥在任中に没した正確な年月日は不明だが、仮に長保二年（一〇〇〇）であったとして、致親が隠岐に流された長暦二年（一〇三八）まで、四十年ほどもある。隠岐に配流ののち、赦されて都に戻った後に出家をし、二五番歌を詠んだとは考えにくい。

『子僧集』には花山院の仰せによって詠まれた歌があり（15・39番）、花山院の熊野詣に供奉したと思しい。↓解

説235頁参照。花山院の崩御は寛弘六年（一〇〇八）であるので、歌がその前のものであることは明らかである。集の三〇番歌に「永観元年」（九八三）の傍記があることも注意されよう。

「金葉作者」致親は、範永と近しく交流していたことから、範永とほぼ同年代と思われる。仮に範永の十歳ほど年上だとすると、永観元年頃の生まれになる。重之の生年はわからないが、冷泉院の東宮時代に百首歌を献じたのが三十歳代とすると、五十歳から六十歳頃に生まれた子供ということになろう。

だからといって、『尊卑分脈』に従って致親を重之の孫と断ずるのも躊躇される。『重之集』には「世の中のはかなきを見て子に逢ひ、致親に、雪ふる日」（重之集・一五六）や「千歳ふる小鶴の池し変はらねば親のよはゐを思ひこそやれ」（重之集・一四五　致親の歌）という歌などがあり、致親は重之の子と考えられるからである。

ただし、「書陵部本五〇一・一六一」一五六番歌の詞書には「子に侍る致親、世のはかなきを」とあり、歌の作者は致親で、一五七番には「返し為清」とあるため、致親は為清の息子ということになる。

いずれにしても、子僧と『金葉集』に入集し、隠岐に配流された典薬允源致親が同一人物でないことは確かであろう。『尊卑分脈』が源致親に「金葉作者」と注するのは、典薬允源致親との混同による可能性があることを指摘しておきたい。

（以上・渦巻）

注

（1）この節は、武田早苗「重之女集とその周縁」（「文学・語学」197　二〇一〇年七月）と重複する部分が多い。
（2）特に断らない限り、以下和歌本文はすべて『新編国歌大観角川書店』による。
（3）『群書類従』伝部158（続群書類従完成会）。
（4）平田喜信氏「「重之の子の僧の集」と「重之女集」―重之詠歌圏の成立と和泉式部―」（「小論」14号　二〇〇〇年九月、

後に『平安朝文学　表現の位相』新典社　二〇〇二年所収）。以後、平田氏のご論はすべてこれによる。
（5）川村晃生氏・松本真奈美氏『恵慶集注釈』（貴重本刊行会　二〇〇六年）。
（6）犬養廉氏・後藤祥子氏・平野由紀子氏「安法法師集」（『平安私家集』岩波書店　一九九四年）。
（7）目加田さくを氏『源重之子の僧の集・重之女集』（風間書房　一九八八年）。
（8）松原一義氏「道綱母と「高光日記絵巻」（扇流）—「高光日記」が望見できる資料は、『重之子僧集』か—」『王朝女流日記を考える—追憶の風景』武蔵野書院　二〇一一年）。
（9）千葉義孝氏『後拾遺時代歌人の研究』（勉誠社　一九九一年）。

『重之女集』校異一覧表

歌番号	承空本（底本）	甲本	冷泉家本	乙本	他出
序文	時鳥ノ	時鳥の	ほと丶きすのこゑを	ほとと丶きすのこゑを	
	メツラシキコト	めつらしきこと	めつらしきことは	めつらしきことは	
2	フカキ	ふかき	ふかみ	ふかみ	
3	カスメトモ	かすめとも	かすめとん	かすみとん	
	ハルテフナヲモ	はるてふなをも	は□□ふなを	はるてふなをは	
	カネツル	かねつる	かねつる	かねぬる	
4					万代　異同ナシ
5	イツクモ	いつくも	いつこも	いつこも	万代　いつこも
6	ナクナル	なくなる	なくなる	なくなる	玉葉　なくめる 万代　異同ナシ
7	ハルノアメニ	春の雨に	□るのあめに	はるのあめに	新千載　春雨に 万代　異同ナシ
8	サカシコノ	さかしこの	□かしらの	さかしらの	
	シロタヘノ	白たへの	しきたへの	しきたえの	
11	コ、ロヲ	こ丶ろを	□□を	こ丶ろを	続千載　心の 秋風　心の
12	タク	さく	たく	さく	
	カタミ	かたみ	かたみ（傍書けしき）	かたみ	
13	オル	おる	をる	みる	
15	□ヘル	かへる	□□る	かへる	
	□タ	かた	かた	かた	
	ヤトリハ	やとりは	山みち	やまみち	
17	フカミ	ふかみ	ふかみ	わかみ	
	ヨカス	よかす	よかす	よかて	
	ナラネテモ	なら○ねても	ならねとも	ならねとも	
19	スミヨシノ	すみよしの	すみのえの	すみのえの	

20	カタミトテ	かたみとて	かたみとて	かたみとて	続後拾遺　形見にと
	フカク	ふかく	ふ□く	ふかく	
	ソメテシ	そめてし	そめて□	そめてし	
24	ミチハ	みちは	みちを	みちを	
	ツユケ□	露けみ	つゆけみ	つゆのみ	
25	スルホトニ	するほとに	するほとに	いるほとに	
26	ケシキヲ	けしきを	けしきを	けしきそ	
	オモヒコソヤレ	おもひこそやれ	おもひこそやれ	おもひやらる、	
28	オモヒヤラルレ	おもひやらるれ	おもひやら□れ	おもひやらるれ	
31	ハラヘ	はらへ	はらへ	はらひ	
33	マキノトニ	槙の戸に	ま□のとん	まきのとも	続古今、万代　まきのとも
35	□ツトカ	夏とか	なつとか	なつとか	
	ツケ〳〵ニ	つけ〳〵に	つけ、に	つけ〳〵に	
37	アクルモヲソキ	あくるもをそき	あくるも□□□	あはれもをそき	
39	モノイハテ	物いはて	ものはいはて	ものはいはて	
	タチヌ□□	たちぬらん	たちぬらむ	たちぬらん	
40					風雅　異同ナシ
41	イロ	色	いろ	いる	
43					玉葉　異同ナシ
47					新古今　異同ナシ
49	キコユメリ	きこゆめり	きこゆめる	きこゆめる	
51	シラキクノ□□	しらきくの花	しらきくの花	しらきくのはな	
52	モミチハ（傍書ミ）テ	もみちは（傍書み）て	もみちはて	もみちはて	
	シクレ□	しくれに	しくれに	しくれに	
53	モミチハ	紅葉は	もみちも	もみちも	新後拾遺　もみちも
	ケルカナ	けるかな	けらしな	けらしな	新後拾遺　異同ナシ
56	アレユカメ	あれゆかめ	あせゆかめ	あせゆかめ	

57	ツモリナン	つもりなん	つもりなむ	つもりけむ	
61	イハホシ	いはほし	いはほし	いはほくを	
63	ユキニ	雪に	ゆきに	ゆきも	
64	イハマ	いはま	いしま	いしま	
66	ス、（傍書ス）ロ	すそ（傍書す）ろ	すゝろ	すゝろ	
67	山カツノ	山かつの	やまかつの	やまかはの	
69	カセノ	かせの	風の	かせも	
	アレタレ□	あれたれは	あれたれは	あれたれは	
74	ウミノ	うみの	うみの	うみは	
75					続千載　異同ナシ
76	ヨソニノ□	よそにのみ	□そに□み	よそにのみ	
77					万代　異同ナシ
78	ナキ	なき	うき	うき	
79	ナクサメン	なくさめむ	なくさめむ	なくさめむ	玉葉　異同ナシ　万代　なくさむる
	アヒミテモ	あひみても	あひみても	あひみては	玉葉、万代　あひみても
80					玉葉、万代　異同ナシ
81	ヤシマモ	やしまも	やしまの	やしまの	続後拾遺　八島も
82	ワスレム	わすれん	わすれ□	わすれぬ	万代　忘れぬ
83	ナマシ	なまし	なまし	なまし	玉葉　ぬへき　万代　異同ナシ
	サスカナル	さすかなる	さすかなる	さすかなる	玉葉　さすかなり　万代　異同ナシ
	ハカリソ	はかりそ	はかり□	はかりに	玉葉、万代　はかりに
	モノオモフカナ	物おもふかな	ものを思□□□	ものを思ふかな	玉葉　ものを思ふかな　万代　もの思ふかな
84	コトモ	ことも	ことん	ことも	
85	ヨカヌ	よかぬ	よ□□	よかぬ	万代　よけぬ

86	カクハカリ	かくはかり	かはかりの	かはかりの	
88	タノメヌ	たのめぬ	たのめる	たのめる	
	ワレヨリ	われより	我より	われよか	
89	人ハミン	人はみん	おもふらむ（傍書人はみん）	ひとは見ん	玉葉　思ふらん
	タクヒモ	たくひも	た□ひも	たくひも	玉葉　異同ナシ
	オモフヲ	おもふを	思ふを	おもふを	玉葉　思ふに
90	シノフレハ	しのふれは	しのふれと	しのふれと	
	ヘキカナ	へきかな	なきかな	なきかな	
93	モユルヤ	もゆるや	つもるや	つもるや	
94	ヨカナン	よからん	よかなむ	よかなん	
95	サカリ	さかり	わたり	わたり	
	カキホ	かきほ	かきほ	かきを	
96	ナシニ	なしに	なし□	なしに	
97	ハラヘテ	はらへて	はらへて	はらひて	
100	アサコホリ	あさこほり	あ□こほり	あさこほり	
101	ワカヌ	わかぬ	わかす	わかす	
	ヨスル	よする	よそふ	よそふ	
102	イテニケル	いてにける	はへにける	はへにける	
103	タモトカナ	袂かな	たもとかな（傍書をは）	たもとをは	万代　異同ナシ
104	アラハト	あらはと	あらはと	あらはと	続古今　あらんと　万代　異同ナシ
105	キヽテ	きゝて	きゝたまて	きゝ給て	
106	ワカサトニ	わか里に	わかそて（傍書さと）に	わかさとに	
	イツク（傍書コ）ノ	いつく（傍書こ）の	いつこの	いつこの	
107	カセ	風	風を	かせを	
109	ウキヲ	うきを	うきは	うきを	秋風　うさを

	ハルノ	春の	はるの	春の	秋風　秋の
111					続古今　異同ナシ
112					万代　異同ナシ
113	トイフ	といふ	といふ	といふ	万代　てふ
	イヘト	いへは	いへと	いへは	万代　いへと
114	コヱハ	こゑは	こひは	こひは	玉葉　声は
	ナク	なく	なく	なく	玉葉　聞く
115	（歌アリ）	（歌アリ）	（白紙を挟んで歌アリ）	（歌ナシ）	

『重之子僧集』歌番号対照表

新注	私・国	全釈
1	1	1
2	2	2
3	3	3
4	4	4
5	5	5
6	6	6
7	7	7
8	8	8
9	9	9
10	10	10
11	11	11
12	12	12
13	13	13
14	／	14
15	／	15
16	17	16
17	18	17
18	19	18
19	14	19
20	15	20
21	16	21
22	23	25
23	24	26
24	25	27
25	29	31
26	30	32
27	31	33
28	32	34
29	33	35
30	34	36
31	58	37
32	59	38
33	60	39
34	／	／
35	／	／
36	／	／
37	38	40

新注	私・国	全釈
38	39	41
39	40	42
40	35	43
41	36	44
42	37	45
43	55	60
44	56	61
45	57	62
46	61	63
47	62	64
48	63	65
49	52	49
50	53	50
51	54	51
52	49	46
53	50	47
54	51	48
55	26	28
56	27	29
57	28	30
58	20	22
59	21	23
60	22	24
61	41	52
62	42	53
63	43	54
64	44	55
65	45	56
66	46	57
67	47	58
68	48	59
69	64	66
70	65	67
／	／	68
／	／	69
／	／	70

私・国	全釈	新注
1	1	1
2	2	2
3	3	3
4	4	4
5	5	5
6	6	6
7	7	7
8	8	8
9	9	9
10	10	10
11	11	11
12	12	12
13	13	13
14	19	19
15	20	20
16	21	21
17	16	16
18	17	17
19	18	18
20	22	58
21	23	59
22	24	60
23	25	22
24	26	23
25	27	24
26	28	55
27	29	56
28	30	57
29	31	25
30	32	26
31	33	27
32	34	28
33	35	29
34	36	30
35	43	40
36	44	41
37	45	42

私・国	全釈	新注
38	40	37
39	41	38
40	42	39
41	52	61
42	53	62
43	54	63
44	55	64
45	56	65
46	57	66
47	58	67
48	59	68
49	46	52
50	47	53
51	48	54
52	49	49
53	50	50
54	51	51
55	60	43
56	61	44
57	62	45
58	37	31
59	38	32
60	39	33
61	63	46
62	64	47
63	65	48
64	66	69
65	67	70
／	14	14
／	15	15
／	／	34
／	／	35
／	／	36
／	68	／
／	69	／
／	70	／

全釈	新注	私・国
1	1	1
2	2	2
3	3	3
4	4	4
5	5	5
6	6	6
7	7	7
8	8	8
9	9	9
10	10	10
11	11	11
12	12	12
13	13	13
14	14	／
15	15	／
16	16	17
17	17	18
18	18	19
19	19	14
20	20	15
21	21	16
22	58	20
23	59	21
24	60	22
25	22	23
26	23	24
27	24	25
28	55	26
29	56	27
30	57	28
31	25	29
32	26	30
33	27	31
34	28	32
35	29	33
36	30	34
37	31	58

全釈	新注	私・国
38	32	59
39	33	60
40	37	38
41	38	39
42	39	40
43	40	35
44	41	36
45	42	37
46	52	49
47	53	50
48	54	51
49	49	52
50	50	53
51	51	54
52	61	41
53	62	42
54	63	43
55	64	44
56	65	45
57	66	46
58	67	47
59	68	48
60	43	55
61	44	56
62	45	57
63	46	61
64	47	62
65	48	63
66	69	64
67	70	65
68	／	／
69	／	／
70	／	／
／	34	／
／	35	／
／	36	／

参考文献（語釈などに掲出できなかった注釈書類を主に掲出した）

笠間注釈叢刊『曽禰好忠集全釈』神作光一・島田良二（笠間書院　一九七五年）
笠間注釈叢刊『玉葉和歌集全評釈』上・中・下・別　岩佐美代子（笠間書院　一九九六年）
笠間注釈叢刊『和泉式部集全釈　続集篇』佐伯梅友・村上治・小松登美（笠間書院　二〇一二年、一九七七年初版）
『和泉式部集全釈　正集篇』佐伯梅友・村上治・小松登美（笠間書院　二〇一二年、東宝書房『和泉式部集全釈』一九五九年の改稿版）
私家集全釈叢書4『源重之集・子の僧の集・重之女集全釈』目加田さくを（風間書房　一九八八年）
私家集全釈叢書7『公任集全釈』伊井春樹・津本信博・新藤協三（風間書房　一九八九年）
私家集全釈叢書10『源兼澄集全釈』春秋会（風間書房　一九九一年）
私家集全釈叢書12『相模集全釈』武内はる恵・林マリア・吉田ミスズ（風間書房　一九九一年）
私家集全釈叢書19『千穎集全釈』金子英世・小池博明・杉田まゆ子・西山秀人・松本真奈美（風間書房　一九九七年）
私家集全釈叢書20『貫之集全釈』田中喜美春・田中恭子（風間書房　一九九七年）
私家集全釈叢書36『千里集全釈』平野由紀子・千里集輪読会（風間書房　二〇〇七年）
私家集全釈叢書38『御堂関白集全釈』平野由紀子（風間書房　二〇一二年）

私家集注釈叢刊4『兼盛集注釈』高橋正治（貴重本刊行会　一九九三年）
私家集注釈叢刊5『実方集注釈』竹鼻績（貴重本刊行会　一九九三四年）
私家集注釈叢刊6『元輔集注釈』後藤祥子（貴重本刊行会　一九九四年）
私家集注釈叢刊7『能宣集注釈』増田繁夫（貴重本刊行会　一九九五年）
私家集注釈叢刊9『忠岑集注釈』藤岡忠美（貴重本刊行会　一九九七年）
私家集注釈叢刊13『信明集注釈』平野由紀子（貴重本刊行会　二〇〇三年）
私家集注釈叢刊14『躬恒集注釈』藤岡忠美・徳原重実（貴重本刊行会　二〇〇三年）
私家集注釈叢刊15『公任集注釈』竹鼻績（貴重本刊行会　二〇〇四年）
私家集注釈叢刊16『恵慶集注釈』川村晃生・松本真奈美（貴重本刊行会　二〇〇六年）
私家集注釈叢刊17『大弐高遠集注釈』中川博夫（貴重本刊行会　二〇一〇年）
和歌文学大系13『万代和歌集（上）』安田徳子（明治書院　一九九八年）
和歌文学大系14『万代和歌集（下）』安田徳子（明治書院　二〇〇〇年）
和歌文学大系19『貫之集・躬恒集・友則集・忠岑集』田中喜美春・平沢竜介・菊池靖彦（明治書院　一九九七年）
和歌文学大系20『賀茂保憲女集／赤染衛門集／清少納言集／紫式部集／藤三位集』武田早苗・中周子・佐藤雅代（明治書院　二〇〇〇年）
和歌文学大系52『三十六歌仙集（二）』新藤協三・徳原茂実・西山秀人・吉野瑞恵（明治書院　二〇一二年）
和歌文学大系54『中古歌仙集（一）』松本真奈美・高橋由記・竹鼻績（明治書院　二〇〇四年）
歌合・定数歌全釈叢書四『和泉式部百首全釈』久保木寿子（風間書房　二〇〇四年）

歌合・定数歌全釈叢書十一『恵慶百首全釈』筑紫平安文学会（風間書房　二〇〇八年）
歌合・定数歌全釈叢書十八『順百首全釈』筑紫平安文学会（風間書房　二〇一三年）
新注和歌文学叢書15『賀茂保憲女集新注』渦巻恵（青簡舎　二〇一五年）
新日本文学大系28『平安私家集』犬養廉・後藤祥子・平野由紀子（岩波書店　一九九四年）
三弥井研究叢書『曾禰好忠集』注解　川村晃生・金子英世（三弥井書店　二〇一一年）
『古今和歌集全評釈』（上・中・下）片桐洋一（講談社　一九九八年）

初句索引

一、初句（初句が同一の場合は相異部分まで）を、五十音順で配列し、重之女集は「女」、子僧集は「子」と示した。

あとがき

かの和泉式部が先達と仰いだ「重之女」という歌人について、少しでも明らかにしたい。そう思い、二人で春・夏の休暇を利用して、武田の研究室に籠り、『重之女集』を読み始めた。だが、輪読会を始めてすぐに、渦巻は勤務先の短期大学が閉学となり、武田の様々な体調不良も重なり、じっくりと作品に向き合うことが難しくなって、何度も中断を余儀なくされた。さらに各自幾つかの論をなしたこともあり、空中分解寸前にも陥った。このような二人を長年にわたり叱咤激励してくださったのが、恩師であり、本シリーズ編集委員のお一人、久保木哲夫先生であった。また、注釈作業の過程で、故平田喜信先生の論考を目にするたびに、厳しく暖かい眼差しが思いおこされたことも、継続への助けとなった。大学も大学院も異なる二人を修士課程在学中につないでくださったのが、久保木・平田両先生であり、お二人が所属されていた研究会、平安文学会の故鈴木一雄先生でもある。現在針切と呼ばれる断簡が家集の一部であると喝破された鈴木先生の業績が、『重之子僧集』を扱う上で大きな礎となっていることからしても、本書の完成は、何か大きな力に導かれていたようにも思う。

『重之女集』は、現在ほとんど研究の対象となっておらず、伝本は少ないものの、本文作成は困難を極めた。そこで、田中登氏・杉本まゆ子氏・寺島恒世氏に資料閲覧についてのご尽力を得た。記して深謝申し上げる。

脱稿にあたり、書類を見直すと、刊行のお許しをいただいたのは、二〇〇七年六月と記されている。これは、青篇舎の設立当初、本シリーズ始発の時でもある。あらためて長年の不徳をお詫びするとともに、お世話をお掛けした編集委員各位と青簡舎に心から御礼を申し上げたい。

二〇一五年　酷暑の夏を経て

渦巻　恵
武田　早苗

渦巻　恵（うずまき・めぐみ）

1986年３月　筑波大学大学院博士課程文芸・言語研究科単位取得退学、文学修士
1989年３月まで　国立小山工業高等専門学校一般科専任講師
2007年３月まで　佐藤栄学園埼玉短期大学助教授
現在、大妻女子大学、國學院大學、大東文化大学、平成国際大学非常勤講師
著書『賀茂保憲女集新注』（新注和歌文学叢書15　青簡舎　2015年）
論文「寛元本『和泉式部日記』と『和泉式部集』Ｅ歌群日記歌について」（『古代中世文学論考』新典社、2013.3）、「初期百首伝播の様相―女百首を中心に―」（『古筆と和歌』久保木哲夫編　笠間書院、2007年）など。

武田早苗（たけだ・さなえ）

1984年３月　横浜国立大学大学院修士課程修了。
1984年４月～1996年３月　東京家政学院中学・高等学校　教諭
現在　相模女子大学　教授
著書『コレクション日本歌人選09　相模』（笠間書院　2011年）、『日本の作家100人　和泉式部　人と文学』（勉誠出版　2006年）、和歌文学大系20『賀茂保憲女集・赤染衛門集・清少納言集・紫式部集・藤三位集』（佐藤雅代・中周子共著　明治書院　2000年）

新注和歌文学叢書17

重之女集《しげゆきのむすめのしゅう》　重之子僧集《しげゆきのこのそうのしゅう》　新注

二〇一五年一〇月一〇日　初版第一刷発行

著　者　渦巻　恵
　　　　武田早苗
発行者　大貫祥子
発行所　株式会社青簡舎
〒一〇一-〇〇五一
東京都千代田区神田神保町二-一四
電　話　〇三-五二一三-四八八一
振　替　〇〇一七〇-九-四六五四五二
印刷・製本　株式会社太平印刷社

ISBN978-4-903996-87-5 C3092